LA COUSINE DE BORDEAUX

Du même auteur

Le Vent mauvais, L. Souny, 1993
Les Caramels à un franc, L. Souny, 1995
Le Domaine de Rocheveyre, Presses de la Cité, 1999 ; Pocket, 200
Jours de colère à Malpertuis, Presses de la Cité, 2001
Les Vignerons de Chantegrêle, Presses de la Cité, 2002 ; Pocket, 2004
Quai des Chartrons, Presses de la Cité, 2002 ; Pocket, 2004
Les Compagnons de Maletaverne, Presses de la Cité, 2003
Le Carnaval des loups, Presses de la Cité, 2004 ; Pocket, 2006
La Tradition Albarède, vol. 1. *Les Césarines*, Presses de la Cité, 2004
La Tradition Albarède, vol. 2. *Grand-mère Antonia*, Presses de la Cité, 2005 ; Pocket, 2009
Une maison dans les arbres, Presses de la Cité, 2006
Une reine de trop, Presses de la Cité, 2006
Une famille française, Presses de la Cité, 2007 ; Pocket, 2010
Les Eaux profondes, L. Souny, 2007
L'Homme qui rêvait d'un village, Presses de la Cité, 2008 ; De Borée, Terre de Poche, 2022
La Rosée blanche, Presses de la Cité, 2008 ; De Borée, Terre de Poche, 2004
Les Fruits verts, L. Souny, 2009
L'Auberge des diligences, Presses de la Cité, 2009
Le Notaire de Pradeloup, Presses de la Cité, 2009 ; De Borée, Terre de Poche, 2022
L'Or des Borderies, Calmann-Lévy, 2010 ; Le Livre de Poche, 2011
Le Crépuscule des patriarches, Presses de la Cité, 2010 ; Pocket, 2011

Suite en fin d'ouvrage

Jean-Paul Malaval

LA COUSINE DE BORDEAUX

Roman

CALMANN LEVY
territoires

Couverture
Maquette : Raphaëlle Faguer
Adaptation : Le Petit Atelier
Photographie : © Roy Bishop /Arcangel Images

ISBN : 978-2-7021-9304-4

1

Pour une fois, Richard était venu seul à Soirac, en catimini, comme un voleur, rasant les murs, se fondant dans le paysage, soucieux d'échapper à toute rencontre et aux inévitables questions qu'on ne manquerait pas de lui poser. C'était un jour de petite pluie, fine et pénétrante, qui, mêlée à la bruine, faisait l'effet d'un brouillard persistant. Il avait laissé sa voiture au village, ne sachant plus, ou plutôt ne se souvenant plus, si le chemin était praticable. Cela faisait dix ans, voire quinze, qu'il n'était revenu à la maison familiale, ou si peu familiale en vérité, tant le père Valdemon était d'une nature solitaire et peu accueillante, même avec sa proche famille. La partie la plus pentue du chemin, un endroit où, se souvint-il, la 2 CV patinait en arrachant la pierraille, l'obligea à arrêter un court instant sa marche rapide, d'un pas forcé, à se retourner vers la vallée où nichait le village, à cette heure de la journée enveloppé d'un voile lactescent. Et le temps de reprendre son souffle de citadin pantouflard peu aguerri à la moindre activité sportive, Richard ne put s'empêcher de maudire ce moment d'obligation où le peu de lien familial restant l'avait reconduit ici, à contrecœur, tant ces instants volés à sa vie lui faisaient mesurer que nul n'est décidément maître du temps. S'il est des servitudes consenties, utiles, nécessaires à l'accomplissement de soi, tant d'autres, nocives, surgissent, contrariantes et inattendues.

Puis l'homme se décida enfin à hâter le pas, malgré le souffle coupé, le cœur battant, et quelques douleurs au dos. Cent mètres encore à gravir, sans se retourner vers la vallée. C'était une politesse à rendre à M. Valdemon père, franchir les portes du domaine qu'il lui avait interdit, jadis, et s'imposer en grand seigneur sur la terrasse dont le vieux était si fier. *Enfin*, se dit-il, *voici un moment qui te sera volé, cher Papa Armand, que tu ne pourras goûter à mes côtés, si jamais nous avons un jour goûté ensemble, un moment mémorable et précieux*. Il s'arrêta pour y réfléchir et fut obligé de reconnaître, non sans délectation, que cet instant de pure complicité n'était jamais advenu. *Peut-être*, se dit-il, *que je ne l'ai pas recherché, et que si cette chose était arrivée j'en serais aujourd'hui bien embarrassé*. Il lui plaisait de penser que sa vie, il ne la devait à personne, qu'elle s'était déroulée sans que les Valdemon ne s'en mêlassent, ni sa mère Francine, ni son père. Il avait cheminé seul dans la vie, enfant solitaire, rebelle, secret.

Richard chassa les feuilles de tilleul qui tapissaient le pavage. Un petit carré seulement pour s'asseoir, juste au bord, les pieds dans le vide. Le vent insistant allait bien à la situation, c'était un hommage du ciel à sa juste mesure. Il lui suffisait de se retourner sur la vaste terrasse pour entendre des voix, surprendre des silhouettes et peut-être aussi la colère imprimée jusque dans les pierres. Là-bas, à l'angle, juste sous l'ombre portée du tilleul, Richard imagina la table ronde en fer forgé ripolinée de bleu turquoise où le vieux Valdemon dégustait son pastis en faisant tinter la glace contre le verre. Richard se pencha un peu, comme s'il voulait voir la scène se reproduire, celle du père se querellant avec Francine, elle, silencieuse, le visage boudeur, pétri d'orgueil, et lui s'agitant comme un diable avec force gestes. C'était la seule image qui lui venait à l'esprit, ressuscitée du passé. Pour un peu, il se fût attendri d'une telle scène, à la condition d'oublier toutes les autres, plus violentes que jamais, et sans doute répétées jusqu'à la mort de Francine.

Encore un enterrement raté, se dit-il, en empoignant des deux mains le rebord de la terrasse. Une mère, tout de même, voici qui manque de tact. Richard poussa un cri dans le silence de Croix-de-Fon. Il se répercuta dans la vallée, sans une oreille pour l'entendre. C'était un des charmes de ce lieu, que la nature fût un buvard pour les colères, les enragements, et les rires aussi. Ainsi, pensa-t-il, M. Valdemon père s'était souvent félicité de la tranquillité du lieu, une île cernée par les collines boisées du Périgord. *Et pourtant, mon cher père, tu n'aurais pas aimé que la maison de Croix-de-Fon te survive. Si tu en avais eu la force et le courage, avant de mourir, tu l'aurais incendiée, cette forteresse, pour clore ce passé, de tes mains, tes mains seules aptes à construire et à détruire. Comme tu l'as fait de nous tous ta vie durant.*

Au premier frisson, Richard remonta la fermeture Éclair de sa parka jaune citron jusqu'au menton. Durant la grimpée sur la route empierrée, il avait sué à son aise en forçant le pas, lui qui, d'ordinaire, était plutôt plan-plan, rétif à l'effort. Maintenant, il se sentait bien au milieu du silence, à ausculter le gris et bleu du paysage, dont les contours étaient gommés, estompés par les floches de brume, parfois persistantes au creux des vallons. Il songea alors que s'il avait écouté son père, jadis, ce pays l'aurait dévoré tout entier, au point de réduire son approche du monde à quelques fantaisies locales, petit boulot médiocre, fréquentations limitées, et au final l'ennui qui tue son homme à petit feu. Par chance, il avait échappé à ce désastre, en préparant, contre l'avis de tout le monde, un diplôme d'architecte.

Quelle force intérieure nous préserve du pire, lorsque nous sommes encore à un âge fragile ? se questionna-t-il. La révolte, l'insouciance, ou tout simplement l'attirance pour l'inconnu. Tout ce qui est tracé d'avance, dans le destin d'un jeune garçon, doit se fuir urgemment. Mais le jeune homme qu'il était alors ne dut en vérité son salut qu'à la haine d'un père. *C'est lui, Armand Valdemon, qui me sauva*, se dit-il, *par son inflexible autorité*. Richard sourit en grattant du bout des ongles quelques taches jaunâtres de lichens incrustés dans la pierre grise, comme des squames du temps immobile. *Toutes ces vieilles demeures périgourdines sont destinées à affronter les années, à en porter les stigmates divinement, sans que les rides du temps ne les défigurent*, songea-t-il en se retournant pour admirer la façade. Il avait oublié, par un éloignement persistant, combien la maison familiale de Croix-de-Fon était restée majestueuse sur la crête de la colline, avec alentour ses chênes verts noueux et torturés, se multipliant à la diable, les murets en pierres sèches avec par endroits encore ses couronnements de lauzes posées sur la tranche, mais le plus souvent éventrés, vomissant leurs pierres en minuscules avalanches. Ces dernières années, depuis la mort de Francine, le père avait cessé de s'intéresser à cette maison, livrée aux outrages du temps, pour centrer toute son attention, sans doute, sur sa noble petite personne. Mais comment lui en vouloir ? *Moi*, se dit-il, *je possède ce même caractère insouciant. Je ne saisis guère pourtant l'intérêt de me reconnaître en lui. De fuir plutôt, le fuir et clouer, une bonne fois pour toutes, le couvercle du cercueil. Et de m'éloigner de Croix-de-Fon au plus vite, sans me retourner. Mais comment s'éviter les questions, sur lui, sur moi, sur le néant qui recouvre toute chose humaine ?*

Lorsque Richard se sentait seul, seul au monde, comme à cet instant en début d'après-midi, il se mettait à penser à haute et intelligible voix. Ce discours tenu à lui-même était une marotte d'enfance, le pur produit d'un état solitaire qu'il avait connu durablement. Et malgré les années, il n'en avait pas perdu l'usage. Questions et réponses, sans censure, comme ça vient. C'était une forme de jouissance de soi face à la réalité. Il pouvait s'analyser, se disséquer, se contrarier, sans risque d'être contredit. Sans doute, des années durant, Richard s'était forgé à ce jeu solitaire une personnalité double à la sienne, de celle qui joue la comédie dans le monde par les mensonges, les mystifications et, dans le secret de son cœur, retourne vers ses implacables angoisses existentielles.

Enfin, il se décida à approcher de la porte d'entrée de la maison, en écartant du pied les dépôts de feuilles que le vent avait drainés. Machinalement, il glissa une main sous le volet de la lucarne du couloir dans l'espoir d'y retrouver la clé d'entrée. Mais furetant de droite à gauche, celle-ci ne l'attendait pas.

Peut-être Père est-il parti avec elle, dans la poche de son veston, et les gens des pompes funèbres l'auront mis en bière avec ses habits ordinaires. De rage, il heurta du front le bois grisé de la porte, à plusieurs reprises, en poussant de longs soupirs. « Je n'irai pas la chercher, cette misérable clé, six pieds sous terre », murmura-t-il. Et il sourit en se retournant vers la vallée. *Après tout, ce vieil Armand aura voulu emporter sa misérable demeure avec lui. Sans doute inconsciemment. Pour que je n'en profite pas. Ah ! s'il savait*, se dit-il, *ce que je m'en contrefiche, de Croix-de-Fon.*

Mais Richard Valdemon, une fois n'était pas coutume, se mentait à lui-même, car en faisant le tour de la demeure il se mit à chercher la fameuse clé dans toutes les caches. Très vite, il se rendit à l'évidence : toutes les issues étaient soigneusement verrouillées. Et il ressentit la sourde impression d'être devenu un étranger dans la demeure de son enfance, un intrus, un voleur. Pourquoi s'en étonner ? N'était-ce pas ce qu'il avait toujours éprouvé après la mort de sa sœur, être plus que jamais un étranger chez les Valdemon ? Le vieux avait misé sur sa petite Andréa, mais une fois cette dernière disparue, aucune descendance n'était plus digne d'intérêt. Fils rebelle, rétif aux commandements paternels, solitaire et indifférent, tout serait décidément et à jamais retenu contre lui.

L'apitoiement est une faiblesse lorsqu'il perdure par-delà l'épreuve, pensa-t-il. *Maintenant que le commandeur de Croix-de-Fon est passé de vie à trépas, il n'y a plus lieu de se poser des questions.* D'un pas tranquille, face au vent qui s'acharnait sur la crête de la colline, avec ses gros nuages fuyant sur l'horizon, Richard regagna le chemin de Soirac. *Une promenade pour rien.* Et une centaine de mètres plus bas, il s'arrêta net, se retournant vers la maison paternelle. *Tu aurais dû entrer de force, fracturer la porte, t'imposer. N'es-tu pas le dernier des Valdemon ?* se dit-il. Puis il se laissa choir contre le talus. Cette posture indécise, n'était-ce pas toute l'histoire de sa vie ? Les raisons de sa fuite quelque quinze ans plus tôt... Sans jamais adresser la moindre nouvelle. Et pourtant, il s'était complu dans cette rébellion, au point de couper toute attache. Il y avait même trouvé une force intérieure. Tant qu'on se bat âprement contre quelque chose d'innommable, on est toujours vivant. Puis il reprit sa marche cahotante, somnambulique, d'un bord à l'autre du chemin, comme pour éviter les ornières, mais c'était plutôt le vent qui le poussait, comme un fétu de paille, minuscule et insignifiant. *Tu le savais, dès le départ,* se dit-il, *que ça serait une corvée, cette affaire, mais tu as refusé de voir ce qui t'attendait. Et peut-être encore es-tu loin de la vérité ? Il y aura des surprises désagréables, comme toujours, chez les Valdemon...*

Sa voiture, une MG Sebring, se montra rétive, refusant de démarrer. Il attendit, front contre volant, en essayant de contrôler son souffle, les battements accélérés de son cœur, et la colère qui le submergeait. C'était un animal sensible que cette putain d'Anglaise. Comme si elle devinait sa fébrilité, son énervement... Et cette fois, ouf, la bête se mit à ronronner. Doucement. Il appuya sur l'accélérateur, puis, après deux ou trois ratés, le moteur s'emballa, férocement.

Certes, pensa-t-il, *j'aurais pu monter avec ma chignole jusqu'à la maison du commandeur, mais le chemin est tellement raviné que j'aurais esquinté le fond de ma caisse.* Il fouilla dans la boîte à gants pour y dénicher ses Ray-Ban. Le soleil avait pointé son nez, entre deux gros nuages. Fin de la tempête, se dit-il, en cherchant un petit coin de ciel bleu. En un rien de temps, comme souvent en Périgord, la brume s'estompa en lambeaux fugitifs. Ça lui rendit sa bonne humeur. Pourtant, Richard eût dû être triste, par devoir, mais cette disparition ne lui laissait aucun vague à l'âme. Et le pire, il ne s'en étonna pas, jusqu'à penser qu'il n'était venu à ce rendez-vous que pour prendre possession de la maison. Quant à savoir ce qu'il en ferait, c'était une question qui lui paraissait tranchée dans sa tête. Il fit une chiquenaude, juste avant d'enclencher une vitesse, et s'engagea au pas dans les étroites ruelles de Soirac. Il longea la rivière, en jetant de temps à autre sur le décor un regard attentif : des collines douces avec ses champs à perte de vue, des haies rectilignes et des bosquets de peupliers et de chênes, à moins que ce ne fût, aussi, des frênes ou des ormeaux. Il ralentit un instant pour observer les plantations de noyers. On les avait domestiqués en parcelles afin d'assurer une exploitation aisée. La noix, notre richesse locale, comme eût dit Armand Valdemon, la bonne fortune réservée aux terres ingrates, calcaires et caillouteuses, eût dit encore Père. Il accéléra enfin, sur une longue ligne droite coupant le vallon. Un sentiment de fatigue, soudain, s'était emparé de lui. Il s'en voulait d'être là à Soirac, plutôt qu'à Orléans avec Féline, pour une mission qui le débectait profondément, et peut-être aussi pour des raisons plus inavouables, un contexte qui le renvoyait des années en arrière, sur ce banc de sable mouvant dont il avait eu les plus grandes difficultés à se dépêtrer, jadis.

Richard entra dans la vieille ville par des rues étroites, en rassemblant ses souvenirs pour se diriger. Comme le plan de circulation avait changé, rues à sens unique et placettes interdites au stationnement, il dut aller se garer vers les remparts. Il dénicha aisément la vieille demeure où maître Mallet-Jourdain avait installé son étude. C'était une prouesse, après tant d'années. Mais au fond, ici, rien n'avait changé, comme dans toutes ces bourgades de province où le temps paraît glisser sans laisser de trace. D'autant qu'on avait eu la riche idée, pour les nouvelles constructions, de les édifier hors de la cité mère afin d'en protéger le cachet historique. Ici, le château médiéval coiffait de sa majestueuse prestance tout le village, ramassé sous son aile protectrice, agencé comme une mosaïque avec ses toits rouges et gris et ses murs ocre.

L'étude de maître Mallet-Jourdain était une de ces demeures périgourdines fort typées, avec ses hautes et étroites ouvertures en petits carreaux, son entrée en pierre de taille cintrée en ogive et décorée par quelques lianes folles de lambruche courant sur les murs. Avant de franchir le portail, Richard marqua un temps d'arrêt. Il tentait de se souvenir de la dernière fois qu'il était venu ici, et ça lui semblait remonter longtemps en arrière, peut-être à l'époque de l'accident de voiture. Ce fut un moment terrible que le chagrin du vieux, qui lui annonça tout de go avec un air de triomphe : « Ta sœur disparue, c'est tout qui s'écroule. » Et après un instant de silence : « À la vérité, mon pauvre Richard, tu n'as jamais compté dans ma vie. Ainsi, me voici sans descendance. Le cœur vide, le monde dépeuplé. Le temps me sera long, désormais… » Armand Valdemon s'était mis à larmoyer, les yeux secs néanmoins, un chagrin grimacier, affreusement grimacier. *Et autant que je m'en souvienne*, se dit-il en entrouvrant la porte de l'étude, *il m'est resté dans la tête la vision étrange et mitigée d'un rare instant de comédie.*

Mlle Boyer, la clerc, le fit installer dans la salle d'attente, tout en l'observant d'un regard fuyant. Il déclina de nouveau son nom et l'objet de sa visite, au cas où cette jeune femme n'aurait pas retenu son message. Mais cela parut la contrarier. Richard reprit la lecture de son journal, en balayant du regard les titres, page après page, sans faire aucun effort pour s'intéresser à quelque sujet. Il était trop absorbé par ce que le notaire allait lui révéler : la mort de son père, les documents déposés à l'étude, et peut-être aussi pourquoi pas une lettre d'adieu. Là, l'idée le fit sourire. S'accrocher encore à cette illusion signifiait, bien qu'il s'en défendît intimement, que quelque part il espérait toujours, un petit rien, un signe, un infime regret. Mais il chassa bien vite de son esprit une telle hypothèse. Ça ne ressemblait pas à M. Armand Valdemon, les regrets de la dernière heure, les repentirs, la contrition, et toute autre faiblesse de l'âme qui eût ruiné sa mémoire de grand seigneur.

Enfin, l'employée l'invita à passer dans le bureau notarial. Il y régnait un grand désordre, avec les dossiers en vrac en autant de piles branlantes ou éparpillés sur les tapis. On lui fit une place sur un des fauteuils. Du moins, l'employée s'y attela avec force soupirs.

— Ne faites pas trop attention, monsieur Valdemon, nous vivons dans un désordre permanent. Nous gérons les affaires à marche forcée, sans nous soucier des apparences. Après tout, qu'attend-on de nous ? De l'efficacité, de l'efficience.

Son employée le fusilla du regard. C'était une critique, à mots couverts, qui lui était adressée et qu'elle prit pour telle. Mais comme elle était la discrétion même devant les clients, elle prit sur elle en se renfrognant dans sa position défensive. Finalement, elle finit par dégoter le dossier de Croix-de-Fon. Le notaire pivota vers lui sans se dresser sur son siège et fit signe à Valdemon de se rapprocher, autant qu'il le pouvait, en posant les coudes sur les piles de paperasses.

— Alors, votre papa vient de disparaître. Comme par surprise. Rien n'annonçait cette issue. Il me paraissait en bonne santé. Encore jeune. Vous ne trouvez pas ? Cinquante-deux ans. C'est un malheur. Un sacré malheur. Un homme qui avait tant à faire. Et dont les activités étaient florissantes. Dans le pays, ici, à cent lieues à la ronde, ça a été un sacré choc. Croyez-moi. Un sacré choc. Monsieur votre père avait une vie bien remplie, débordante d'activité, entre la coopérative de Maziéras et ses noyeraies de Buissac.

Maître Mallet-Jourdain tapota sur sa petite pile de dossiers qui contenaient toute la succession du fameux génie de la noix en Périgord.

— Je ne sais pas. Je ne m'intéressais pas beaucoup aux activités de mon père. Pour tout dire, c'était un homme solitaire, secret. Fort distant.

Les éloges du notaire, Richard les écoutait avec une certaine indifférence. Sans faire montre du moindre chagrin, ce qui, sans doute, étonnait le notaire. Mais cette froideur, on pouvait aussi bien la mettre sur le dos d'une pudicité excessive. Le fils Valdemon finit par couper court.

— Mon père n'a jamais eu l'âme d'un nuciculteur. Tout son talent, si je ne m'abuse, a consisté à faire travailler les autres. À mettre la bonne personne au bon endroit. Et sans doute à s'attribuer ensuite les lauriers.

— Décidément, vous êtes dur avec votre père. Peut-être ne l'avez-vous pas apprécié pour ses réelles qualités. Cela arrive souvent dans les familles. À moins que…

Mallet-Jourdain suspendit sa phrase, comme s'il quêtait dans sa petite tête des mots plus sages et conciliants, de cette sorte qui n'entrave pas les bonnes relations. Et poursuivit :

— Peut-être, après tout, n'étiez-vous pas du même monde… Ce décalage des générations empêche toute complicité, et pire génère des malentendus. Ne croyez-vous pas ? Vous et votre père, vous n'étiez pas sur la même planète, voilà tout…

Le notaire parut satisfait de sa petite analyse, sous l'œil dubitatif de son employée, tout occupée à ranger les pièces du dossier dans le bon ordre.

Richard l'écoutait distraitement. Il se disait : « Voici un homme qui se donne beaucoup de peine pour m'être agréable. Sans succès. Plus vite je sortirai de ce capharnaüm et mieux je me porterai. » Et le silence, qu'il s'imposa à ce moment, répandit un voile de panique sur Mallet-Jourdain, comme si pour une fois ses boniments restaient sans effet, tombaient comme lettres mortes.

À la vérité, bien au-delà de sa susceptibilité personnelle, le notaire se sentait frustré de ne parvenir à dominer son client, alors qu'il y avait tant à gagner dans ce dossier avec tous les prétendants qui attendaient à la porte le moment de dépecer le domaine de Valdemon.

— Ce ne sera pas une surprise pour vous, cher monsieur, fit-il en relevant la tête, rajustant ses grosses lunettes en écaille, puis s'autorisant par jeu sans doute un instant de silence. Vous êtes le seul et unique héritier. Voilà qui simplifie les choses.

— On dirait, ajouta Richard d'un ton grinçant, que vous auriez préféré qu'il en fût tout autrement. Qui sait ? Un héritier surprise surgissant de sa boîte...

Mlle Boyer pouffa de rire en se cachant derrière sa main.

— Vous, mon cher Valdemon, on peut dire que vous avez l'esprit mal placé. Auriez-vous eu, un jour, affaire à un magistrat particulièrement retors ?

Puis le notaire lui tendit le dossier et le lâcha presque au moment où Valdemon s'en saisit, comme s'il lui tardait de s'en débarrasser.

— Tout est en ordre. Parfaitement en ordre. Dans le moindre détail. Pas un seul vice de forme. Si vous voulez vous défaire de ces noyeraies de Buissac et de Fonteval, une petite centaine d'hectares tout de même, il vous faudrait entrer en contact avec quelques coopérateurs... Fontier par exemple, ou mieux encore Ogeret. On vous fera des offres. Et de même pour liquider les actions de votre père dans la coopérative de Maziéras, ils seront preneurs, ces deux-là.

— Je n'ai pas besoin d'argent, répliqua Valdemon sans réfléchir, sous l'effet de la colère.

Mallet-Jourdain lui retourna un regard amusé en hochant la tête.

— On dit ça, on dit ça, et à la fin, tout se conclut devant un tribunal... Vous ne leur laisserez rien. Je pourrais prendre les paris, insista le notaire. Vous n'aurez jamais l'envie, la patience, voire la curiosité, de vous coltiner à ce milieu.

Mallet-Jourdain attendit une réaction qui ne vint pas, puis il détourna la tête, déçu, vexé même. *Pour qui me prend-il, cet Orléanais de mes deux ?* se dit-il.

— Je dois donc en finir avec vous, sans tarder. Votre temps est précieux, n'est-ce pas ?

Richard haussa les épaules et confia qu'il entendait rester quelques jours à Croix-de-Fon, histoire de mettre un peu d'ordre dans tout ce passé.

— Imaginez que je ne dispose même pas d'une clé pour entrer dans la maison familiale…

— Maître, dit l'assistante d'une voix embarrassée, ne songez-vous pas à remettre à M. Valdemon ce qui lui revient ?

— Ah oui. Où avais-je donc la tête ?

Et d'un seul mouvement, l'homme se faufila entre ses piles de dossier et disparut par une porte dérobée. L'employée baissait la tête sur sa machine à écrire, comme si elle craignait que le visiteur lui posât une question. Cet effacement amusa Richard. *Elle est bien au-delà de la timidité*, pensa-t-il en l'observant pour la première fois plus attentivement. Chignon bas strict, robe noire écrasant la poitrine, ras du cou, camée nacre et or en pendentif. Comme il la dévisageait pour capter son attention, elle détourna le regard. Il insista selon son habitude : percer le fond des âmes, jusqu'à l'indécence. Mais il ne parvint pas à dérouter son attention, comme si cette jeune femme avait tendu définitivement un paravent entre elle et le misérable petit monde d'une étude de province.

— Que doit-on m'apporter encore ? demanda-t-il.

Et Mallet-Jourdain sortit enfin de la salle des archives avec entre les mains un paquet habillé de papier kraft.

— Selon les dernières volontés de votre père, je suis chargé de vous remettre ceci.

Il haussa les épaules.

— Comme quoi les notaires, de nos jours, sont mis à toutes les sauces.

— Qu'est-ce donc ?

— Un récipient en porcelaine assez rare, me semble-t-il, un pot de gingembre chinois avec un joli motif de dragon de la Garden Collection des Ming.

Richard s'en empara, le déballa. Puis, au moment de soulever le couvercle, le notaire l'arrêta net.

— Cet objet contient les cendres de votre père. Oui, je sais, voici une démarche un peu macabre, mais telle fut sa volonté. Il m'a chargé de récupérer ses cendres au crématorium d'Excideuil et de vous les remettre. Voilà, mission accomplie. Et surtout, cher monsieur Valdemon, ne me posez pas de question. Et aussi cette enveloppe… J'oubliais. Sans doute s'agit-il d'un message vous concernant ?

Sans la moindre hésitation, Richard l'ouvrit et en extirpa une clé, certainement celle de la maison familiale. Rien d'autre. Pas un mot d'explication.

— Vous n'étiez visiblement pas en très bons termes ? interrogea le notaire.

Richard parut réfléchir, comme si sa réponse allait l'engager pour longtemps. Père et moi. Moi et Père… Une ritournelle sans fin pour les mois et les années à venir.

— Nous nous étions perdus de vue, lui et moi. Donc, conclusion, pas de querelle ou de fâcherie entre nous. Rien. Un silence. Un pesant silence. Mais rassurez-vous, maître, j'accomplirai ce dernier geste qu'il m'impose ainsi, sans demander mon avis, par autorité : répandre ses cendres sur la terre même où il a fini sa vie, seul, égoïstement…

Mallet-Jourdain haussa des épaules.

— Ne l'accablez pas. Ce fut un honnête homme. De surcroît, il vous a laissé un gros héritage. En le dépensant vous penserez à lui, non ?

Pour la première fois, Richard surprit un sourire sur le visage de Mlle Boyer. Un sourire chargé de mépris.

2

Une fois installé sur une chaise longue d'un rose délavé, au bord de la terrasse, là même où la veille il s'était posé, les pieds dans le vide, face à la porte close, Richard poussa un grand soupir. Comme s'il avait accompli les démarches les plus difficiles : la récupération des clés, le dossier de succession, et quelques autres paperasses administratives dont il ne ferait pas grand-chose. Pour l'instant, une question le turlupinait, une seule : où vais-je répandre les cendres du vieux ? À même le bord du chemin ? Sous le grand tilleul ? Ou peut-être plus haut sur la colline, à l'endroit où Armand Valdemon aimait contempler le village, écouter les bruits du matin provenant de la scierie de Maximin, ou les cris des gamins se poursuivant dans les ruelles à la sortie de l'école… Richard sourit. Qu'en savait-il au juste ? Peut-être que le vieux, ces derniers temps, s'était terré dans ses murs, comme un ours au fond de sa tanière, en attendant la mort. Sans rien espérer d'autre, ni exiger de qui que ce soit pardon et miséricorde. Car le petit monde de Soirac, Valdemon s'en était toujours fiché, se jugeant bien trop supérieur pour s'abaisser à de tels sentiments, d'une vulgarité sans borne, comme la pitié, la commisération ou l'apitoiement. Au contraire, il aimait, du haut de sa superbe à la tête de la coop d'Argens, humilier son entourage.

Maintenant qu'il est réduit en cendres, qu'ai-je à craindre de lui ? se rassura Richard. *Plus rien. Sinon jouir secrètement de sa mort comme une libération.* Mais il se doutait fort, en vérité, que cette image du père le hanterait encore longtemps. Par la haine ou l'indifférence, rien ne parviendrait à l'effacer. *Alors, il me faudra m'arranger avec lui dans ma mémoire*, pensa-t-il, *lui consacrer une petite place, au rebut, au placard, dans les bas-fonds de l'âme. Qu'importe.*

C'est dans cet état d'esprit que le jeune homme glissa dans le sommeil, la tête inclinée sur le côté pour se préserver des rayons du soleil d'automne. Il était entré dans la maison à la va-vite après trois tours de clé, avait ouvert la fenêtre du salon pour apporter un peu de lumière, et déposé sur la grande table de la salle à manger les cendres du « vieux ». Puis l'odeur de médicaments l'avait saisi à pleines narines jusqu'à la suffocation : camphre, éther, térébenthine… Provenant surtout de la chambre où le vieux avait passé ses ultimes moments. Il était ressorti aussitôt, sans prendre le temps de visiter toutes les pièces, s'enfuyant même vers la terrasse comme s'il craignait que ces odeurs de maladie et de mort s'en vinssent le contaminer.

Tout ça m'est étranger, se dit-il pour se rassurer. *Aussi ne me résigné-je pas à hériter de cette demeure où je n'ai jamais vécu. Sinon en pointillé, un été par-ci, un Noël par-là. Et sans jamais y déposer la moindre chose, y semer les petits cailloux de la mémoire, les détritus de ma misérable enfance.*

Et ce sentiment de colère froide le poussa à étudier désormais de quoi seraient faites ses prochaines journées.

Mis à part quelques coups de téléphone à sa chère Féline, et à son associé du cabinet Valdemon-Ledoux, ce serait calme plat. Comme un exil forcé. Et l'occasion de prendre un peu de recul et de se remettre les idées en ordre.

C'est alors qu'il se décida à retourner dans la maison, malgré les odeurs de mort qui imprégnaient l'atmosphère et dont il se refusait à croire qu'ouvrir volets et fenêtres en grand aux courants d'air suffirait à en chasser les miasmes. Il se pinça le nez en ressentant un vif haut-le-cœur. La chambre ? Non, jamais il n'y entrerait. C'était là que l'on avait retrouvé le vieux, avec le téléphone posé sur une chaise à côté du lit, étendu dans un vieux costume fripé et décoré de mille auréoles douteuses. Mort peut-être depuis trois jours, ou plus, ongles noirs, taches rouges et violettes au visage... Cette inspection du médecin avait permis de situer le jour et l'heure du décès, chacun de ces détails et tant d'autres encore consignés dans le rapport d'autopsie. D'un pas rapide, Richard traversa la cuisine et ouvrit le loquet de la resserre. C'était ainsi qu'on avait coutume de nommer la cave, la souille ou on ne sait quoi. Sur les étagères, il dénicha une bouteille de Maucaillou. Ça tombait bien. C'était un de ses bordeaux préférés, avec le Château Prieuré-Lichine.

— Voilà, dit-il à haute et intelligible voix, je vais pouvoir trinquer au vieux. Il me doit bien ça.

Et Richard retourna sur la terrasse, avec un verre à pied cueilli à la va-vite dans le salon. Puis il se mit à déguster le bordeaux délicatement, en examinant sa robe à la lumière du jour. C'était un rubis délicat qui l'émouvait chaque fois. *Je les boirai, toutes tes bouteilles, vieux grigou égoïste, tandis que tu retourneras à la terre. Sans que je verse une larme. Ah ça, jamais. Plutôt me damner. Rien que pour rendre justice à Andréa.* Et il but un verre pour sa sœur dont le regard lumineux s'en venait le hanter parfois dans ses rêves. Elle disait d'une voix lointaine, caverneuse, entrecoupée de silence, comme une bande magnétique détériorée : « Tu ne dois pas m'attendre. Surtout pas. Jamais m'attendre. » Andréa répétait ces mots avec douceur. Et aussitôt il émergeait de son cauchemar.

Après le quatrième verre, Valdemon reboucha la bouteille et la dissimula derrière les volets à peine entrouverts de la fenêtre pour s'éviter d'entrer à nouveau dans la maison. Puis il prit soin de refermer la porte à clé, et descendit jusqu'au chemin d'un pas alerte, sans se retourner.

Ce n'est pas ce soir que tu dormiras chez le vieux. Même si le ménage a été fait. Ça sent encore la mort. Pourtant, il te faudra bien t'y installer un jour, histoire de reprendre pied dans ton histoire de fils indigne, se dit-il en butant de pierre en pierre jusqu'à venir s'échouer, le cœur battant, sur le capot de sa MG Sebring.

L'*Hôtel Moderne*, où il avait loué une chambre, était situé à la sortie de la cité de Hautefort, à peine à l'écart de la route. Son architecture brutaliste années 1960, en béton gris et aux lignes simplifiées à l'excès, l'incita dès son arrivée à Soirac à prendre quelques clichés pour enrichir son bêtisier. Sans doute, sans se fatiguer, aurait-il pu dénicher un lieu plus plaisant, mais au moins il ne risquerait pas d'y passer plus de temps que prévu. Présentement ce refuge, tout déplaisant qu'il fût, était mieux que la maison du vieux Valdemon où errait encore son fantôme entre les murs.

— Donc, si je comprends bien, dit le propriétaire, vous avez décidé de garder la chambre 64 ?

— Oui, monsieur Charles.

Ils s'observèrent en silence, droit dans les yeux. Puis le bonhomme se mit à hausser les épaules, et marmonna dans sa barbe :

— Comme je vous comprends…

— Que comprenez-vous, cher monsieur Lambérie ?

Il détourna la tête vers le tableau des clés.

— Ne serait-ce pas trop douloureux, n'est-ce pas, de demeurer dans cette maison où votre père a passé les dernières années de sa vie ? Chaque objet vous rappelle monsieur Armand… Comme je vous comprends, bon Dieu, comme je vous comprends.

La réflexion de l'hôtelier le fit doucement sourire. *S'il savait, ce pauvre homme, combien l'existence de « monsieur Armand » me laisse indifférent. Mais ce serait plutôt malaisé de lui dire que les miasmes de la mort et les ultimes suées avaient fini par imprégner les murs de Croix-de-Fon. Bref. Tant et tant de raisons qui me poussent à préférer cette minuscule chambre d'hôtel avec ses rangements ajustés à l'étroit, dans un décor sans surprise, sans attrait. Neutre, dirais-je, dépourvu d'histoire.*

Avant de se jeter dans la cage d'escalier, Richard s'attarda devant les journaux mis à disposition de la clientèle. L'un d'eux était ouvert sur la rubrique Hautefort. Il y avait un article, assez imposant, avec un cliché plein cadre du « vieux » Valdemon et un autre devant la coop d'Argens où le petit seigneur de Soirac était entouré de sa petite équipe en blouse blanche. Le « vieux » seul portait le costume trois pièces et le chapeau de feutre. Un fleuron du Périgord, disait-on, créé dans les années 1990 et qui avait fait florès aussitôt grâce à l'appui d'un généreux « parrain », Sylvestre Jourde, fortune faite dans le milieu de l'aéronautique dans les années 1950. Richard porta sur cet article un regard dédaigneux.

L'hôtelier avait suivi son manège sans en perdre une goutte. Il se montra fort étonné en vérité que son hôte n'eût pris le temps de lire ce morceau de bravoure à la gloire du disparu.

— Un sacré bonhomme, votre père… Tout de même, insista-t-il.

Richard hochait la tête lentement, le regard fuyant. *Ça ne mérite pas un mot de plus*, pensait-il en se dirigeant vers le comptoir. La petite employée lui servit un whisky, juste deux doigts selon ses recommandations, et sans glaçon. De même repoussa-t-il la coupelle d'olives et de cacahuètes salées. C'était dans son caractère, cette froide distance qu'il s'imposait, par crainte, toujours, de se sentir redevable. Ainsi se résumait au fond de lui l'idée qu'il se faisait de sa liberté, ne rien devoir, ne rien attendre des autres, jusque dans les moindres détails de son existence.

L'odeur de lavande qu'une employée de l'hôtel avait pulvérisée dans sa chambre l'incommodait si fort qu'il ouvrit les fenêtres. Le soir commençait à tomber, offrant une teinte bleutée aux collines voisines. Il s'accorda quelques minutes à humer le fond de l'air en grillant une cigarette. Et, tirant bouffée sur bouffée, il épuisa très vite celle-ci et la jeta d'une chiquenaude dans le parterre de plantes vivaces deux étages au-dessous. *Voilà une manie que me reprocherait vivement Féline*, songea-t-il sur l'instant. Elle lui menait la guerre pour un mégot abandonné à la rue, un papier gras délaissé au petit bonheur, et tant d'autres choses que l'on commet sans y réfléchir. *Mais à quoi sert donc la solitude, sinon à reconquérir toutes ses pleines et entières libertés d'agir à sa guise?* se dit-il avec un sentiment de jubilation. Car la vie à deux, en couple, lui avait appris à se méfier du regard de l'autre, à craindre la moindre réflexion et au pire à s'y soumettre.

Une fois entré dans la chambre, Richard se délesta de ses chaussures, puis se laissa tomber les bras en croix sur le lit. Le sommeil le guetta assez vite, mais des pensées fâcheuses s'en vinrent le contrarier. Il sursauta, se laissa glisser d'un bond au bord de sa couche, assis face à la fenêtre.

Pourquoi refuses-tu d'occuper la maison de Croix-de-Fon? Que crains-tu d'y trouver? Comme si le vieux y avait laissé des forces malfaisantes! Mais pour te faire payer quoi, au juste? D'être parti subrepticement en 2013, six mois après la mort d'Andréa, comme un voleur, sans laisser de nouvelles? Car l'histoire des odeurs mortifères, des miasmes du vieux, sa maladie interminable, ses potions écœurantes et ses mégots dans les cendriers puant le tabac froid, n'est-ce pas un prétexte facile? Certes, soyons réalistes! Un peu de ménage, quelques pulvérisations de désodorisant d'une pièce à l'autre suffiraient à rendre la maison supportable pour un petit-bourgeois maniéré comme toi.

Dans ces instants, Richard se haïssait pour toutes les lâchetés qu'il traînait à ses basques, pour son incapacité à prendre une décision, au cœur même du cabinet Valdemon-Ledoux, jusqu'à procrastiner des semaines entières, remettant sans cesse aux calendes grecques les lettres à écrire, risquant ainsi de perdre des contrats si l'associé n'y prenait garde. « Te connaissant comme je te connais, Richard, j'ai l'œil sur toi! » répétait sans cesse Gilles Ledoux, et de préférence devant une brochette de collègues friands de tous ces petits secrets. Ainsi avait-il perdu dans le milieu orléanais, peu à peu, de son aura d'architecte, et moult contrats d'expertises et autres missions qui lui eussent assuré une confortable notoriété.

À cette heure sombre du jour, ce désir de flagellation occupait son esprit. Un rituel, en somme. Seul ici en Dordogne, ou à deux pas de son bureau, boulevard Alexandre-Martin, ou encore dans un des bungalows de La Guérinière où il se rendait souvent seul, Valdemon était hanté par ce désir de destruction qui le possédait, comme s'il lui fallait à chaque instant remettre en question sa propre destinée, sans espérer bien sûr en posséder une de rechange qui lui eût assuré une sérénité pleine et entière. Il se plut à déambuler un peu dans sa chambre, assez vaste au demeurant, d'une fenêtre à l'autre, en broyant du noir, en ressassant de vieilles histoires, alors que, pour lui, tout allait pour le mieux, désormais que le « vieux » n'était plus de ce monde, et qu'il n'aurait pas à subir ses « tortures morales », comme il disait chaque fois que son image venait hanter son esprit. Rien ne pouvait le ravir plus que de le savoir réduit à quatre cents grammes de cendres. Alors, soudain pris d'une tocade, Richard commanda une bouteille de champagne. La réception lui fit savoir qu'à cette heure on ne servait plus en chambre. Il proposa de venir la chercher dans les cuisines. Cette insistance créa un certain agacement. M. Lambérie promit de la faire monter par une de ses serveuses du restaurant, tout en lui glissant à mi-mot que son personnel avait autre chose à faire que de servir les clients dans leur chambre.

Le Pommery n'était pas assez frais, à ses yeux. Il en fit la remarque, tout en sourire cependant, à la petite employée, mais celle-ci fut si intimidée par la situation qu'il crut qu'elle allait fondre en larmes. Ce moment amusa Valdemon, le renforçant dans son opinion que l'établissement n'était décidément pas à la hauteur. Trois minutes plus tard, assis au fond du lit, immobile, il se jugea bien puéril. Quand nous n'avons rien à penser, aucun sujet digne de ce nom à nous mettre sous la dent, alors nous nous abandonnons à notre médiocrité. Richard se renversa en arrière, le regard au plafond, les yeux clos. Il somnola quelques minutes, ou peut-être plus, puis sortit du lit pour retrouver sa coupe de champagne. Il en but trois, coup sur coup, avidement.

Et le téléphone se mit à sonner. C'était Féline. Rien d'étonnant, elle avait gardé l'habitude de l'appeler une fois par jour, où qu'il fût, dans son bureau, sur un chantier, à l'hôtel, et même dans les cocktails fort tard le soir. Sa première phrase commençait toujours, ainsi : « Tu me manques... » Puis un long silence. Richard hésitait toujours à répondre par la phrase rituelle de tous les couples en semblable situation : « Toi aussi. » Puis il raconta sa journée : les errances autour de la maison, les chemins de traverse...

Elle l'arrêta net.

— Tu comptes rester combien de temps ?

Il ne répondit pas. À son hésitation, Féline comprit que Richard n'avait pris aucune décision, qu'il s'était installé dans une sorte de marge stérile.

— Et la maison, tu projettes de la vendre ou de la garder ? Comment se fait-il que nous n'en ayons pas discuté encore… À vrai dire, se reprit-elle, ça ne me regarde pas. Je n'ai pas mon mot à dire. (Un silence.) N'est-ce pas ?

Elle s'attendait à ce qu'il se défendît un peu, rien que pour le principe. Mais non. Rien. Féline éclata de rire. Il éloigna le portable de son oreille avec une forte envie d'interrompre la communication. Ce rire, c'était frustrant, humiliant même. Mais c'eût été en pure perte. On pouvait compter sur elle pour le rappeler, sans véhémence, une fois, deux fois, trois fois, avec obstination. Telle était sa tendre Féline, au prénom si bien trouvé, qui lui allait comme un gant, en toutes occasions.

Dans ces moments difficiles, que ce fût avec sa compagne ou son associé, il gardait le silence, un long silence. Il avait appris à se taire, à se défiler par le silence, pourrait-on dire.

— Tu ne veux rien me dire de ce qui s'est passé chez le notaire ? reprit-elle.

— Il ne s'est rien passé, se défendit-il. Rien de plus que ce qui se passe lorsque l'on vient quérir en bonne et due forme des documents de succession. Il y a une maison, une très grande maison d'un côté et de l'autre des avoirs… La maison, je peux en disposer assez vite, la conserver ou la vendre. Voilà.

Richard reprit son souffle pour recouvrer un peu de sérénité. Une conversation avec Féline, chaque fois, quel qu'en fût le sujet, le désorientait, car elle mettait beaucoup d'elle-même dans ce jeu. Chaque fois, c'était comme s'il lui ouvrait une porte dans son jardin secret.

— Et les avoirs ? Ça se monte à combien ?

Richard ne répondit pas. Il n'avait même pas encore eu la curiosité d'ouvrir le dossier pour l'examiner dans le détail.

Il soupira. Elle éclata de rire, un de ces beaux rires qu'elle avait parfois pour des choses sans importance. Et à la vérité, se dit-il, des choses qui, d'ordinaire, ne sont guère risibles.

— Avec un peu de chance, il y aura un gros paquet de dettes. Le vieux Valdemon n'était sans doute pas l'homme que l'on se plaît à décrire dans les gazettes. Un traficoteur, un faisan de première, une canaille…

— Comment peux-tu te permettre de le juger alors que tu ne sais rien de lui ? défendit Féline. Tu ne t'y es jamais intéressé. C'est resté un étranger. Comme, peut-être, je suis une étrangère pour toi ?

Richard se renversa en arrière sur le lit, fixant le plafond.

— Pourquoi dis-tu ça ?

Il y eut un long silence. Cela faisait des mois déjà que Féline l'interrogeait sur cet amour qui les liait. Le poursuivre ou l'interrompre. C'était devenu une telle obsession qu'elle avait envisagé de partir. Mais sans doute ne trouvait-elle pas la force de rompre les liens que créent les habitudes, la routine, l'insidieux confort qui brise toutes les résistances.

— Tu es enfermé, je dirais même claquemuré, dans ta carapace. Avec ton père que tu as refusé d'aimer, surtout, à ce que j'ai cru comprendre, après la disparition de ta sœur. Et ça continue avec moi. Malgré le temps, tu ne varies en rien. C'est rare, un être qui refuse de se retourner sur lui-même. Je me dis souvent, poursuivit Féline, qu'il n'est peut-être que ta petite personne qui compte, persuadé que tu es qu'il n'en existe aucune autre qui la surpasse. Comment vivre un amour avec toi, Richard ? Je n'ai pas encore pu répondre à cette question qui m'obsède.

Il lui répéta alors dix fois, comme un murmure qui ne s'estompe, qu'il l'aimait, l'aimait, et l'aimait encore, sachant que les mots, même obstinément assénés, ne suffisent à composer une vérité. Car Féline n'était pas loin de croire que Richard jouait et se jouait la comédie. Cet état de fait était devenu en elle une petite souffrance lancinante, comme une affection du corps qui s'en revient régulièrement, ni plus fort ni moins fort, avec lequel il faut se résigner à vivre, faute de guérison.

Puis le silence perdura au bout du fil, comme si l'un et l'autre n'avaient rien à se dire de plus. Pourtant, ni Féline ni Richard n'interrompirent le silence, comme s'ils attendaient encore quelque chose l'un de l'autre. Et peut-être cette attente du « quelque chose » était tout ce qu'il restait de leur amour, ce suspens lancinant et trompeur, à l'image de la vie, et dont la dépossession les eût rendus encore plus désespérés.

— Pour vider la maison, tu vas avoir besoin d'aide. Il y a des entreprises qui font ça très bien.

— Je ne sais pas. Je n'ai rien décidé. Et peut-être ne déciderai-je rien, jamais.

Richard entendit son long soupir.

— J'étais sûre, dit-elle, que tu ne rentrerais pas dans la maison de ton père. Que tu te contenterais de passer, sans toucher un seul objet.

Il soupira en levant les yeux au plafond, contempla les marbrures composées par la lumière du dehors.

— Cette maison me fait peur. Je ne veux rien avoir à faire avec elle. Si le « vieux » avait eu la géniale idée de la vendre et ne rien laisser derrière lui ! S'effacer en somme corps et âme. Et surtout, ces horribles odeurs qui stagnent entre les murs. Toutes les traces de l'agonie, les humeurs de la maladie et l'odeur écœurante des médicaments.

Je me répète, songea-t-il, *par les mots et la pensée, je n'en finis plus de bégayer*. Et il ajouta comme pour s'en excuser :

— Pourquoi je te raconte tout ça ? Tu n'en as rien à faire.

Féline s'en défendit, affirmant qu'il se méprenait sur elle. Et visiblement, elle aurait voulu que Richard la prît au sérieux. Mais elle ne savait pas trouver les mots pour l'en convaincre. Elle insista encore :

— Me voici bien plus proche de toi, Richard, que tu ne l'imagines.

Il hocha la tête et posa le téléphone sur sa poitrine. Il ne voulait pas interrompre la conversation le premier. Elle non plus, visiblement. Et cette sensation lui parut, en ce jour un peu spécial, la première bonne nouvelle. Peut-être n'y avait-il plus d'amour entre eux, comme au tout début, mais une trace quand même, une étincelle…

Il décida de sortir du lit pour achever la bouteille de champagne, en s'installant sur une chaise près de la fenêtre entrouverte avec le vin triste, et des regrets en pagaille dans la tête. N'être qu'un architecte de seconde zone, sans grande ambition, possédé par des goûts de chiottes, et cantonné, au fond, aux bicoques de piètre apparence et matériaux de construction courante… *Le pire, c'est que mon cher associé Ledoux m'a conforté dans cette direction*. « Mais comment ça, tu n'as pas de raison d'être déprimé, mon petit Richard, c'est toi qui fais bouillir la marmite… Tu as remarqué, heureux garçon (il avait cette manie d'expédier des mots méprisants au fil des conversations), tu fais le plus gros chiffre, avec vingt projets bas de gamme, tandis que, moi, hélas, j'en réalise deux dans le même temps. »

Il avait imaginé voler de ses propres ailes, se satisfaire de la médiocrité qui épouse le goût du temps porté sur les habitations fonctionnelles et peu chères érigées dans des quartiers de seconde zone, mais il avait vite pris conscience que son associé Gilles Ledoux apportait toute la notoriété du cabinet au sein même du conseil de l'ordre.

Aux aurores, Valdemon entreprit une petite balade dans les bois voisins de l'*Hôtel Moderne*, et jusqu'à la crête d'une colline qui offrait une vue teintée d'or et de brume sur Hautefort. Le temps de reprendre souffle, il consulta son téléphone et n'y dénicha que des messages de peu d'importance. Il était rare que Richard se laissât accaparer par ces machines. Seule Féline lui avait laissé trois ou quatre messages abscons. Elle ne savait guère exprimer ses sentiments à force de tourner autour. Peut-être s'ennuyait-elle de son absence ? À moins que ce ne fût, tout au plus, rien d'autre que des pensées convenues.

Dans le hall de l'hôtel, le propriétaire s'approcha de Richard pour le saluer, d'une poignée de main ferme.

— Depuis votre arrivée, monsieur Valdemon, il y a une question qui me brûle les lèvres.

— Ah oui ! Laquelle, dites voir ? Libre à moi d'y répondre ou non. Car je suppose, à votre embarras, qu'elle pourrait me rebuter, n'est-ce pas ?

— Non, je ne crois pas, fit-il en balançant la tête. Sans doute un brin personnel.

La serveuse lui apporta une tasse de café. Il la posa sur l'angle du comptoir.

— Oui, oui, cher monsieur, qu'est-ce que ça fait d'être le fils d'Armand Valdemon, connu et archiconnu, forcément apprécié dans tout le pays ?

Richard éclata de rire en se tournant vers la petite serveuse qui baissait la tête.

— Un homme qui a tant apporté à la notoriété de notre Périgord, ajouta Lambérie. Un ami fidèle de Sylvestre Jourde, industriel de renommée mondiale. Comment, oui comment monsieur votre père a-t-il pu devenir un de ses collaborateurs ? C'est un mystère.

Lambérie s'empara du journal pour exhiber le fameux article élogieux.

— Je n'en pense rien, marmonna Richard. Peut-être ma réponse va-t-elle vous décevoir, mais hélas, c'est la triste vérité.

Puis il hésita à livrer son opinion, sachant à l'avance qu'elle allait fortement décontenancer ce brave homme. Mais comment résister à la tentation ?

— Je n'ai jamais bien connu mon père, avoua-t-il d'un ton apaisé. C'était un homme indifférent, hautain, si loin de ses enfants. Trop occupé, sans doute. À moins, marmonna Richard, que nous ne l'ayons jamais intéressé, ma sœur et moi. Oui, hélas, c'est ce que je crois.

Le patron de l'*Hôtel Moderne* eût bien voulu poursuivre cette conversation, mais Valdemon jugea qu'il en avait déjà trop dit. L'homme l'accompagna jusqu'à la porte, espérant encore qu'avec un peu d'aplatissement il parviendrait à glaner quelque autre confidence.

Et une fois installé dans sa voiture, Richard recula le siège à fond et se mit à réfléchir.

Je ne peux pas m'abandonner aussi aisément à la lâcheté, sans que celle-ci ne finisse par me ternir l'âme, se dit-il. *Je dois entrer dans cette maison, même si je n'en ai guère le désir. Certes, plutôt fuir…* Tout ça pour revenir, ici, tôt ou tard, à reculons, et enfin se rendre, par la force des choses. Puis il adressa un message à Féline pour la rassurer : « La nuit, décidément, m'a porté conseil. Je vais prendre possession du domaine paternel. » Elle lui répondit, quelques minutes plus tard : « Tout ça pour ça… Quelle sorte d'homme es-tu ? »

3

Après deux jours pleins de décrassage, disons même de désinfection, opéré par une entreprise de ménage de Soirac, Richard se sentit enfin prêt à franchir le seuil de la maison Valdemon. Certes, il le fit à reculons, d'un pas hésitant, mètre par mètre, le cœur battant. La cuisine, la salle à manger, les trois chambres, et même le bureau, il les traversa sans rien toucher, comme si ce fût un musée empli de choses sacrées. Les nettoyeurs, deux femmes et un homme, selon la société Fée du logis, avaient pris soin de laisser les fenêtres ouvertes et les volets mi-clos. Richard se décida à les ouvrir en grand et de les crocheter sur la lumière vive du jour. Il avait besoin de cet éclairage pour se rassurer, bien qu'après coup, forcément, il jugeât ses réticences bien ridicules. Pourquoi cette crainte du père le possédait tellement, par-delà sa disparition ? Il ne croyait ni aux fantômes ni aux esprits. Il ne croyait en rien. À ses yeux, un simple décrassage des lieux avait suffi à en chasser la présence. Mais il n'empêchait, toutefois, qu'Armand Valdemon était partout autour de lui, de par la multitude des objets qu'il avait touchés, jusqu'aux traces d'ongles sur les meubles, proches des ferrures, ou aux auréoles jaunâtres et persistantes d'urochrome sur le carrelage des toilettes.

Puis Richard alla s'installer au bout de la table, dans une sorte de rocking-chair qui faisait un grincement d'osier. Cette musique était rassurante. Sans doute en était-il de même pour le « vieux » lorsqu'il le traînait jusqu'à la terrasse pour faire sa sieste, face aux douces collines de Soirac. Mais à cette seconde, Richard décida, comme une promesse impérative, de ne pas l'imiter, le « vieux ». En aucun cas. Sinon à se mettre dans ses pas, ce serait lui reconnaître la plus petite importance. Cette idée le porta à sourire. Il frappa vivement du poing sur la table et dit : « Tu ne m'auras pas, vieux salopard ! Ce n'est pas aujourd'hui que ça va commencer. Et pour preuve, je ne laisserai rien derrière toi. Je ferai place nette. Décidément, ta mort m'a donné le dernier mot. » Il se mit à réfléchir longuement, sans se départir de cette obsession, jusqu'à ce qu'il atteignît au fond de lui le seuil de la colère.

Tu n'as que trop vécu, vieux père, dans cette suffisance qui te caractérisait, avec ce sentiment obscène d'avoir fait pour le mieux dans ta vie et d'être définitivement irréprochable.

Puis il se leva pour récupérer le pot chinois qui contenait les cendres et s'en vint le poser, là, devant lui. C'était plus facile pour lui parler, le prendre à témoin, et peut-être, qui sait, lui dire ce qu'il n'avait jamais osé prononcer. Car le peu de fois où ils s'étaient rencontrés dans la vie, il n'y avait eu que des conversations anodines : le « vieux » dans le bon rôle et lui, insignifiant, à écoper les réflexions assassines, les ricanements outranciers et les rictus de dégoût. La confrontation entre le fils et les cendres du vieux Valdemon dura d'interminables minutes, dans le silence juste altéré par quelques coups de vent brusques. Et de fait, ces rumeurs du dehors l'incitaient chaque fois à redresser la tête vers le plafond, comme si la colère du vieux s'en revenait taquiner le silence.

Plus tard, comme il était sorti griller une cigarette sur la terrasse, le téléphone se mit à sonner dans sa poche. C'était Ledoux, son associé d'Orléans, qui venait s'enquérir de sa santé.

— Ni bien ni mal. État stationnaire. Si tu veux savoir quand je rentrerai, mon cher Gilles, ce ne sera pas avant une semaine.

— Tu as fini par prendre possession de ta maison ?

— Pourquoi ? interrogea Richard. Féline t'a raconté tout ça… Pourquoi l'as-tu écoutée ? Il ne faut pas entrer comme ça, par une porte dérobée, dans la vie d'un couple. C'est insolent.

— Je m'inquiète pour toi, c'est tout. Il ne faut pas y voir quelque malice.

Il y eut un silence durant lequel ni l'un ni l'autre ne savaient au juste s'ils devaient raccrocher ou garder la ligne ouverte.

— Ce sont des affaires personnelles, dit Richard d'une voix moqueuse. Il n'y a rien à gagner pour toi dans cette histoire.

— Tu vas hériter. Tout de même.

— Je ne sais pas. Ou plutôt je ne me suis pas encore penché sur la question. Mais je ne compte pas investir dans notre affaire.

— Et pourquoi donc ?

— Tout ça pour dessiner des bicoques en série dans des lotissements minables…

Ledoux resta silencieux. Et Richard jubilait d'avoir eu ce courage-ci, enfin.

Il se passa une minute. Puis l'associé ajouta :

— Mon petit Richard, il ne tient qu'à toi de montrer plus d'ambition, au moins une fois ou deux par an. De surveiller les derniers concours en date, d'y participer et de convaincre les jurys. Tu manques de confiance en toi, Richard, tu désarmes avant de livrer le combat. Ça m'ennuie de te dire ça, mais c'est la vérité.

Valdemon raccrocha illico. C'était la première fois que l'associé s'autorisait ce genre de propos. Et, retournant dans la maison du vieux d'un pas chaloupé, comme si l'uppercut l'avait un peu sonné, il reprit place devant le pot chinois, le regard braqué sur le dragon de la Garden Collection Ming. Pourquoi cette urne-là, se demandait-il, et non un récipient en bronze ou en argent comme il est d'usage ? Richard était fort étonné que son père se soit offert pour contenir ses cendres un objet de si grande valeur, une pièce sans doute rare. Comme si sa noble petite personne, même réduite en poussière, ne pouvait se loger que dans un écrin d'élégance. Même malade, dévoré par le cancer, cet orgueil-là était resté fort ancré en lui jusqu'au bout.

Pour la première fois depuis son arrivée à Croix-de-Fon, Richard se mit à fureter sur les étagères, les meubles, les recoins. Après tout n'avait-il pas hérité de tout ça d'un trait de plume, sans discussion, sans marchandage, comme il est souvent d'usage dans les bonnes familles ? Néanmoins, l'idée de devoir dresser un inventaire le turlupinait. À droite, les choses qu'on garde, à gauche celles dont on se déleste. Mais il ne se sentait guère assuré pour ce jeu, somme toute violent. Il se souvenait encore de la mort brutale de sa sœur en 2013, lorsque le père lui avait demandé de procéder au règlement de ses affaires, vider l'appartement du boulevard Sérurier, liquider les comptes bancaires et autres, vendre meubles, livres, et surtout sa si précieuse collection de vinyles, ses vêtements Caroll, Gucci, Burberry, et tant d'autres petites obligations tout aussi éprouvantes, comme l'achat d'une concession au cimetière de La Villette. Cette année-là, monsieur père, démoli par le chagrin de sa fille adorée, la petite Andréa si souvent fêtée, admirée, la seule dans la famille Valdemon qui ferait de grandes choses, avait préféré se mettre en quarantaine. La première fois où Richard le surprit au troisième niveau de la désespérance. Mais qu'on se rassure, le chagrin dura un mois et pas un jour de plus. « Désormais, dit-il, il nous faut passer à autre chose… On ne vit pas avec les morts. » C'était une petite réflexion en vérité sans grande noblesse, plutôt médiocre même, dont Richard se souvint lorsque le cancer en phase terminale vint assaillir le vieux. *Tu ne me feras pas verser une larme, monsieur père. Comme tu ne l'aurais fait, assurément, si j'avais dû y passer le premier.*

Il alla chercher dans le bar du salon une bouteille de cognac et s'en servit une dose raisonnable. Après deux courtes rasades, une grimace, et une violente brûlure d'estomac, il jeta le reste par la fenêtre.

Quel genre veux-tu te donner ? se dit-il.

Décidément, l'architecte se découvrait pathétique dans le rôle du crâneur. De celui qui veut boucler la séance des adieux en quatre coups de cuillère à pot, alors qu'en vérité il se trouve si mal dans sa peau, en fils de famille, fin de lignée, sans autre perspective que de devoir gérer un héritage qui le débecte. Dernière option : tout verser à un organisme de charité… Il éclata de rire en imaginant la tête de l'associé : « Déjà que je te supporte, mais en plus tu tires contre ton camp… »

Puis il vint s'installer dans la cuisine, face au buffet Napoléon III, portes grandes ouvertes. Les tiroirs du bas contenaient des photographies en vrac, ceux-ci débordant au point qu'une fois ouverts, on avait le plus grand mal à les refermer. Sur les quatre étagères, des collections de verres gravés, baccarat et cristal Saint-Louis, dont six Callot, pieds et cols mordorés. Une collection de carafes à décanter, de toutes les époques, dont certaines en verre taillé. Puis une étonnante collection de verres à absinthe La Cressonnée… Au-dessous, des barbotines alignées, toutes plus baroques les unes que les autres : assiettes à huîtres, à asperges, à fruits, et des soupières de toutes formes, certaines extravagantes. Mais en y regardant de plus près, après une rapide recherche sur son téléphone, Richard mesura que ces pièces de porcelaine étaient assez rares, comme ce sucrier en pâte tendre de Mennecy avec un décor de bouquets de fleurs polychrome sur fond blanc, et une marque en creux, *DV*. Il s'amusa à chercher la signification de ces initiales et trouva assez vite : Duc de Villeroy. Il fit de même avec quelques autres pièces Chantilly XVIIIe, dont de la faïence italienne décorée en camaïeu vert.

Pourquoi cette collection ? s'interrogea Richard. Ça ne ressemblait pas au vieux qui toute sa vie n'avait marqué de l'intérêt que pour l'argent et la réussite. Se fût-il caché par hasard dans ce cœur racorni un esthète ? Le jeune homme sourit. Malgré tous ses efforts, il ne parvenait décidément pas à l'anoblir, ce marchand à la noix. Et quelles que fussent les surprises à venir, il ne parvenait pas à dénicher en lui quelques circonstances atténuantes. À la vérité, il l'avait jugé, déjà, depuis longtemps.

Une fois le buffet visité, Richard s'en éloigna en fermant les portes à clé. Peut-être Féline y trouverait de quoi satisfaire sa curiosité, à supposer qu'elle vienne à Croix-de-Fon. Ses dernières conversations avec elle le rassuraient : « Ne compte pas sur moi, Richard, ah, surtout pas, je ne me mêlerai pas de tes affaires. J'en ai assez entendu sur ton père. »

Il reprit un fond de cognac, et cette fois le laissa glisser dans sa gorge par petites touches. Ça le mettait de bonne humeur de boire les alcools de monsieur père. Ça le rendait plutôt guilleret. Et il s'en voulait d'éprouver autant de légèreté. Car devant une telle situation, un deuil, un deuil tout de même, la raison aurait voulu qu'il marquât un peu de déférence.

Cette fois, il alla visiter l'armoire de la chambre du vieux. Elle contenait sur un cintre un costume blazer bleu en lin, une chemise blanche en coton gaufré et une cravate lie-de-vin. Et sur l'étagère du haut, deux ou trois babioles, des nœuds papillon de différents coloris et surtout de petits gilets noirs, blancs, ivoire. Deux paires de gants en cuir noir et marron. C'était tout. Le reste avait été débarrassé par les soins de la gouvernante. De même les petits tiroirs étaient vides, sauf une enveloppe dans l'un d'eux. Sur celle-ci, Armand Valdemon avait écrit : *À l'attention de Pierrette…*

Richard glissa les doigts à l'intérieur et en extirpa un bristol que, sans doute, la gouvernante avait remis à sa place après lecture.

Chère Pierrette,

Pour la mise en bière, vous choisirez entre les deux costumes celui qui vous paraît le plus approprié. Le gris ou le bleu. Puis une chemise blanche et une cravate noire. Ce sera parfait. Vous donnerez aux croque-morts ce billet de 500 euros pour dédommagement. Le reste, vos arriérés, la banque vous le versera dans une semaine.

Armand Valdemon

D'un geste d'agacement, Richard déchira l'enveloppe et le bristol et les laissa tomber au fond de l'armoire. Après coup, il jugea son geste stupide. Peut-être en voulait-il encore au vieux d'être parti sans lui avoir laissé aucun mot ? Un adieu. Même bref. Puis cette pensée s'évapora aussitôt. À bien y réfléchir, il eût fait de même avec son père. L'un et l'autre n'avaient jamais été que des étrangers.

Dans la chambre, il fit le tour du lit. La gouvernante avait plié le matelas en deux, sans doute pour dissimuler les auréoles. Un désagrément que Pierrette lui avait épargné.

Plus tard, Richard se rendit à la mairie de Soirac. Quand il s'annonça, la secrétaire le toisa. Il devina ce qu'elle pensait de lui, que, décidément, ce fils ingrat ne s'était jamais soucié de son père. Il n'essaya pas pour autant de se justifier. C'eût été aggraver son cas. Puis elle lui tendit, sans un mot, une dizaine d'exemplaires du certificat de décès.

— Pour vos démarches administratives, lui dit-elle en baissant le regard.

— Je n'ai besoin de rien. Armand Valdemon a tout réglé avant de partir.

— Ses obsèques civiles ont surpris tout le monde.

— Comment cela ?

— Un homme si important. Une personnalité de premier plan dans notre région. Partir ainsi, sans cérémonie, directement au funérarium. Sans un discours. Sans rien. Comme un animal que l'on jette à la fosse.

Richard se recula d'un pas du comptoir, pieds joints, les épaules tombantes, le regard baissé. La secrétaire fut décontenancée par son silence. Et comme elle insistait, il marmonna qu'il n'avait rien à dire. Puis il se mit à réfléchir. Sans doute étaient-ce les coutumes en Périgord d'ensevelir les disparus avec moult cérémonies, oraisons et pleurnicheries.

— Armand Valdemon n'était pas croyant. C'était un libre penseur, madame. Et pour tout vous dire, si cela peut vous rassurer et amoindrir la fâcheuse opinion que vous avez de moi, il m'a laissé ses cendres que je vais répandre sur ses terres. Des terres, oui, des terres, ajouta-t-il, toutefois destinées à la vente. Car je ne veux rien garder de lui... Comprenez-vous, madame ?

— C'est triste, murmura-t-elle.

— Vous le connaissiez ? Oui, suis-je bête, bien sûr que vous avez eu affaire avec lui...

— C'était un homme simple, avec le cœur sur la main, toujours attentif aux problèmes des autres.

Richard se sentait désemparé. Il aurait voulu échapper à ce moment du jugement, ces accusations à charge, l'indifférence d'un fils à l'égard de son père. Mais rien ne l'obligeait à se répandre en regrets. Trop d'orgueil en lui, et pire que l'orgueil en vérité, le mépris. Tout le mépris du monde.

— Souhaiteriez-vous rencontrer M. Soulain ? demanda la secrétaire.

— Qui donc ?

— Notre maire, José Soulain.

— Pourquoi viendrais-je lui faire perdre son temps ? Ce monsieur a bien autre chose à faire que de m'entretenir d'Armand Valdemon, non.

Et à ce moment, Richard réalisa qu'il ne disait jamais « mon père ». Cette expression lui paraissait impossible à prononcer, comme si le « vieux » ne l'avait jamais été, un père. Sans doute avait-il cessé de l'être à la mort d'Andréa… La question le turlupina une bonne minute alors que l'employée avait cessé de le dévisager, les yeux fixés sur son dossier ouvert. Puis elle finit par lui demander s'il avait encore besoin de ses services.

— Une question.

La secrétaire fronça les sourcils, signe annonciateur d'un agacement, et baissa le regard aussitôt, comme si elle n'attendait de son visiteur aucune parole de plus. Dans ces moments, Richard se demandait toujours pourquoi ses relations avec les autres soulevaient cette sorte de réaction, comme s'il possédait ce talent d'irriter ses locuteurs avant même d'avoir prononcé un mot.

— Connaîtriez-vous dans le village une certaine Pierrette ?

L'employée hocha la tête.

— Bien sûr. Pierrette Andraud. Elle a accompagné votre père jusqu'à la fin. Avec un dévouement rare. Mais Pierrette est ainsi, monsieur, elle ne fait rien à moitié. Elle se donne à fond. Et je crois aussi qu'elle appréciait fort Armand Valdemon. Elle avait pitié de lui, de le savoir ainsi…

Elle parut chercher le mot le plus juste, certes offensant.

— … abandonné, dit-elle.

Puis elle lui écrivit son adresse sur un bristol et tenta ensuite de lui expliquer où habitait cette dame si dévouée.

Cette invitation à rendre visite à Pierrette était plutôt insistante. Une idée, du reste, qui ne lui était même pas venue à l'esprit. Il sortit de la mairie comme un zombie. Le vent était assez fort à ce moment de la matinée, avec un ciel menaçant. Il longea la rivière dans le bruissement infernal des peupliers et des chênes. Plusieurs personnes le saluèrent mais il ne répondit pas. *Surtout, je ne veux avoir aucune attache à Soirac. Ce pourrait devenir dangereux pour ma santé mentale*, ironisa-t-il. *Je suis un étranger intégral ici, pire même, un mauvais fils, un grossier personnage, plein d'ingratitude.*

Il dépassa l'église d'un pas alerte, sans même tourner la tête, croisant quelques personnes plutôt âgées sans les regarder ni les saluer. Rien ne devait le distraire en ce moment de sa vie où il appréciait fort, sans doute, non sans jubilation, le sentiment d'être enfin un orphelin dans la famille Valdemon, dernier de la lignée, et surtout de ne devoir rendre compte à personne.

Valdemon hésita à presser le bouton de la sonnette. Cette démarche, somme toute, ne lui disait rien qui vaille. Par celle-ci, il lui semblait entrer par effraction dans l'histoire de son père. À ce moment, il espérait déjà que la gouvernante ne répondrait pas et que, tout naturellement, il poursuivrait sa promenade au bord de la rivière, sous les chênes et les ormeaux, à écouter le tumulte du vent dans les hautes ramures, puis descendrait sur la rive. Peut-être se résoudrait-il à choisir cet endroit pour déverser les cendres du « vieux » ? Ça le turlupinait, ces restes mis à disposition par le notaire. Où les semer, au juste ? À la grâce du vent qui passe, là-haut sur la colline ? Ou au fil de l'eau ? Voilà une question qui aurait bien amusé l'associé. « Mon pauvre Richard, tu as le don de te poser des questions inutiles. » Non, il n'aurait pas dit « inutiles », mais « superfétatoires ». Ça, c'est un mot qui lui plaisait bien et dont il usait abondamment.

Soudain, la porte d'entrée s'entrouvrit, timidement, et il aperçut un visage fort apprêté, avec les cheveux gris tirés en arrière et comprimés dans un chignon. Les traits lui parurent réguliers, avec un brin de maquillage, sans excès. Au premier regard, il jugea que cette Pierrette Andraud n'était pas entrée au service d'Armand Valdemon par hasard. Était-ce lui, au fil du temps, qui lui avait éduqué cette élégance ? C'était bien mystérieux.

Puis Mme Andraud l'invita à entrer dans le couloir. Il se fit un peu prier par pure convenance. Et ainsi, au bout d'un escalier assez étroit, dont certaines marches étaient encombrées de livres et de revues, il entra dans un salon soigneusement tenu, fleurant l'encaustique et la térébenthine, la même odeur qui l'avait incommodé dans la maison du « vieux » la première fois. Elle voulut le faire asseoir mais il insista pour rester debout. Richard ne voulait pas s'incruster, et risquer un café, de petits biscuits et autres gâteries.

— J'ai été au service de votre père pendant cinq ans. J'ai été engagée après la mort de votre sœur.

— Andréa, dit Richard.

— M. Armand ne supportait plus la solitude. Il faisait des cauchemars continuels. Puis il en est arrivé à ne plus s'alimenter, refusant tous les petits plats que je lui préparais. J'ai cru alors qu'il voulait se laisser mourir, par chagrin.

Richard haussa des épaules.

— Ça ne lui ressemble guère. Je n'ai pas connu le même père.

Elle fixait Richard, intensément, en hochant la tête. En silence. Il l'observa jusqu'à ce qu'elle baissât la tête.

— Je n'aurais pas dû vous raconter ça. C'est impardonnable.

Richard tenta de la rassurer en lui disant qu'elle n'était en rien responsable des vieilles histoires, celles qui avaient généré tant de malentendus et de haine. Elle parut apaisée.

— J'ai trouvé le petit mot pour les employés des pompes funèbres. Costume gris, costume bleu.

Tandis qu'il souriait, Mme Andraud baissait la tête, triste et effacée. *Voici une femme*, pensa-t-il, *que le vieux a hypnotisée et qui sera toujours de son côté, fidèle et dévouée, au-delà de la mort. Autant dire que je suis le méchant à ses yeux, celui qui n'a jamais pris soin de son père. Et qui sait encore ce qu'il lui aura raconté, le « vieux », pour me noircir.*

— Monsieur votre père est parti dans d'affreuses douleurs. Les piqûres de morphine, à la fin, ont atténué son calvaire. Mais avancé sa mort. Tout cela était fait en toute lucidité.

— Et avant la morphine, que prenait-il ?

Pierrette alla chercher dans le tiroir du buffet une boîte de fentanyl et de tramadol.

— Voilà ce qu'il prenait en cachette, sans limites ni raison.

— À ce stade, reprit Richard, où se situent la limite et la raison ? Il était assez lucide, me semble-t-il.

— Jusqu'au bout. Pourtant, il ne parlait jamais de la mort. Il occupait son temps comme il pouvait. La musique, les livres… Comme s'il voulait rattraper le temps perdu, celui des jours heureux sans réfléchir ni se disperser d'un côté ou de l'autre. Il avait ce regret d'avoir laissé couler sa vie en la perdant pour l'essentiel.

Soudain, Richard regretta cette visite qui l'emportait bien au-delà de ce qu'il avait toujours craint, le réveil d'un sentiment enfoui au tréfonds de lui-même.

— Je ne souhaite pas trop parler de mon père.

Elle l'observa avec une gravité affligeante.

— Vous n'êtes pas sincère, monsieur Valdemon. Que vous le vouliez ou non, il aura compté pour vous.

— Jamais, fit-il en se détournant d'un pas de côté.

Il s'assit en face d'elle, et ils s'observèrent longuement dans le poids du silence, seulement rythmé par le balancier de la pendule.

— Quand lui a-t-on décelé ce cancer ?

— Il y a trois ans. Dans un premier temps, il a feint de l'ignorer. Je crois qu'il a pensé que cette affaire n'était pas pour lui, que ça ne lui ressemblait pas. Mais un de ses amis lui a pris un rendez-vous à l'Oncopole de Toulouse. Les traitements l'ont lassé et il a cessé de les suivre, avec la certitude un peu folle que la maladie ne pourrait le vaincre, lui, un homme de sa trempe.

— Cet orgueil démesuré, soupira Richard, était insupportable pour Andréa et moi. Et plus pour Andréa que moi. J'ai préféré prendre mes distances pour rester sauf.

Soudain, le visiteur se leva de sa chaise.

— Ah, mon Dieu, voyez où vous m'entraînez, madame… Sur un terrain où j'avais juré de ne jamais plus revenir.

Il se prit la tête dans les mains. Pierrette se rapprocha de lui, le geste hésitant. Elle avait envie de lui offrir un petit geste consolateur, un rien d'attention, mais se retint, se souvenant, malgré l'intérêt voué à Armand Valdemon, qu'elle n'était qu'une étrangère, rien de plus.

— Je crois que nous nous sommes tout dit, n'est-ce pas ? Et le reste, tous les petits détails sur ses jours ultimes qu'il a traversés à Soirac, je n'en veux rien savoir.

Mme Andraud sursauta soudain, s'écriant qu'elle avait oublié de parler du dossier.

— Qu'est-ce donc encore ?

— La veille ou l'avant-veille de sa mort, monsieur votre père m'a confié un dossier en me priant de l'emporter chez moi. Il contenait de nombreux documents personnels dont il voulait se défaire. Et surtout, il m'a chargée de les détruire. Il a insisté : « Ça ne doit pas me survivre, comprenez-vous ? » Et il a senti que je n'étais pas tout à fait prête à satisfaire sa volonté. Mon hésitation l'a mis en colère. Et il m'a fait jurer, oui, jurer, vous dis-je, de le faire. Mais pour la première fois, j'ai désobéi à votre père. Le fameux dossier est resté dans la maison de Croix-de-Fon. Je l'ai caché dans le grenier sous de vieilles hardes.

Richard haussa des épaules.

— Je vois que vous aussi, madame Andraud, vous avez résisté au « vieux ». Il a dû vous en coûter ? Car tout de même vous lui étiez dévouée, n'est-ce pas ?

La gouvernante le fixait avec une certaine gravité. Et Valdemon comprit soudain à quelques signes d'impatience que l'entretien était terminé.

Richard lui tendit la main, mais la gouvernante feignit de ne pas la voir. Elle lui en voulait de n'être pas un fils convenable, d'avoir méprisé son père et de ne faire montre, par-delà la mort, du moindre attendrissement.

4

Par un message laconique, Féline lui annonça sa venue à Croix-de-Fon. Sans justification. Et sans attendre le moindre acquiescement. Une visite en force, pensa Richard, pourtant peu désirée. Sa compagne était la dernière personne qu'il avait envie de voir en ce moment. Il avait envie d'être seul, de profiter de ce temps pour réfléchir, et peut-être aussi se mettre en marge de la société. Mais il disposait de peu d'arguments pour la convaincre de demeurer à distance, au risque de froisser sa susceptibilité. Après toutes ces réflexions qui l'occupèrent une heure ou deux, il se résigna enfin à lui adresser un mot, un petit mot, bien énigmatique : « Fais comme tu voudras… » Elle lui rétorqua par WhatsApp : « Cache ta joie… » Il s'en fallut d'un cheveu que Richard expédiât son téléphone dans la nature, loin, bien loin, pour ne jamais le retrouver.

Alors, pour se dégourdir les pattes, il monta jusqu'au sommet de la colline qui offrait une belle vue sur la vallée de Soirac, les méandres de l'Auvézère, et le petit bourg avec ses maisons regroupées autour de l'église. Le cœur battant, Richard s'abandonna dans l'herbe sèche, les bras en croix, face contre ciel. Il se sentait mal, inutile, comme un noyé porté par la vague.

Peut-être est-ce à cet instant que le chagrin le submergea, lui arrachant sanglots et soupirs. Pourtant, il se refusait à croire que cette tempête de l'âme était due au vieux, à la mort du vieux. Ça non ! Insupportable idée. Il se redressa d'un coup, titubant sur ses jambes, la tête prise de vertiges. Il quêta par quelques mouvements désespérés un point d'équilibre. Et tout s'estompa.

Si Féline te retrouve dans cet état, se dit-il, *elle va prendre peur. Tu n'arriveras pas à lui prouver que ce désordre est dû au décès du père. Tu lui as bien assez répété, dans les derniers jours, que cette mort ne te faisait ni chaud ni froid.* Et elle avait répondu : « Tu n'es rien qu'un mollusque à sang froid, sans cœur ni âme. Mais que fais-je avec toi, Richard ? Me répondras-tu ? »

Il se mit à rire. C'était ce qu'il réussissait le mieux dans la vie, rire de lui-même, sans pitié ni indulgence. Ça lui offrait quelques circonstances atténuantes pour cette haine qu'il portait en lui.

Puis il redescendit à pas lents, suivant les méandres de l'étroit sentier, jusqu'à la terrasse. Et là, il écouta le silence, les battements de son cœur, et songea que sa santé, finalement, n'était guère plus robuste que celle du vieux, mort à cinquante-deux ans. Richard adorait se torturer ainsi, par un jugement pessimiste sur toutes choses. Il était le plus mauvais architecte de la terre, un raté, un nuisible, un velléitaire, soumis à l'associé qui passait le plus clair de son temps à lui démontrer ses insuffisances. Mais Richard n'avait pas envie de changer. Cela lui paraissait peine perdue que vouloir s'adapter aux impératifs de la vie en société.

Dans le salon, entre les piles de livres qu'il avait commencé à ranger par auteurs, il dégota un whisky et en avala une lichée au goulot. Puis il se retint aussitôt d'en boire plus. Le geste était vulgaire, impensable pour un homme comme lui, alors il se servit deux verres à la suite. Le bourbon n'était pas sa boisson favorite. Il préférait les whiskies tourbés, mais il n'avait pas encore trouvé le temps de faire des courses dans le supermarché de Hautefort. À supposer que celui-ci en possédât en rayon…

Nouveau message de Féline : « Tu me récupères demain à 17 h 20 à la gare de Brive. C'est ce que j'ai trouvé de plus pratique. À 45 minutes de voiture… » Il confirma aussitôt. Il n'avait pas l'habitude de céder illico à des injonctions, du moins ne risquait-il pas d'oublier… Puis il se sentit rassuré par cette nouvelle, quoiqu'il s'en défendît. En vérité, la solitude commençait à lui peser dans ce trou perdu de la Dordogne. Féline lui serait une présence apaisante dans cet orage d'incertitudes. Il se mit à chantonner l'air de la *Tosca* qui lui trottait dans la tête depuis le début de la journée, en arpentant de long en large la terrasse. Puis il finit par installer de nouveau sa chaise longue pour goûter la douceur de l'après-midi. Soleil mitigé, vent faible venant de l'ouest, nuages esseulés, un brin floconnés. Il se demanda alors ce que cette maison allait devenir. La conserver serait une charge supplémentaire, surtout avec la remise en état. Elle présentait des inconvénients pour satisfaire le marché : ouvertures trop étroites, pièces inutiles, un corridor par-ci, une alcôve par-là, le tout si mal distribué avec des longueurs de couloirs superflus… Les murs en pierres sèches avec des jointements parfaits, à l'ancienne, les boutisses alternant avec des panneresses, c'était le seul atout de Croix-de-Fon, ce savoir-faire ancien. Une demeure, se dit-il, qui ne pourrait intéresser qu'une catégorie d'acheteurs, amoureux de l'architecture quercynoise, ces derniers se faisant de plus en plus rares. Le « vieux » l'avait acquise dans les années 1980 au moment de l'expansion de la coop d'Argens, histoire d'en imposer dans le pays, de montrer qu'il était devenu un personnage important de la vie locale. Une demeure de patron, de manager, grâce aux « bontés » – comment nommer la chose autrement ? – de M. Jourde, le généreux parrain.

— Alors, monsieur Richard ? Vous voici rendu à Soirac…

Cette interpellation le fit sursauter. Un grand diable se tenait au bord de la terrasse, un pied sur le mur, l'autre sur le talus, en veste de chasse vert-de-gris, coiffé d'une casquette en toile grise, à ras des sourcils, broussailleux comme ceux d'un cochon.

— Si vous ne savez pas qui je suis, votre père lui me connaissait bien. Oh oui, certes oui, si bien. Un peu trop même. Parfois, il rechignait à me parler. À cause de nos affaires.

Il extirpa de sa poche une noix.

— C'était ça, qui nous tenait l'un et l'autre. Mais pas du même côté de la barrière. Moi, je lui en demandais toujours plus et lui, forcément, il rechignait à les payer le prix. Ah, tout de même, à la longue, ça crée de l'amitié, ce négoce.

— Vous avez des plantations de noyers dans les environs ?

Il se retourna pour désigner la colline voisine, Jurnac.

— J'ai une dizaine d'hectares. C'est presque rien, mais voilà, tout le monde se défend comme il peut.

Valdemon s'extirpa de sa chaise longue et lui tendit la main.

— Jules Perdigal, fit-il d'un coup de casquette.

— Je vous ai pris pour un chasseur.

— Vous êtes pas tombé loin, monsieur Richard. Le sanglier. C'est la plaie dans ce pays. Faut bien en tuer quelques-uns. Ça défonce tout. Mais comment pourriez-vous comprendre ça, vous, un homme de la ville ?

— Non, bien sûr. Je n'entends rien à tout ça.

Richard lui fit signe de monter sur la terrasse. Le type hésita avant de se décider. Il était méfiant de nature avec les étrangers. La vague écologiste avait rendu les paysans méfiants. Et, bien qu'il fût le fils Valdemon, il restait un exilé, loin de sa terre d'origine. Ça ne lui disait rien qui vaille.

— Votre terre touche la mienne.

D'un geste large, il désigna la crête de la colline. Et il rappela que la frontière se situait à moins d'un kilomètre, là-bas, tout près, au bois de chênes. C'était un paradis, avec ses cèpes d'automne. Il avait mis des pancartes partout : *Propriété privée. Ramassage des champignons interdit, sous peine de poursuites.*

Valdemon se retint de rire. Que craignait-il, le pauvre homme ?

— Pourquoi me dites-vous ça, monsieur Perdigal ? Je me fiche de vos terres.

La réflexion laissa le bonhomme pensif.

— Aviez-vous un contentieux avec mon père ? Là où il est, désormais, peu lui importent vos bois. N'est-ce pas ?

— Foutre non. Je n'ai jamais eu de problème avec Armand. Bien au contraire. Mais je m'interroge, tout de même. Et c'est l'objet de ma visite. Enfin, pas seulement. Je voulais aussi vous rendre quelques politesses de bon voisinage… Et peut-être aussi parler de l'avenir…

— Quel avenir ?

Perdigal se mit à arpenter la terrasse. Le fils Valdemon lui faisait mauvaise impression. Un homme de la ville. Un étranger. Architecte, à ce qu'on disait. Avec de solides relations.

— Vous comptez vendre ?

— Je ne sais pas, cher monsieur, vous me prenez au dépourvu.

— Vous êtes l'unique héritier, n'est-ce pas ?

Richard ne répondit pas, ce qui attisait au passage l'inquiétude du bonhomme.

— Il y a quinze hectares ici, voyez-vous, de bonne terre pour des plantations. Elles vous appartiennent désormais, en propre. Pardonnez ma curiosité, mais que comptez-vous en faire ?

Le visiteur ajoutait le geste à la parole pour désigner la colline verdoyante, prairie d'herbes sèches, quelques rares bosquets disséminés sur le cordeau du chemin avec ses îlots de broussailles. De toute évidence, le vieux avait veillé à l'entretien de sa colline, sans rien n'y adjoindre, sans la contraindre à un autre usage que le plaisir de la contemplation.

— C'est du gâchis, un endroit pareil, pesta l'homme en se tapant sur les cuisses.

— Si elle était à vous, cette colline de Croix-de-Fon, cher monsieur Perdigal, qu'en feriez-vous ?

— Une plantation de Corne et de Grandjean. Mille à mille deux cents noyers, fit-il, la main sur le cœur. Mais attention, y a un sacré travail de préparation. Et ça coûte, avant de rapporter, cette affaire-là. Défoncement du terrain, sous-solage, enfouissement de la fumure de fond. Mais, monsieur Richard, c'est causer pour ne rien dire, parce que vous ne vendrez pas. Je le sens. Vous avez un esprit tourné vers autre chose. Vous préférez garder le site intact pour le plaisir des yeux. C'est pas vrai ?

Richard ne répondit pas. Et son silence torturait le visiteur.

— Notez bien qu'on ne fait que causer, n'est-ce pas ? Si d'aventure la question vous intéresse, je suis votre homme. Nous serions même plusieurs coopérateurs sur le coup. Voilà qui pourrait vous rassurer.

Valdemon posa la main sur l'épaule de Perdigal et l'invita à boire un coup dans sa cuisine. En traversant la terrasse, le visiteur se retourna à plusieurs reprises pour contempler le paysage. Ce coin-là, il en était persuadé, était destiné à faire une très belle noyeraie, aussi grandiose que celle de Langon. Déjà, il comptait dans sa tête la petite douzaine de coopérateurs prêts à investir les yeux fermés. Et sans nul doute, Armand Valdemon père y avait songé chaque jour en ouvrant ses volets, en se disant, le vieux grigou : « Je la garde, ma colline, pour plus tard, pour mes vieux jours… Ça sera mon couronnement. »

Richard servit un pomerol, un Château Moulinet, dans des vieux verres à absinthe. Perdigal voulut trinquer, mais Valdemon refusa ostensiblement.

— Dites donc, vous ne vous mouchez pas avec le dos de la cuillère. Ce vin, diable, c'est du trop bon pour un jour de semaine. Foutredieu.

Richard éclata de rire en songeant aux réserves dans la cave. Le vieux avait fait une sacrée collection pour assurer ses vieux jours. Avec qui comptait-il les boire, ces bonnes bouteilles, lui qui entretenait pieusement, farouchement, sa solitude ? Ou voulait-il les déguster seul, comme un vieil égoïste, face à son miroir ?

Perdigal voulut surenchérir sur la valeur de ses vins, mais Richard l'arrêta net.

— Ça vient de Jourde, bien sûr. Il aimait lui faire des cadeaux, pour lui apprendre les bonnes manières, à connaître les bons vins, à apprécier les bonnes choses. C'est tout. Ça ne mérite pas qu'on s'attendrisse. Buvez-le, monsieur Perdigal, comme si c'était une des vinasses d'ici.

Le visiteur le regarda avec tristesse. Cette soudaine réaction, teintée de colère, lui parut hors de propos.

— Ah ! je comprends, marmonna-t-il dans sa barbe.

Au bout d'un long silence, Perdigal reprit la conversation.

— Monsieur votre père, décidément, est parti bien jeune. La cinquantaine passée. Alors qu'il avait entrepris tant de grandes choses. À Argens, c'est la stupeur. Vous devinez pourquoi ? La secrétaire, celle qu'on appelle Mimi, s'arrache les cheveux. Voilà qu'il lui faut tout mettre en ordre dans les papiers. Monsieur votre père, c'était un homme qui travaillait seul, qui n'aimait pas se confier. Aussi Mireille était un peu tenue à distance. Monsieur Armand, ce n'est point dire du mal, me semble-t-il, que de dire ça maintenant, il ne faisait confiance à personne. Et ses coopérateurs, il les tenait tous pour des incapables. À mon avis, il n'avait pas tort, votre papa. Oh ! ça non.

Richard trinqua avec le verre de Perdigal, avant même qu'il l'ait pris dans sa main. Ils burent en silence en écoutant le vent dehors qui balançait la porte d'entrée d'un petit mouvement grinçant, comme une musique triste.

— Je ne sais pas, dit Richard.

— Vous ne savez pas quoi ?

— En vérité, je ne connaissais pas mon père. Nous n'avons jamais eu une conversation ensemble, par exemple.

— Oh ! non, c'est pas possible. Monsieur votre père était un discoureur de première. Ah oui, ça, je vous le garantis, il savait embobiner son petit monde ! Et avec M. Jourde, ils faisaient une belle paire. De ce côté-ci, ils se ressemblaient. Je crois que monsieur Armand avait été à bonne école. C'est Jourde qui lui a tout appris, et surtout, ouais, à savoir se servir de ça. L'argent. Même que, à mon humble avis, monsieur Armand ne serait pas devenu l'homme important qu'il était dans notre pays sans ce Jourde. Un sacré parrain.

Perdigal se mit à réfléchir en observant à la dérobée Richard, pour voir ses réactions. Peut-être jugeait-il, pour le coup, qu'il était allé un peu loin. Mais non, le fils Valdemon encaissait le coup sans réagir, indifférent. Et c'est alors que le paysan comprit que ce Richard n'avait jamais éprouvé le moindre sentiment pour son père, au point d'esquiver la cérémonie religieuse qu'on avait donnée à Soirac en sa mémoire. Si cette défection avait surpris dans le pays, on s'était gardé d'en tirer des conclusions. Même ceux qui éprouvaient de l'attachement pour la famille Valdemon avaient justifié cette absence par mille explications, toutes plus fantaisistes les unes que les autres alors que la notabilité de la famille aurait suffi à tout pardonner.

Après deux ou trois verres de pomerol, Richard finit par trouver des qualités à Perdigal : un franc-parler, une insolence naturelle, des audaces de vieux propriétaire pour qui l'amour de la terre, sa terre, suffit à tout justifier. Même lorsqu'il insista encore et encore sur le devenir de Croix-de-Fon, Richard s'en amusa jusqu'à promettre qu'il n'engagerait rien sans le prévenir. Rien n'eût pu rendre Perdigal plus heureux que cette promesse, alors qu'elle n'était tout compte fait qu'une parole en l'air. Puis, par trop en confiance, le visiteur demanda à visiter la maison.

— C'est que, jusqu'ici, votre père ne m'a reçu que sur le pas-de-porte. Je n'étais pas quelqu'un d'assez important pour mériter cet honneur.

Valdemon ne répondit pas. Il n'avait aucune opinion sur le sujet. Le bonhomme s'attarda devant les collections de porcelaine, effleura du bout des doigts les carabines sur un râtelier : fusil double à silex et canon de Pirmet…

— Je ne l'ai jamais vu chasser, votre père. Ah ! ça non.

— Ce sont des armes de collection, justifia Richard. Il ne savait sans doute pas comment distraire son argent. Il achetait selon ses goûts du moment, comme si on l'avait privé de jouets dans son enfance. Peut-être, au fond, y a-t-il une explication… Moi, je n'ai pas hérité de lui. Je déteste les vieilleries. Je vis au jour le jour, sans passion, tout en légèreté en somme. Je ne m'attache à rien. Je suis comme un étranger de passage.

— Donc, insista Perdigal, ça ne vous ferait rien de vous débarrasser de ces terres… Si vous n'y tenez pas plus que ça.

Le propriétaire le laissa déambuler dans le salon, jeter un œil dans l'alcôve, et de même dans la salle à manger. Richard paraissait s'amuser de cette curiosité malsaine. Celle-ci ne faisait que renforcer en lui le mépris qu'il réservait d'ordinaire aux culs-terreux accrochés à leurs lopins. Et pour une fois qu'il tenait sous son regard un parfait spécimen de cette souche un brin arriérée, ça le distrayait fort, le misérable petit architecte d'Orléans sans avenir ni prétention.

— Vous me ferez une petite visite à Jurnac ? Un de ces jours ? Et surtout ne prenez pas de décision s'en venir m'en parler…

— Promis, dit Richard en lui posant la main sur l'épaule.

Si vous saviez, mon bon monsieur, pensa l'architecte, *un Richard Valdemon n'a jamais tenu aucune promesse.*

Puis, par des bâillements répétés, comme il avait l'habitude de le faire dans son cabinet de travail, il fit comprendre à son visiteur que sa présence, désormais, l'ennuyait. Il fit même quelques pas jusque sur la terrasse pour hâter son départ. Et, une fois seul, Richard s'abandonna lourdement dans son rocking-chair, devant la porte-fenêtre grande ouverte. Il y avait du vent, et celui-ci était revigorant, comme au bord de la mer. Cette sensation bizarre l'acheva soudain, et il se mit à somnoler. C'était une manie à la campagne, décidément, entre deux visiteurs fâcheux comme la pluie, de s'endormir un peu pour faire respecter son territoire de solitude. Mais cette fois, il fit plus que somnoler et, lorsqu'il revint à la vie, la nuit recouvrait les collines, avec ses senteurs d'arbres et d'herbes. Ouvrant son téléphone, Richard vit que Féline lui avait passé deux appels, l'un aussitôt raccroché, et un message : « Tu n'as pas oublié au moins que je venais demain ? Et si ça t'ennuie de me récupérer en voiture à la gare de Brive, qu'importe, je prendrai un taxi… » Il comprit ce que signifiaient les points de suspension, que dans le fond sa proposition lui tirait une épine du pied. À vrai dire, Féline avait compris que son compagnon était déjà fossilisé dans le décor de

Croix-de-Fon, au risque de n'en jamais plus partir. Elle connaissait son goût pour la solitude, la réclusion sociale, celles-ci confinant parfois à l'agoraphobie.

À ce moment, Richard se sentait mal à l'aise. Il aurait tellement voulu que Féline ne vienne pas. Après tout, en quoi se sentait-elle concernée par la mort du « vieux » ? Elle ne l'avait jamais croisé et ignorait tout de lui, tant il avait veillé à la préserver de sa famille, de son histoire et de tout le fatras sentimental qui accompagne les attachements obligés. Et si elle lui avait posé quelques questions au début de leur liaison, il était resté vague et mutique, comme pour se protéger d'on ne sait quoi qui pût empoisonner leur amour.

Non sans hésitation, une heure plus tard, il lui écrivit quelques mots par WhatsApp : « Un taxi, ce sera parfait. » Et il lui fallut encore un quart d'heure pour ajouter : « Je suis impatient de te revoir... » La formule était si comique et décalée qu'il l'effaça avant d'expédier son portable au milieu de la table de cuisine.

La nuit, cette vaste demeure était peuplée de sinistres bruits. Il ne s'en était pas rendu compte jusqu'à présent. Sans doute, trop submergé par la fatigue, il sombrait vite dans un sommeil profond. Mais cette fois, à cause de la visite de Féline – non prévue au programme –, Richard était sur des charbons ardents, tournant et se retournant sur sa couche. Là-haut, dans les charpentes, ça craquait de temps à autre, sans explication. Nul grand vent au-dehors, sinon le souffle des nuits ordinaires sur le causse, avec ses senteurs poivrées et ses bruissements d'arbres fatigués. Sa première nuit passée à Croix-de-Fon, sur la terrasse, dans une chaise longue, avait été bercée par ces silences ordinaires, ces odeurs de campagne sauvage, ces vents épuisés roulant sur la nuit. Mais là, enfermé dans les épais murs de pierre sèche, la moindre turbulence résonnait sourdement. Crissement des ardoises… Claquement des volets et des charpentes. Et parfois, comme une respiration prisonnière en ces murs. Se pourrait-il que les objets finissent par s'imprégner de ces paroles-là, celles du vieux dans la souffrance quand, sur son lit de torture, il gémissait, haletait, pestait en attendant la mort ? Peut-être se parlait-il à haute voix avec des reproches infinis, des appels au secours et de petites prières personnelles pour apaiser sa détresse.

Et Richard comprit, cette nuit-là, yeux grands ouverts, ce que le vieux avait eu à souffrir, dans l'orgueil et la repentance, conduisant encore et toujours une guerre sans fin dans son esprit torturé. Peut-être le père l'avait-il appelé au secours, une fois ou deux, avant de s'en défendre au sortir de sa nuit, en contemplant les belles couleurs de l'aube sur la ligne d'horizon et se disant : « J'ai encore survécu un peu, de quoi recouvrer la force de me sentir vivant, sans l'aide de personne, loin du monde, d'Andréa, de Francine et de ce petit idiot de Richard qui n'a jamais su me parler… » Mais cette idée que le vieux dans ses derniers moments eût espéré son retour lui déplaisait fort. *Non*, pensait-il en se tournant sur sa couche d'un côté ou de l'autre, sans trouver la bonne position, *le vieux a préféré partir seul avec l'épée d'orgueil à la main, et sabrer ses nuits zoophages.*

Les murmures de la nuit dans l'antre du vieux lui dictaient ainsi ces étrangetés qui l'épuisaient. Mais il se rassurait encore en se disant : avec l'arrivée de Féline, finalement, je vais échapper à tout ça, ce *naegleria fowleri* de la mémoire qui me dévore l'âme.

Et une fois l'aube revenue, le café pris sur la terrasse, les informations débitées sur le portable : conséquences de la Covid, réchauffement climatique, procès des attentats de novembre 2015… Richard fit quelques pas à grandes enjambées pour se dérouiller les jambes. Il se sentait la tête lourde, comme s'il avait abusé du whisky de monsieur père – ce qui n'était pas le cas. Et il se posa enfin la question : quand avait-on décelé le cancer du vieux ? Est-ce qu'il s'était sérieusement soigné, ou avait-il traité la question par-dessus la jambe ?… La deuxième supposition lui parut plus probable. Mais pourquoi ce genre de question alors qu'il ne restait plus désormais qu'à répandre les cendres sur les hauteurs de la colline ? Peut-être, au fond, Richard s'attendait-il à ce que Féline lui posât la question. Et ce serait scabreux qu'il ne sache quoi répondre. « Décidément, ton père, tu ne t'en es pas beaucoup occupé. Tu ferais ainsi avec moi, si, demain, je t'annonçais que j'étais malade ? »

Et sans plus attendre, comme pris de panique, il se mit à fouiller fébrilement dans les tiroirs dans l'espoir de dénicher un dossier médical. Sa quête ne fut guère fructueuse et il en conclut que le vieux avait détruit toute trace. Cette maladie, sans doute la jugeait-il trop intime pour la partager avec quiconque. En d'autres circonstances, le père n'aurait pas manqué d'en informer Andréa, sa fille chérie, tant adorée. Mais pourquoi, oui, pourquoi, l'aurait-il fait avec Richard, un Richard distant et fuyant, qui ne s'était jamais enquis de sa santé ?

Cette pensée lui parut tellement insupportable, avec ces manquements répétés, ce mépris consternant, cette haine irrationnelle, qu'il décida de se dégourdir les pattes. D'un pas alerte, il grimpa jusqu'au sommet de la colline, le nez au vent. Deux cents pas à peine. Jusqu'à ce qu'il vînt se heurter à la clôture de Perdigal. Sur celle-ci, le paysan avait accroché tous les mètres un répulsif à oiseaux, des fragments de ruban réfléchissant. Il suivit la clôture jusqu'au bois et ne dénicha aucun portail, comme si le propriétaire avait voulu se prévenir de toute intrusion du côté de Valdemon. Puis, parvenu au sous-bois, il aperçut dans la couronne d'un chêne géant une cabane suspendue. C'était une palombière, certes modeste, mais une palombière tout de même. Cette découverte l'amusait passablement, imaginant combien ce vestige grégaire avait dû agacer le vieux, lorsque certains jours les plombs de chasse s'en venaient marteler sa toiture.

Jusqu'au soir, Richard s'occupa à transformer l'alcôve en une petite chambre tout à fait confortable. Dans les vases, il ne manquait que des fleurs et un peu de parfum dans la salle de bains. Mais il paria que Féline serait compréhensive, comme elle l'avait été avec Noé, la petite secrétaire du bureau, qui était devenue trois mois durant sa maîtresse.

Et, ne supportant plus de tourner en rond dans la maison, Valdemon rejoignit sa voiture. Cette Anglaise était décidément capricieuse au démarrage. Il insista néanmoins, jusqu'à ce qu'elle se mît à vrombir avec des accès d'humeur. Il est vrai que la petite MG Sebring avait l'habitude de coucher dans un garage, bien à l'abri de l'humidité. Et atteint à ce moment par un grain de folie, Richard se mit à lui parler, gentiment, presque amoureusement, à lui dire qu'elle ne méritait pas à son âge de dormir ainsi à tous les vents, dans l'atmosphère humide du Périgord. Puis il lui offrit une belle promenade jusqu'à Terrasson. Au pied de la vieille cité, au bord de la Vézère, il trouva une place pour se garer et entreprit de monter dans la vieille cité par les rues fort pentues et les escaliers se faufilant entre les vieilles demeures accrochées à la falaise. Une fois la terrasse atteinte, enfin, Richard commanda un repas simple arrosé d'un petit vin de Dordogne. Il se souvint alors qu'il n'avait ingurgité le moindre repas depuis vingt-quatre heures au moins. Et pourtant, il se contenta d'un plat de résistance, sans rien autour. Valdemon détestait manger seul, face à un mur, sans personne à qui adresser la parole. Aussi prit-il le temps d'observer ses deux voisines de la table à côté, sans guère s'intéresser à leur conversation. Ce qui l'intéressait, c'était leur bonne humeur, les rires, les réactions outrées. Il lui semblait retourner à la civilisation. Mais son attention, toute discrète qu'elle fût, finit par attirer leurs regards. L'une des jeunes femmes, la trentaine au jugé, blonde et les yeux en amande, le geste se voulant distingué, quitte à forcer le trait, se tourna soudain vers lui, vivement, et dit d'une voix pincée :

— Nous nous connaissons ? Moi, je ne crois pas...

Richard hocha la tête. Puis quelques échanges s'engagèrent, d'une banalité affligeante. La blonde, surtout, d'une nature enjouée, osa le questionner. Il ne montra guère de coopération, si bien qu'elle finit par prendre la mouche.

— Dites-le-nous, enfin, cher monsieur, que nous ne vous intéressons pas !

Il s'en défendit avec une outrance surjouée, ce qui ne fit qu'ajouter au malaise. La seconde, qui n'avait guère parlé jusqu'ici, suggéra que ce genre d'homme, qu'elle désigna d'un doigt pointé vers lui, accusateur et désagréable, avait sans doute beaucoup essuyé de « vents » mais qu'elles ne comptaient pas porter le chapeau pour toutes les femmes de la terre.

Ce malentendu parut au départ amuser Valdemon, mais soudain il coupa court en trois phrases. Il évoqua la disparition de son père, la succession, et quelques autres détails qui ne les intéressaient guère.

— À mon avis, dit la blonde à sa voisine, ce n'est pas avec ce cher monsieur que nous finirons la soirée devant un verre… Sinon, nous pourrions déprimer assez vite. N'est-ce pas ? insista-t-elle en l'observant d'un regard ironique.

Richard demanda l'addition et, pour se faire pardonner – mais de quoi donc grand Dieu ? –, il offrit de payer leur repas. Les dames s'offusquèrent en vain. Et il disparut aussitôt d'un pas rapide, sans se retourner.

5

Devinant que le taxi ne gravirait pas les derniers degrés du chemin menant à Croix-de-Fon, Richard décida de prendre les devants. Il descendit jusqu'à l'embranchement situé à cent mètres de l'entrée de Soirac. Comme Féline arriverait vers 18 heures, il fallait s'arranger surtout pour ne pas la faire attendre avec au moins un quart d'heure d'avance. Un contretemps entraînerait une colère à éviter à tout prix, se dit-il. La susceptibilité est chez elle épidermique. Un rien suffit à l'éveiller. Et ensuite elle est si difficile à apaiser.

Ainsi il entrait peu à peu dans la peau d'un petit mari attentionné, en grillant cigarette sur cigarette, adossé au panneau indicateur. Cette dernière semaine, il avait appris à vivre seul, loin de tous les principes qu'il s'imposait d'ordinaire pour avoir l'air d'un type normal. Un temps, même, il s'était mis à croire à une totale liberté, sans attache, sans contrainte, libre comme l'air. Mais c'était une illusion, une de celles qu'il cultivait pour s'accorder une deuxième personnalité, non plus celle d'un compagnon chargé d'âme, mais d'un fils ingrat sans principes. Et la mort du père, quoi qu'il s'en défendît, avait libéré cette posture-là, de n'être le fils de personne, un étranger sur la terre. C'était pourquoi, sans doute, il avait tant tardé à entrer dans la maison du vieux Valdemon, une demeure qui lui serait toujours étrangère et dont on l'obligeait pourtant à prendre possession.

Machinalement, il consultait sa montre, toutes les trois minutes au moins, planté là comme un piquet, un peu ridicule. Il se dit alors : je n'ai plus l'âge d'attendre ma femme, comme un mari de six mois. Ridicule. Puis le téléphone sonna dans sa poche. C'était elle qui venait lui rappeler qu'elle aurait sans doute un peu de retard. À cause de la circulation. Cette délicatesse le rassura, alors qu'ils s'étaient séparés quatre jours plus tôt un peu en froid, à cause de l'associé, le fameux Gilles Ledoux, qui l'avait traité comme un subalterne. « Défends-toi, Richard, bec et ongles, pour préserver ta fierté... » avait-elle dit en le toisant d'un regard noir.

Comme il disposait encore d'un peu de temps, il marcha d'un pas alerte jusqu'à l'église. Au fond de la placette, il y avait un bureau de tabac. Il acheta des cigarettes et des cigares. De misérables cigares, en vérité, faute de choix. Mais l'idée même qu'il pût en mâchonner quelques-uns sans les allumer suffirait à son bonheur. Puis il revint à l'entrée du chemin, se posta négligemment sur le talus, un peu en hauteur pour avoir une vue plus ample sur la route départementale. Et comme le retard augmentait à vue d'œil, il finit par s'asseoir dans l'herbe haute, en écartant délicatement une hampe de ronce.

Comme il s'était assoupi, le visage tourné vers le soleil, le bruit d'un moteur de voiture le sortit de sa torpeur. La Mercedes s'était garée quelques mètres après l'embranchement. Richard se leva, s'épousseta et alla ouvrir la portière. Féline lui sauta dans les bras. Elle avait pris le temps avant de monter dans le taxi de se parfumer de nouveau. Pour lui, sans doute. Cette délicate attention le troubla fort. Mais il n'en dit mot… Richard Valdemon n'était pas très porté sur les compliments, sur les attentions amoureuses, sur la délicatesse. C'était un rustre, en somme, qui craignait sans doute à force de trop livrer ses sentiments de paraître un brin efféminé. Il l'embrassa sur la bouche. Elle le retint. Il la repoussa.

— Tu n'es pas content de me voir ?

— Que vas-tu imaginer ?

— Tu aurais préféré que je ne vienne pas.

Il haussa les épaules. Le chauffeur était sorti de la Mercedes pour lui tendre la valise. Puis la voiture redémarra aussitôt. Richard ausculta de pied en cap Féline. Il la jugea trop bien habillée avec son « tranche-côte » vert Burberry à boutonnière croisée. Lui, à côté, faisait pâle allure.

— J'ai pensé, poursuivit-elle, que je pourrais être de quelque utilité dans la situation présente. Peut-être me suis-je trompée ?

Elle le fixa droit dans les yeux. Il soupira en tournant la tête de côté.

— J'aurais voulu ne pas t'infliger ça.

— C'est ton père tout de même…

Il haussa des épaules. C'était inutile, une fois encore, de dire que le vieux n'avait jamais compté pour lui. Sans doute était-ce une situation qu'elle refusait de comprendre.

Richard s'empara de la valise, trop chargée à ses yeux. Il aurait voulu dire que ce n'était pas la peine d'emporter tant d'affaires pour si peu de temps, mais il se ravisa. Ce n'était pas le moment de provoquer des conversations inutiles. Car il avait perçu dans le regard de Féline quelques signes d'agacement.

À mi-chemin, elle se retourna pour contempler le village. Et il se retourna aussi en soupirant.

— Quand je pense que mon père a vécu ici toutes ces années, comme en exil. Il ne voyait personne. Sinon le voisin, un blaireau… Et bien entendu tous ses coopérateurs à la noix d'Argens, ricana-t-il. Des gens assez rustres, en définitive, qui ne lui ont rien apporté. C'est désolant. Mais je m'en fiche. Chacun a la vie qu'il se choisit.

Féline marchait d'un pas leste, parfois devançant Richard, parfois un peu en arrière lorsqu'elle reprenait son souffle. Souvent, aussi, rajustant son chapeau cloche assorti au manteau. Elle avait choisi de venir ici, dans ce trou perdu, avec toute l'élégance d'une femme de la ville. Et peut-être était-ce ce que lui reprochait Richard, au fond, sans en comprendre les raisons.

— Tu ne me l'as jamais présenté, ton père.

— Pourquoi ? Tu aurais voulu le connaître ? reprit Richard.

— Oui, sans doute. Je me sentirais un peu moins étrangère dans ton existence.

Sur la terrasse, il serra Féline contre lui, le bras autour de sa taille. Puis, sa main remonta jusqu'à son cou. Elle ôta son chapeau, l'expédia dans le drap rouge d'une chaise longue, et se laissa embrasser amoureusement. Souvent, Féline était surprise par ses assauts de tendresse. Au moment où elle s'y attendait le moins. Par exemple, au milieu d'une dispute ou pour interrompre une conversation qui lui paraissait superflue. Puis ses mains s'insinuèrent sous son pull, effleurant ses seins, sa taille nue et quêtant du bout des doigts l'élastique de ses collants gris. Ses doigts cherchèrent le fin grammage de ses sous-vêtements. C'était de ce contact dont il avait besoin pour se rassurer, ce corps qui lui appartenait et dont il pourrait jouir quand bon lui semblerait. Mais soudain Féline lui échappa, sans qu'il offrît la moindre résistance. Elle se mit à observer la maison, longuement, avec des hochements de tête.

— Tu hérites de tout ça ? Et de la colline aussi… Que veux-tu en faire ?

— Je ne sais pas.

— Ça vaut au moins cinq cent mille euros, peut-être plus…

— Ou peut-être moins, ricana-t-il. C'est un trou perdu. Et cette terre-là qui s'étend en pente douce ne vaut rien. Sinon à planter des noyeraies. J'ai déjà un acheteur. Mais je crains qu'il n'ait pas un sou à m'offrir. À moins que le Crédit Agricole lui accorde quelques largesses. Sinon, les coopérateurs, poursuivit-il, tous les amis de mon père de la coop d'Argens et de Magiéras pourraient mettre la main dessus. Je ne crois pas à leur générosité. Ils auront envie de se venger du vieux, bien sûr. Et de se payer ça pour quatre sous. Ne rêvons pas. Maintenant qu'Armand Valdemon est parti, les couteaux vont s'aiguiser pour pourfendre les bonnes vieilles haines recuites. Bref, ma chère Féline, je ne suis rien de plus qu'un étranger.

— Il aurait fallu, releva Féline, que tu t'en inquiètes plus tôt. Que tu te rapproches de ton père tant qu'il était encore temps, que tu te prépares à l'inéluctable. Aujourd'hui, tu serais en position de force pour peser sur cette succession.

Richard entra dans la maison et ressortit au bout de quelques minutes avec, sur un plateau, une bouteille de bourbon, une de chablis, et deux verres.

— On va au moins fêter ton arrivée.

— Ce sera plutôt cynique, alors que ton père vient de partir.

— D'autant plus.

— Comment cela ?

— Il n'est pas encore parti.

Et il prit Féline par la main pour lui montrer le pot chinois.

— Ce sont ses cendres.

Il prit un air grave, un peu théâtral. Et Féline poussa un cri de surprise.

— Tu es à moitié fou, mon pauvre Richard. Ça se respecte, ces choses-là !

— Ce vase funéraire m'a été remis par le notaire avec les pièces administratives. Je suppose que maître Mallet-Jourdain n'a pas décidé ça tout seul. Le vieux l'a désiré ainsi. Ça fait partie de ses marottes. C'est tout à fait son genre. Disruptif, dirait-on aujourd'hui. Alors, soyons-le aussi. Trinquons avec ce pot à gingembre d'une belle facture. Et je crois que, là-haut, mon cher papa ne trouvera rien à redire. Oui. Ça l'amusera. À supposer que… Parce que je ne crois en rien. Comme tu le sais…

Féline alla se prosterner devant le fameux vase, plutôt rêveuse, outrageusement rêveuse. En silence. Comme elle eût fait pour prier ou méditer devant le tragique de l'existence.

Pendant ce temps, Richard se réserva une grosse rasade de bourbon. Ce n'était pas ce qu'il aimait le plus, mais il fallait faire avec les moyens du bord. Féline passait et repassait devant le grand buffet, un bahut imposant en vieux noyer, examinant les porcelaines rares qu'Armand Valdemon avait mis toute une existence à collectionner. Peu à peu, à mesure de sa visite, elle semblait découvrir la personnalité de cet homme qu'elle aurait sans doute aimé connaître mais que Richard avait négligé de lui présenter.

— Que vas-tu faire de tout ça ? demanda-t-elle.

— Tout bazarder. Bien sûr. Effacer toutes traces, et au final vendre les terres, la maison…

— Tu es obsessionnel. As-tu réfléchi à ton comportement, mon petit Richard ? Ça doit signifier quelque chose, cette obstination à tuer le père, une fois, deux fois.

— Quand l'ai-je tué la première fois ?

Elle tarda à livrer sa réponse. Il savait que ça serait cruel. Mais après tout.

— En l'ignorant, toutes ces années. En l'enterrant vivant dans ta mémoire. Mais ça finira par ressurgir. Tu verras, mon petit Richard. Au moment le plus inattendu. Comme un diable qui surgit d'une boîte surprise.

L'image l'amusa si fort qu'il se précipita vers elle, la prit dans ses bras et la serra bien fort. Mais Féline montra quelque agacement à ce geste. Ce cynisme affiché l'embarrassait tellement qu'elle commençait à regretter, déjà, d'être venue à Croix-de-Fon.

— Le vieux se fichait bien de ce que je pouvais penser sur son compte, se défendit encore Richard. Il a toujours eu une si haute idée de lui-même. Tout ce qu'il a entrepris dans sa vie n'allait que dans un seul sens, parfaire son ambition, rien d'autre.

— Qu'aurais-tu espéré de lui ? Qu'il se comporte comme un père ?

— Impossible. Il n'aimait que lui. Et jadis, lorsqu'il m'arrivait de chercher en lui un peu de soutien, de consolation, rien. Il me jetait au visage cette phrase magique : « On est seuls au monde. » Aucun secours à attendre de personne. Même d'un père ou d'une mère, ou que sais-je encore ? Tout ce que tu obtiendras, tu ne le devras qu'à toi-même…

Féline afficha une moue de scepticisme. À cette seconde, elle ne croyait pas à sa sincérité, jugeant qu'il prenait plaisir à noircir le tableau, sans doute dans le seul but d'obtenir d'elle une consolation. Mais à la vérité, Féline ne l'aimait pas assez pour lui tendre ainsi la perche. Durant certaines périodes, elle avait eu à souffrir de son égoïsme, doucettement, jusqu'ici il est vrai, et de son orgueil démesuré…

Il voulut trinquer de nouveau avec elle, mais il le fit sans qu'elle avançât son verre. Elle fixait le tapis qui couvrait la moitié du salon, un persan assez ordinaire usé jusqu'à la trame sur les bords et présentant quelques effilochures. Richard tendit une main vers elle, qu'il posa sur son avant-bras pour obtenir un peu d'attention, tant elle paraissait, pour l'instant, partie dans ses rêves.

— Que crois-tu, Féline ? Que t'imagines-tu ? Le vieux n'aimait que lui, sa petite personne qui avait conquis, grâce à un faiseur de roi, un certain M. Jourde, tout ce pays-ci avec ses noyeraies et ses coopératives. On en parlera encore dans cinquante ans, de monsieur Armand, le roi du cerneau. Il aura brillé dans les salons de Périgueux et d'ailleurs, tutoyé des ministres, régné sur sa petite cour avec autorité, se jouant des ambitions des uns et des autres, jusqu'à se fabriquer une légende. Jourde, va savoir pourquoi, lui ouvrait les portes des ministères, des banques, l'introduisait dans ses réseaux. Le vieux, quand il a commencé son négoce, il n'avait pas un sou en poche, ni une grande idée lumineuse, comme on pourrait le croire. Rien. Rien.

Féline avait détourné la tête. Elle paraissait ne plus l'écouter. Mais, à force d'insister, elle finit par se réveiller d'un coup. Se levant pour porter son verre à l'autre bout de la table, elle dit d'une voix agacée :

— Je ne te crois pas. Cet homme providentiel, ce M. Jourde, ne l'a pas choisi par hasard. Il a dû lui découvrir quelques qualités. On ne confie pas ses affaires à n'importe qui. Non, mon cher Richard, ça n'existe pas.

Il fit un geste d'agacement, vida son verre, le rechargea, but d'un trait. Il sortit du salon, fit le tour de la terrasse, huma l'air, écouta le vent, plus loin dans les arbres du boqueteau.

Elle s'avança jusqu'à la porte entrouverte pour l'observer aller et venir. Depuis leurs retrouvailles, une heure plus tôt, Richard n'avait pas eu un mot prévenant pour elle, pas un geste affectueux, mis à part le moment où il l'avait prise dans ses bras fortuitement. Mais elle ne lui en voulait pas, parce qu'elle aussi, tout compte fait, traversait des périodes semblables où l'on ne supporte personne autour de soi.

Richard la rejoignit sur la terrasse avec son verre de bourbon à la main, qu'il ne cessait de remplir. Elle se détourna ostensiblement, il fit tout pour s'approcher. Elle n'avait plus envie de l'entendre. Déjà, Féline imaginait le moment où elle devrait le rejoindre pour la nuit, subir ses tentatives d'approche, ses caresses, ses soupirs. À Orléans, dans leur appartement rue de La Bretonnerie, si vaste, pour les soirs de crise, il y avait deux chambres et un large couloir au milieu.

— Tu me juges durement, sans pitié, sans circonstances atténuantes. Tu crois que j'ai un cœur de pierre pour ce père, ce père, tu vois je n'arrive même pas à dire mon père. Un type normal dirait mon père, n'est-ce pas ? Mais moi, non.

Il plaqua les mains sur son visage. Féline se mit à l'observer dans ces singeries, ces petits jeux d'acteur minable, avec un sentiment de pitié.

— Je dirais pour ma défense, insista Richard, qu'à la mort de ma petite sœur Andréa, il n'a montré aucun chagrin. Cela pouvait passer à ce moment-là pour une sorte de force de caractère. Mais non… C'était tout autre chose.

— Peut-être, défendit-elle, était-ce une douleur si forte que ton père n'a trouvé les mots pour l'exprimer. A-t-il dit, à quelque moment, devant son cercueil à La Villette, qu'il n'éprouvait rien, comme tu le fais à cet instant ? Non. Peut-être son silence était-il la seule forme de chagrin qui lui paraissait correspondre à cet arrachement.

— Tu veux toujours avoir le dernier mot, mais tu ne parviendras pas à me convaincre. Sur cette question-là, je suis bloqué, j'ai le cœur verrouillé.

Puis ils rentrèrent dans la maison, allèrent dans la chambre d'Armand Valdemon. Elle jeta sa valise sur le grand lit en poussant un soupir.

— Non, dit-il, nous ne dormirons pas là. Je ne peux pas.

— Moi, ça m'importe peu. Je ne l'ai pas connu. Et ce que tu m'en dis ou ce que j'ai cru en percevoir me le rend plutôt sympathique.

— Je n'ai pas envie que nous soyons séparés. Mon désir pour toi est trop vif.

C'était le mot qu'elle redoutait, car Féline n'avait aucune envie d'une étreinte, fût-elle brève et sans grand emportement. Et il la poussa vers le lit de l'alcôve, là où il s'était retranché ces derniers jours.

— C'est étroit, mortel, ennuyeux, sombre, énumérat-elle, comme si elle avait besoin de forcer le trait pour le dissuader. Non, je ne dormirai pas dans ce réduit. Ou alors l'hôtel, menaça-t-elle. Car je me fiche de cette maison, de son histoire. Je ne me sens pas concernée.

— Nous nous aimons tout de même, se défendit-il.

Féline soupira en détournant la tête. Puis elle s'assit sur le lit. Et après un long silence :

— Tu as donc craint de t'allonger là même où ton père a rendu son dernier souffle et où il a reposé en somme avant de partir au crématorium. Mon Dieu, je ne te comprends pas. Je découvre même une facette de toi que je ne soupçonnais pas.

Puis Féline s'allongea et expédia ses chaussures sur la descente de lit. Richard l'observa avec un regard triste. Un long moment. Immobile. Il songeait à la conversation qu'il avait eue avec la gouvernante, cette chère Mme Andraud, et au dossier caché dans le grenier. Il n'était pas sûr d'aller le récupérer, par crainte sans doute de ce qu'il contenait. *Mais c'est décidément une pensée stupide*, songea-t-il. *Il ne contient rien qui puisse m'intéresser.* Les histoires du vieux. Toutes traces de son passage sur la Terre qu'il avait, pourtant, recommandé à sa gouvernante de détruire. C'était bien une drôle d'idée, que de confier les secrets de son existence à une personne si peu digne d'intérêt. À moins que le vieux ait entretenu quelque commerce sentimental avec elle ? Elle avait, comme lui, la cinquantaine passée, portait beau des seins fermes, une peau encore lisse, avec des rides harmonieuses – si tant est que les rides de l'âge puissent se confronter au temps durablement. Aussi était-il fort plausible qu'ils eussent été amants, non point par amour, évidemment, mais par commodité.

Richard allait et venait le long du grand lit où Féline s'était allongée, les yeux grands ouverts fixant le plafond. Ainsi, par cette posture orgueilleuse, elle entendait conserver ses distances avec son compagnon, au cas où, défiant toutes ses appréhensions stupides, il viendrait la rejoindre. Ce n'était pas le genre d'homme à faire l'amour sans quelques rituels. De ce côté-ci, elle n'avait rien à craindre.

— Nous pourrions peut-être..., bredouilla-t-il soudain.

Elle ouvrit les yeux, tournant la tête de son côté.

— Non, je n'ai pas envie. Et toi non plus.

— Tu réponds à une question que je n'ai pas encore posée.

Féline se mit à rire, en posant la main sur son visage.

— Il y a un petit restaurant à Hautefort, sur la vieille place... Tu dois avoir faim, non ? C'est à cinq kilomètres d'ici.

— Alors, il faut que je prenne un bain, en vitesse, et que je me maquille un peu.

— Ce n'est pas la peine, défendit Richard.

— Je ne suis pas présentable.

Il s'approcha d'elle pour déposer un baiser sur ses lèvres, qu'elle reçut sans réaction.

— J'ai remis le ballon d'eau chaude en marche.

— Tu n'as pas pris un bain, toi ? Tu sens la sueur.

Richard finit par avouer que ces derniers jours, il les avait passés à l'*Hôtel Moderne*.

— À cause de ton père, sourit-elle. Bien sûr. Tu resteras toujours un petit garçon. Je vis avec un adolescent attardé, plein d'états d'âme. De ce point de vue, Gilles a bien raison. Du reste, il te traite ainsi, comme si tu avais toujours quinze ans. Mais, me diras-tu, mon petit chéri : « Ça ne te regarde pas » ?

La salle de bains était spacieuse, aménagée à l'ancienne avec de petits carreaux gris aux murs, une baignoire sabot, et de vieux robinets en cuivre. Tout pour lui déplaire. C'était déjà une certitude, jamais Féline ne se familiariserait avec cette maison. Alors qu'elle se savonnait copieusement, Richard la rejoignit, appuyé contre un placard à serviettes.

— Que comptes-tu en faire de cette maison ?

— N'aie crainte, la rassura-t-il. Je ne la garderai pas. Même pour y passer des vacances ou des week-ends.

Il lui tendit une serviette, mais elle refusa son aide avec un petit sourire.

— Je n'ai pas le cœur à ça, mon pauvre Richard. Tu as des gestes doux, caressants, tu es un homme merveilleux à tes heures, mais là, franchement, tu m'ennuies.

Il réussit néanmoins à effleurer ses seins du bout des doigts. Elle pensait à Quentin, qui l'avait accompagnée à la gare d'Austerlitz le matin même, en lui faisant jurer de ne pas trop s'attarder dans la France profonde. Cet amour caché lui causait des états d'âme. Surtout lorsque le jeune homme, seize ans de moins qu'elle, insistait pour qu'elle se séparât de ce mari ennuyeux qui les empêchait de vivre leur amour au grand jour. Mais Féline hésitait à rompre et hésiterait longtemps. À la vérité, elle se trouvait bien, ainsi, entre deux hommes, désirée et partagée, à patauger dans le mensonge et les secrets. Ça apportait un peu de piquant à son existence, trop terne et insipide à ses yeux, consacrée à un métier qui ne lui apportait rien : chef de projet à Orléans Métropole. Tout au début, Féline s'y était pourtant passionnée, charriant dossier sur dossier, mais ceux-ci furent vite transformés en confettis dans les instances supérieures. L'associé de son mari, Gilles Ledoux, ne manqua pas, pour tout arranger, de lui faire une réflexion scélérate dont il avait le secret : « Que veux-tu, ma petite, quand on a de l'ambition et qu'on veut tout changer, bousculer, on ne fait pas carrière dans la petite administration… »

Comme Richard se sentait de trop dans la salle de bains, il sortit pour faire les cent pas. Et, bien qu'elle fût apprêtée en un tournemain, il ne manqua pas encore de montrer sa mauvaise humeur. Féline était tout de même de bonne composition, sinon elle ne serait pas restée si longtemps avec lui. Ce n'était pourtant pas sans expédier de temps à autre des menaces implicites, qu'il feignait de ne pas entendre. Car il ne pouvait imaginer qu'elle pût un jour, sa chère Féline, prendre la tangente.

Vers 21 heures, au *Troubadour*, le fameux restaurant de Hautefort, le couple prit place près d'une cheminée à l'ancienne, en pierres jaunes massives, sculptées et moulurées. Puis Richard, comme il en avait l'habitude, se mit à lire le menu. Rien n'intéressait sa compagne, pas plus le ris de veau sauce porto que le filet de bœuf aux pleurotes. Ça lui ficha la déprime d'un coup. Il fit mine de se lever, mais Féline l'incita à se rasseoir. Peut-être, prise de mauvaise conscience, se rendit-elle compte à ce moment que ses caprices et ses impatiences étaient dévastateurs. Elle expliqua d'une voix embarrassée, hésitante, que le voyage en train, puis en taxi, l'avait épuisée.

Ils dînèrent cependant en silence, s'observant du coin de l'œil, donnant l'impression autour d'eux d'un couple en crise. Et, au moment de payer, Richard tendit un chèque au bar. Le maître de service examina celui-ci attentivement, puis disparut dans les cuisines. Il revint aussitôt avec le propriétaire, un vieil homme à fort embonpoint et à la barbe grise fournie.

— Y aurait-il un problème avec le paiement ? demanda Richard.

— Non. Certes. Mais… Valdemon, Valdemon, répéta-t-il. Seriez-vous de la famille de…

— En effet, confirma Richard. Armand Valdemon, c'est mon père. Hélas, oui.

— Tu n'as pas besoin d'en rajouter, lui murmura Féline à l'oreille.

— Savez-vous que c'était un de nos plus gros clients ? Nous avons servi, ici, de nombreux banquets. Cinquante, soixante convives, parfois plus.

Puis l'homme déchira le chèque en lui indiquant qu'il était ce soir son invité. Richard insista, insista encore, avant de comprendre que sa position était ridiculement outrageuse.

— C'était une forte personnalité, rappela le propriétaire, dont l'action publique a apporté beaucoup de richesse et de réussite dans notre région. Vous pouvez être fier, cher monsieur, d'appartenir à cette famille. Pour vous, sachez-le, la porte sera toujours grande ouverte et votre table assurée.

Ils sortirent sans un mot de plus. Une fois la porte franchie, Féline lui reprocha son comportement.

— Tout le monde finira par le savoir, que tu détestes ton père. Mon Dieu, s'exclama-t-elle, tu n'as pas à rougir de t'appeler Valdemon, ni de la notoriété de ta famille ! Je ne comprends pas. Tu te comportes comme un enfant ingrat.

De retour à Croix-de-Fon, sans une parole de plus, ni regard, ni geste accommodant, Féline se glissa dans le lit et se couvrit le visage. Richard resta debout, immobile, dans l'obscurité. Il avait envie de lui parler, mais les mots ne sortaient pas de sa bouche. À cet instant, il mesura combien la mort du vieux avait chamboulé son existence, ses rapports avec son entourage. *Mais ne l'ai-je pas exagérée, la détestation du père ? Ne l'ai-je pas engraissé, enrichi, ce sentiment destructeur, pour me rassurer ?* se demanda-t-il avec une sorte d'angoisse. Car tout était venu durant l'été 2013 avec la mort d'Andréa. Un stupide accident de voiture sur l'autoroute A71 à La Ferté-Saint-Aubin. Et vu son dernier message, énigmatique, laissé dans son appartement du boulevard Sérurier, il avait immédiatement conclu à un suicide. Mais c'était une affaire d'interprétation. Les mots sont trompeurs lorsqu'ils sous-tendent un événement consécutif. Ils prennent corps, s'imposent comme une vérité absolue. Richard éprouva à cette seconde le désir violent de retrouver le message écrit sur son carnet intime le soir du 8 août à 22 heures, soit dix heures exactement avant sa mort. Il l'avait toujours sur lui, ou à proximité, comme s'il représentait la seule trace d'elle qui lui appartînt en propre. Il fouilla son sac dans l'alcôve, là où il avait déposé ses affaires de voyage. Et il le dénicha vite, le cœur battant d'émotion, comme chaque fois qu'il l'avait en main.

Dès l'aube, je vais à Cadaquès passer quatre ou cinq jours, ce sera selon l'humeur. Pourtant, j'aurais plutôt envie de me calfeutrer dans mon salon, dans le noir absolu, avec de la musique, beaucoup de musique, encore de la musique. Selon mon choix. Des œuvres qui m'obsèdent et que j'écoute en boucle. Par exemple Le Poème de l'amour et de la mer *d'Ernest Chausson, pour sa fluidité et ses accords envoûtants, aux heures apaisées de ma pensée, et* B for Sonata *de Betsy Jolas lorsque la tristesse et l'angoisse me submergent et que je ne puis plus voir le monde autour de moi avec lucidité et détachement.*

Au courrier, hier, lettre de Papa. Ce n'est pas si souvent qu'il me donne des nouvelles. Cette fois, c'est pour m'apprendre qu'il en a assez de subvenir à mes besoins. À ses yeux, je suis en âge de voler de mes propres ailes… Ce n'est pas très agréable à lire. En général, après trois jours de réflexion, il finit par m'adresser ce que je demande. Mais comme il est humiliant de devoir toujours demander… Il m'explique – je ne sais pourquoi ? – que désormais il sera tenu de faire de fréquents voyages à Bordeaux… Ces nouvelles « obligations » seront chronophages. « Chronophages », c'est le mot qu'il emploie. Et qu'à l'avenir, sans doute, il me faudra faire une croix sur son passage tous les mois à Paris et sur les repas à La Coupole *ou à* La Tour d'Argent, *les soirées à l'Opéra, au théâtre… etc. Je me sens basculer soudain dans une nouvelle période de ma vie, plus sombre et rugueuse, où il ne me faudra plus compter que sur moi-même. Ce sera aller à l'encontre de tout ce qu'on m'a appris…*

Le rapport de gendarmerie d'Orléans avait conclu que l'Austin Cooper d'Andréa avait heurté la barrière de sécurité droite avant de rebondir vers le terre-plein central. Perte de contrôle inexpliquée. Pas de trace d'alcool ni de stupéfiants dans les analyses de sang. Bref, un suicide, pour Richard. Un coup de blues. Une volonté d'en finir. Mais n'était-ce pas aller un peu vite en besogne? Du moins vivra-t-il ces huit dernières années dans cette certitude.

Il rangea précautionneusement le dernier message dans son sac, et se mit à réfléchir en faisant quelques pas sur la terrasse. Pleine lune. Clair-obscur somptueux. Beauté et profondeur du ciel. Il respira un grand bol d'air. Et songea à Andréa, ses beaux yeux bleus, son fin visage hanté par la tristesse, comme si celle-ci lui était une seconde peau. Elle avait cette manie de toujours s'interroger sur le quotidien, la vie qui passe, la lenteur du temps, l'inutilité de la rage ou de la colère. Dans une soirée, elle s'absentait vite, comme si la solitude, seule, la rassurait sur elle-même. Peut-être soupçonnait-elle que le destin, tôt ou tard, lui réserverait un vilain tour. Certes, désormais, pensa Richard, ce serait par trop aisé, et peut-être terriblement confortable, d'imaginer que le père avait été responsable de sa mort. Cet instant de doute lui déchirait l'âme. Car dans sa tête, le scénario était écrit, les attendus fournis, le jugement rendu.

Puis Richard se souvint que le vieux n'avait pas versé une larme aux obsèques d'Andréa. Il s'était tenu au bord de la fosse, le regard ailleurs, tandis que Francine pleurait avec rage, suspendue à son bras. Il restait fixe, au garde-à-vous, défiant le destin, et un peu navré que la mère fût emportée par la douleur. *Du reste*, songea

Richard, *au moins me faut-il lui reconnaître cette évidence, il sera aussi parti sans un mot ni plainte, avec sa gouvernante pour seul témoin. Nous ne trouverons ni confession, ni regret, ni remords dans les archives du vieux, et pour cause, il aura chargé Mme Andraud de les jeter aux flammes purificatrices.*

Richard partit d'un grand éclat de rire, si fort et tonitruant, nerveux en diable, que Féline se redressa vivement.

— Quelque chose ne va pas ? Tu peux me parler, au moins ! Je ne te comprends plus... Après tout, nous vivons encore ensemble, il me semble, non... Ou alors, si je ne suis plus rien à tes yeux, qu'un objet, un simple élément décoratif dans ta vie, il faut me le dire. J'en tirerai les conclusions.

Il la prit dans ses bras, et se confondit en excuses pour sauver ce qui méritait encore de l'être. Il avait bien conscience, au train où les choses empiraient dans la non-communication, que tout ça, cette histoire, son histoire, partait à vau-l'eau.

— Pourquoi nies-tu toujours l'évidence ?

Richard la toisait, comme s'il s'agissait d'un jeu entre eux, mais elle lui retourna un tel regard, las et désespéré, qu'il prit soudain peur qu'elle ne reparte au petit matin, avant même qu'on n'eût pris la moindre décision sur l'avenir de cette maison de Croix-de-Fon et du reste...

— Tu ne peux plus nier que ton père, ce père que tu maudis de toute ton âme, était un personnage important ici. Et ce n'est pas sans raison. Tu dois l'entendre, cette parole-ci, forte et puissante, même si elle te coûte, même si elle te blesse.

Féline attendit une réponse, le regard suspendu à ses lèvres. Elle attendit, encore et encore. Le feu aux joues.

Puis Richard se jeta sur le lit du vieux, les bras en croix, lui qui s'était juré de ne s'y point coucher, avec une colère d'enfant blessé, au bord des larmes, comme s'il était à ce moment à ses derniers retranchements, prêt à rendre les armes. Enfin.

Féline s'assit à côté de lui, le dos de la main lui caressant le visage. Elle éprouvait de la pitié pour cet homme, cette pitié qui avait pris toute la place de l'amour dans leur vie commune. C'était pourquoi, du reste, elle ne pouvait se donner à lui. C'eût été comme un acte de consolation affligeant.

— Je croyais, j'espérais, j'avais même prié pour ça, qu'il ne resterait rien de lui, dit-il.

Ces paroles énigmatiques attisèrent la curiosité de Féline.

— Quoi donc encore ?

— C'était trop, sans doute, de penser que le vieux aurait eu l'ultime élégance de faire place nette. Et de me laisser vivre ma vie sans états d'âme. En vérité, poursuivit Richard avec un air dépité, je dois te le confesser : les dernières traces de lui sont rassemblées dans un dossier qu'il a confié à sa gouvernante, celle qui a accompagné ses derniers jours, je dirais même ses dernières heures, en lui faisant jurer de les détruire après son dernier souffle. Mais cette chère Mme Andraud n'a pas exaucé ses vœux. Forcément. C'eût été trop simple. Et en y réfléchissant, je soupçonne même mon père d'avoir joué à ça, un pari sur la vie, sur la mort, dans ses derniers moments, à cette sorte de martingale. Ah, ça lui ressemblait bien. Ce côté flamboyant des joueurs.

— Tu veux dire que la gouvernante n'a pas détruit les documents de ton père ?

— Exactement. Et maintenant, me voici avec ce triste héritage sur les bras. Moi qui avais tellement espéré qu'il ne resterait rien de lui.

— Et où sont-ils, ces documents ?

D'un geste, Richard désigna le grenier, les combles de la vaste demeure.

— Là-haut, sous la toiture. Je ne ferai pas un geste pour les dénicher. Je m'en fiche. Ça partira avec la maison, et toutes les babioles qu'elle contient, les affreux meubles, les vieilleries amassées une vie durant. Tout ce que je déteste le plus. Les excréments de la mémoire, de la vie, les poussières du temps et le cramoisi des souvenirs. Tout ça partira d'une seule signature sur un document de vente. À l'inconnu qui en deviendra l'acquéreur.

Féline l'observait sans mot dire, le regard fixe, la respiration coupée. Elle découvrait là, avec surprise, une facette inconnue de son compagnon. Dix ans de vie commune. Et elle n'avait rien su, rien vu, rien compris de cet homme. Soudain, devenu un étranger. Méprisable. Révoltant.

Désormais, elle ne songeait plus qu'à Quentin. C'était décidément tout le contraire, ce jeune homme enjoué, à l'humeur vagabonde des grands adolescents qui n'ont pas encore choisi le chemin de leur vie, ou plutôt s'en remettent au hasard pour leur fabriquer un trajet plein de divines surprises. Féline savait, cependant, qu'elle ne lierait pas sa vie à lui, fût-ce en pointillé, que leurs routes se sépareraient en temps voulu. Élégamment, sans cris ni pleurs.

Singulièrement, cette position d'attente entre deux hommes la rassurait, elle qui avait tant manqué d'affection dans son enfance. Elle avait toujours eu quelques amoureux pour se consoler de ces lourdes indifférences. Ces histoires, elle les avait toujours cherchées, puis fuies, alternativement, sans jamais se décider. Et peut-être était-ce sa seule jouissance, qu'elle entretenait intimement, secrètement, le goût pour les amours indéfinies…

Féline sortit sur la terrasse où Richard la rejoignit en bâillant.

Elle se retourna vers lui, vivement.

— Tu fais ce que tu veux de ta maison, je m'en fiche. Du reste, je ne veux plus jamais revenir ici, à Soirac. Je n'aurais d'ailleurs pas dû prendre ce train, ce taxi… Je le regrette. Voilà ce qui arrive, mon pauvre Richard, lorsqu'on s'occupe des affaires qui ne nous regardent pas. Je n'ai rien à attendre de toi.

Cette colère froide ne lui ressemblait guère. Aussi, Richard prit peur. Il tenta de la prendre dans ses bras. Elle se laissa faire, mollement.

— Je te le promets, je vais récupérer les paperasses du vieux. Je les consulterai par acquit de conscience et puis, au feu. Des cendres, des cendres, comme toujours.

Et d'un geste large, il fit mine de les répandre dans le vent.

6

Par pudeur ou par on ne sait quel autre sentiment confus, Féline préféra s'absenter au moment où son compagnon monta dans le grenier. Elle prit la fuite à grands pas sur le chemin, jusqu'à atteindre la MG Sebring et amorcer une longue marche arrière sur le chemin cahoteux. Et, avec force accélération, elle partit en direction de Hautefort. L'œil aux aguets depuis la petite lucarne, Valdemon suivit la voiture du regard avec un pincement au cœur, en se demandant si Féline n'en profiterait pas pour prendre la poudre d'escampette.

Pierrette Audraud avait fait preuve de beaucoup de zèle pour dissimuler le fameux dossier. Il déplaça deux ou trois malles emplies de vêtements, puis défit des piles de couvertures en laine et en coton, retira deux caisses pleines de vieux livres, et enfin dénicha ce qu'il cherchait, sous tout ce fatras, une chemise noire toilée à sangles. Sur le coin droit, une étiquette jaune : *Archives diverses, 1991 à…* Et une main avait inscrit, dans une couleur différente, *2021*.

Il fouilla encore alentour, sans succès. C'était une précaution inutile, puisque Mme Audraud avait bien spécifié que les archives de Monsieur se résumaient à un gros dossier. Puis, avant de redescendre l'échelle de grenier escamotable, et de rabattre la trappe, il chercha quelque autre curiosité. Tout ce qui se rattachait à la maison, occupée donc durant plus de vingt ans, était exposé dans les pièces du bas : objets de collection, armes anciennes, pièces de monnaie et autres vieux tableaux de petits maîtres. Tout ça ne valait rien aux yeux de Richard, hormis peut-être ce que la gouvernante avait pris soin de cacher. Et, pour être honnête, il redoutait de l'ouvrir, ce fameux dossier Valdemon. Sans doute contenait-il des archives négligeables, mais peut-être, qui sait, plus encore, des documents compromettants. Richard conservait inconsciemment une image en demi-teinte de son père, homme aux affaires florissantes, certes, mais, en contrepartie, aux compromissions et bassesses douteuses. Il n'avait jamais cru que cette fulgurante ascension sociale s'était faite d'un claquement de doigts. Le vieux, songea-t-il, les mains plaquées sur la toile rugueuse du dossier, n'a jamais eu de grands principes ; froid, distant, solitaire, privé de tout sentiment. Pas un mot, jamais, sur la mort tragique d'Andréa. Comme si elle n'avait point existé dans sa vie. *Et du reste*, se dit-il, *qu'est-ce donc qui a compté chez le vieux Valdemon ? Pas même Francine, notre mère, morte en 2014, et enterrée sans qu'il fût présent.* Tout juste fit-il livrer une couronne de fleurs avec ces mots, autant qu'il s'en souvienne : *Regrets éternels*. Voici bien la formule passe-partout la plus stupide qu'on puisse imaginer. *À croire que notre cher papa, n'a jamais eu le moindre sentiment pour elle… Du reste, a-t-il éprouvé un jour un sentiment pour qui que ce soit ? J'en doute*, songea-t-il en allumant un gros cigare, sur lequel il tira nerveusement de lourdes bouffées acres qui l'enveloppèrent. *J'aurais payé cher pour ne pas connaître ce moment de vérité, cet oubli, cette extrême négligence. Mais il aura fallu, tout simplement, que je croise l'infâme gouvernante de Monsieur, pour tomber dans la fosse profonde.*

Quoique sa curiosité fût aiguisée, Richard n'était pas pressé d'ouvrir la boîte de Pandore. Il se préparait mentalement à cette épreuve, à ce torrent de vérités et de mensonges qui en surgirait et qu'il devrait dépouiller d'un œil critique. Peut-être craignait-il déjà de n'en point sortir sauf, tout entier remué, secoué ? Et sans doute, quelque part, s'en voulait-il déjà de se laisser prendre par la peur. À la vérité, il lui suffisait de se dire que, quoi qu'il sortît de ces documents, il ne risquait rien d'autre qu'éprouver tantôt de la colère, tantôt de l'indifférence. Car il n'est rien dans l'existence qui ne se surmonte par le mépris. Du reste, n'avait-il pas abordé ces derniers jours les rivages de Croix-de-Fon avec ce sentiment débonnaire ? *Je visite la maison*, se répétait-il, *je fais un état des lieux, je disperse les cendres du vieux, et je prends la poudre d'escampette. Par-delà ces mots, ces gestes, il n'y a rien d'autre que je puisse faire, et encore moins m'en effrayer.*

Avec la fin du jour, le soleil déclinant sur les collines de Soirac, les ombres allongées des arbres comme des géants qui prient, Richard se mit à déambuler, les mains au fond des poches. Il regrettait que Féline l'eût abandonné, soudain, sans un mot, sans un regard, comme si elle ne voulait pas endosser l'ouverture du dossier paternel. D'ailleurs, pourquoi l'aurait-elle fait ? Mettre son grain de sel dans une histoire qui lui était étrangère. Il regrettait tout de même qu'elle ne l'eût soutenu, du moins moralement, à ce moment de vérité. Comme quoi, pensa-t-il, l'amour, la passion, a ses limites, et la sagesse recommande de n'en point trop abuser.

Alors il se remit à boire deux ou trois fonds de verre de bourbon, avec une volupté sans pareille, en se disant qu'une pointe d'ivresse serait la bienvenue. Et soudain, comme des ailes qui s'ouvrent sur l'immensité du monde, il se laissa caresser par une petite brise de bonheur venue du fond des âges. Toutes les colères, tous les rires, tous les désespoirs, toutes les fantaisies s'accordaient autour de lui pour lui faire admettre que le bonheur, ce n'était rien d'autre que cet instant de volupté dont il s'était jusqu'alors tant privé.

— Rien décidément ne peut m'atteindre, murmura-t-il dans le silence du soir. Voici ce dont je voudrais me persuader… Ah ! Pour gagner cette confiance en moi, peut-être un jour me faudrait-il commencer à vivre vraiment, à entreprendre quelques projets intelligents, alors que je n'ai encore rien fait de ma vie. Des choses médiocres. Des rêves minuscules. Et même l'amour ? L'amour, soupira-t-il, je n'ai jamais su aimer Féline, lui prouver un sentiment à sa juste valeur. Rien.

Entre-temps, Féline lui avait laissé un message sur son téléphone pour le prévenir qu'elle rentrerait tard. Il chercha à comprendre où elle pourrait bien se rendre pour dissiper son temps. Ce n'était pas un sentiment de jalousie. Simple curiosité. Car il n'imaginait pas comment elle pourrait se distraire sans lui, surtout en pleine campagne, au milieu des champs, des rues désertes, des bourgades abandonnées à la nuit tombée.

Puis en poussant un grand soupir, Richard se décida à remonter dans le grenier pour ouvrir le fameux dossier du vieux. Gestes délicats, hésitants, comme s'il redoutait déjà ce qu'il allait découvrir. Première découverte, un grand portrait photographique noir et blanc de

Sylvestre Jourde par le Studio Harcourt. L'homme était encore assez jeune, dans la fleur de l'âge, quarante ou quarante-cinq ans, tout à son avantage avec les retouches. Représenté de trois-quarts, selon la mode de la maison, le visage est entouré d'un halo de lumière blanche, les traits sont luminescents, sans rides ni défauts particuliers. Un air grave, impérieux, accentué par un front bombé et dégarni. Ce cher M. Jourde avait tout dans le regard pour en imposer. Et du reste, le photographe avait parfaitement travaillé cette impression d'un homme dominateur. De même la découpe des lèvres, une lippe inférieure épaisse, gourmande, paraissait rendre ce sentiment de mépris que la réussite avait fini par installer. « Savez-vous à qui vous parlez ? » semblait-il dire à chaque seconde ce cher M. Jourde, qui avait joué un rôle si important dans la carrière de Valdemon père. Et du reste, ce n'était pas un hasard si le portrait du grand homme était installé là, en bonne place, pour qu'on comprît que, sans lui, il n'y aurait pas eu la coopérative d'Argens, celle de Buissac et ses deux cents ou trois cents hectares, qui sait au juste, de noyeraies. *Voici qui efface le vieux, le réduit à sa juste dimension*, se dit-il en passant le plat de la main sur le portrait du magnat. Richard se sentit rassuré, conforté dans l'idée singulière que son père n'avait été qu'un pâle second, un sous-fifre, à courir derrière la gloire d'un géant et à espérer sans doute, dans cette effrénée agitation, en récolter quelques miettes.

Puis il retourna la photo et déchiffra difficilement l'écriture pointue du dédicataire. *À mon fidèle compagnon d'affaires* (le s avait été biffé, puis rajouté), *je dédie ce portrait pour lui rappeler, chaque fois que ses yeux se poseront dessus, que deux hommes comme nous peuvent se croiser un jour et entreprendre de grandes choses, bien que ne possédant ni l'un ni l'autre rien de commun… S. J.*

Cette découverte fit pouffer de rire Richard et le rassura, aussi. Tout de même, M. Jourde avait conscience de sa supériorité sur ce pauvre Valdemon père qui n'était, tout compte fait, que son vassal, son prête-nom. *Que ne lui a-t-il pas fait endosser?* s'interrogea-t-il. *Je n'ose l'imaginer.*

Puis d'un geste, il écarta le portrait pour découvrir la suite du dossier. Il feuilleta à la hâte quelques dizaines de documents administratifs sur la fondation des trois coopératives d'Argens, plus la fusion de celles-ci, puis la société d'achat de matériel aratoire: tracteurs, bulldozers, ramasseuses de noix… En survolant le sujet, il dénicha des plans de bâtiments, des comptes et décomptes financiers, la liste des coopérateurs. Celle-ci était assez longue dans les années 1990 puis, singulièrement, s'était amenuisée à partir de 2000, tout en croissant en valeurs foncières et financières. Il semblait au premier regard que des regroupements, des resserrements s'étaient opérés, plus qualitatifs. Sans doute la politique du magnat s'était-elle orientée dans cette direction. Chacun des documents comportait deux signatures conjointes, celle de Jourde baptisé directeur général-fondateur et celle d'Armand Valdemon, directeur. Simple directeur en somme. Richard jugea alors, non sans ravissement, que le vieux n'avait été rien d'autre qu'un prête-nom dans cette affaire, que le grand maître l'avait utilisé à discrétion, en ne lui accordant, de fait, qu'un rôle secondaire.

D'un geste d'agacement, il expédia les dossiers de la coopérative d'Argens sur le parquet. Ce n'était pas ce qu'il attendait là. Ces pièces ne lui apprenaient rien sur le vieux. Et sa déception lui fit lever la tête vers le faîtage de la maison où étaient posées en équilibre précaire sur l'étançon de charpente des cannes à pêche. C'était une surprise. Il n'avait jamais su qu'Armand Valdemon taquinait le goujon à ses heures perdues. C'était plutôt un homme affairé, comptant et décomptant son temps, toujours angoissé qu'il s'enfuît en pure perte.

À mesure qu'il entrait dans le fameux dossier que Mme Andraud avait sauvé des flammes – on se demandait bien pourquoi tant il ne méritait pas d'autre sort –, les pièces finissaient sur le parquet : dossiers d'emprunt, comptes administratifs, budget d'exploitation, et quelques petits discours tapés à la machine à écrire, à l'ancienne, style Underwood. Armand Valdemon composait ses laïus d'un jet, semblait-il, en se répétant, s'attardant sur ses qualités morales et glissant vite sur le reste. Il était plutôt rusé à ce jeu, l'art d'escamoter les sujets qui fâchent. Les pertes d'exploitation n'étaient jamais inutiles. Elles étaient au contraire la démonstration que l'administrateur en second avait le goût du risque. Mais parfois sur certaines de ces pièces – les discours –, une note brève était accrochée avec un trombone. Celles-ci étaient succinctement rédigées par Jourde – son écriture aux traits acérés était aisément reconnaissable. Chaque fois, il mettait en garde son second contre ses emballements : « Cher ami, restez mesuré ! De grâce. Nous avons tellement d'ennemis. » Ou mieux encore : « Veillez à votre *hubris.* On ne peut tout dire. La modestie est un bouclier bien aisé... Ne vous l'ai-je pas déjà dit ? Faites-en usage. » Ces notes, un tantinet moqueuses, voire piquantes, prouvaient que le grand maître méprisait son adjoint, sans l'offusquer, juste ce qu'il fallait pour qu'il ne prît pas la mouche. À la vérité, nota Richard, c'est Jourde qui tirait les ficelles, toutes les ficelles. Cette découverte l'enchantait fort, lui qui était en quête de preuves à charge contre le père. Et même plus loin, dans le dossier, il dénicha une liste d'une douzaine de producteurs de noix qu'il recommandait, sévèrement, d'« effacer corps et biens » de la coopérative d'Argens, selon ses mots. Il y trouva, comme par hasard, le nom de Jules Perdigal, son cher voisin. Jourde conseillait pour celui-ci de rejeter son adhésion au cercle des coopérateurs. Et M. Valdemon avait inscrit à côté de son nom : *À bannir, décision du Grand Patron*… « Mon cher Perdigal, si tu savais, marmonna Richard, tu le porterais moins dans ton cœur… »

Mais voilà qui ne nous grandit pas, les uns et les autres, se dit Richard, en suivant des yeux la fuite apeurée d'une chauve-souris dans les combles. Elle finit par interrompre son jeu quand il éteignit entre le pouce et l'index la flamme de sa bougie. Il n'y avait plus, en ce grenier, que les lueurs de la lune à travers la lucarne. Le silence, le profond silence, finit par l'indisposer. Il lui manquait un peu de cette musique qui l'accompagnait partout, les notes égrenées au piano par Glenn Gould dans les *Variations Goldberg*. Alors il s'empara du dossier, ou du moins de ce qu'il n'avait pas encore examiné, et redescendit dans le salon.

Féline entra à pas de chatte, s'en vint poser sur son front un délicat baiser.

— Où étais-tu ?

Elle ne répondit pas. C'était un de ses défauts : disparaître et revenir sans explications. Ce n'était pas la peine de l'interroger, du reste. La réponse était automatique : « Je fais ce que je veux de ma vie… »

— As-tu eu le courage d'ouvrir le document de ton père ?

— Oui, dit-il.

— Et alors ?

— Rien d'intéressant.

Et il ajouta :

— Je n'espérais rien. Que devrais-je attendre de lui ? Ce serait bien naïf de ma part de croire qu'il ait écrit quelque chose sur moi ou sur Andréa. Ou peut-être aussi sur ma mère… Nous ne comptions pas dans sa vie. Il n'y a eu que ce magnat, ce M. Jourde. Son maître à penser. Il s'est dévoué corps et âme pour lui. Jusqu'à perdre son honneur.

Féline l'observait intensément avec un regard de pitié. Une pitié qu'elle paraissait partager. Mais il n'en était plus aussi sûr.

— Te voilà seul. C'est-à-dire encore plus seul avec moi que tu ne l'as jamais été ?

Il éclata de rire. C'était comme un rire de désespoir jeté au vent qui passe. Là, immobile, face à une falaise de marbre.

— Stendhal fait dire à Julien Sorel dans son cachot, avant qu'il ait la tête tranchée : « Je prévois des entrevues avec des prêtres, avec mon père… Rien au monde ne peut m'être aussi désagréable. Mourons. »

La main caressante de Féline ne sut que lui réveiller l'envie de pleurer sur lui-même. Ce qui n'était pas très glamour. Elle insista un peu, avec des gestes plus maternels qu'amoureux, en vérité. Mais sans grand effet. Tout au début de leur passion, Féline avait été séduite par son air désemparé, pour ne pas dire paumé, et souvent à la remorque devant l'associé, le si mal nommé Ledoux, mais à l'usage, leur passion s'émoussa forcément sur des détails négligeables que tous les couples rencontrent : les promesses non tenues, les oublis fâcheux, les silences qui s'éternisent, et les mots que l'on n'ose plus prononcer. Mlle Féline Laporta avait mis ces ratages sur la fatalité, à en juger les propos de ses proches amies, tous les couples à la longue ne croisaient-ils pas les mêmes écueils ? Avec Quentin, elle s'était trouvé un dérivatif, une porte de secours, assez confortable, sans que cette liaison n'entachât jamais le fil de sa vie.

— En tout cas, je suis revenue. J'aurais pu partir avec ta voiture droit devant. Orléans ou pourquoi pas dans le Sud, en Espagne ou en Italie. Puis j'ai eu un remords. Je me suis dit : quand même, tu ne peux pas le laisser seul à se dépatouiller avec ses histoires de famille.

— Quel geste généreux ! s'exclama Richard.

Il eût voulu dire que, quels que soient ses choix, la vie, sa vie, aurait continué comme avant. Après tout, un homme debout doit être capable d'affronter la solitude par tous les temps. Mais il préféra se taire, plutôt que faire le fier. Dans le fond, c'était mieux ainsi. Et il se hasarda à vouloir la prendre dans ses bras comme pour la remercier de sa mansuétude, mais le geste s'éteignit instantanément.

Elle se posa sur le lit en chien de fusil, fixant la fenêtre nimbée d'une lueur de nuit claire.

— Je n'arrive pas à comprendre que le dossier laissé par ton père soit aussi vide. Tu n'as pas dû voir l'essentiel.

— Il ne m'a laissé que ses cendres. Nous irons les rendre à la terre et au ciel dès le point du jour.

Cette théâtralité, dont il usait abondamment pour des situations qui ne le méritaient sans doute pas, avait toujours eu l'heur de surprendre Féline.

Soudain, elle se dressa sur son séant, jusqu'à la tête du lit.

— Je veux que tu me baises…

— Là, tout de suite ?

— Oui, dit-elle. Tout de suite. J'en ai envie. Tu ne peux pas continuer à me négliger de la sorte.

Richard se figea sur place. Déjà, elle gigotait pour se débarrasser de son pantalon, puis de son polo à manches rose bonbon. Elle dégrafa son soutien-gorge et le jeta au milieu de la pièce. Puis elle hésita à ôter sa culotte. Elle se demandait encore si ce petit imbécile viendrait la rejoindre ou non. Elle pensa : je ne voudrais pas la retirer pour rien. C'est moi qui serais ridicule… Elle lui tendit les bras. Il s'approcha au bord du lit, et elle lui défit sa ceinture et abaissa son pantalon et son slip. Il l'observait avec un air surpris. Elle tenait déjà son sexe dans sa main droite.

Féline soupira en levant le regard vers son visage.

— Tu n'as pas l'air d'avoir trop envie ?

Il haussa des épaules.

— Ne t'inquiète pas, je vais arranger ça.

Avec Quentin, elle n'avait pas besoin de le mettre en érection. Ça venait au quart de tour. Parfois même, lorsqu'il finissait trop vite, elle s'arrangeait pour le remettre en état de forniquer.

Il se glissa dans le lit, écarta l'élastique de sa culotte, et posa ses lèvres sur son sexe. Elle se laissa conduire. Après tout, ce qu'elle aimait le plus, avec lui, c'étaient les préliminaires. Elle eut un premier orgasme. Ça lui avait manqué, durant ces deux ou trois dernières semaines. Quentin n'aimait pas les petits jeux de langue. Elle avait essayé de le « dégourdir », mais sans succès. En fait, ça le dégoûtait fort, ce petit bonhomme, le goût de cyprine. Richard s'escrima fort au début, puis s'abandonna à quelques douceurs. À peine eût-il terminé qu'elle le repoussa d'un geste d'agacement. Aussi se résolut-il à ne point lui poser des questions stupides, car il restait persuadé qu'elle n'avait rien éprouvé. Et ça le mettait en général de mauvaise humeur, ces coïts à sens unique.

Mais Féline s'endormit aussitôt après s'être tournée sur le côté. Il se pencha sur elle pour l'embrasser dans le cou, à la racine des cheveux. Il aimait son odeur après l'amour, mais elle parut ne point se rendre compte de sa tendresse. À la vérité, c'était cette tendresse qui leur manquait. Richard ne savait comment la cultiver, doutant même souvent qu'elle en eût besoin. Il la jugeait trop masculine, trop autoritaire, trop sûre d'elle-même. Tant de fois, au début de leur relation, il avait tenté de dompter en elle cette tendance à défier les mâles, en toutes occasions, à clamer haut et fort, après trois ou quatre coupes de champagne, que les femmes n'avaient point besoin des hommes pour combler leurs désirs.

*

À la première heure, Valdemon sortit sur la terrasse avec une grande tasse de café. Il se sentait la tête lourde comme s'il avait passé sa soirée à boire sans raison. Il avait toujours été un buveur mesuré, sans quérir l'ivresse. Durant ses heures d'insomnie, il avait observé le sommeil attendrissant de Féline, découvrant une fois encore combien il était heureux qu'elle fût entrée dans sa vie. Mais après l'éblouissement sentimental, il retombait dans le pessimisme le plus sombre, doutant de la garder quelques années encore auprès de lui. Car souvent, il se rêvait un avenir maussade, de solitude et d'abandon. Son cher associé, M. Gilles Ledoux – le si mal nommé – finirait sans nul doute par se lasser de ses médiocres initiatives. Ne répétait-il pas sans cesse, sur un ton amusé pour l'instant, avant que celui-ci ne se muât en colère dévastatrice : « Je conserve Richard près de moi pour le supplément d'âme. » Réflexion assez absconse en apparence et ne signifiant rien de plus qu'« associé inutile et accessoire... ».

Richard alla deux ou trois fois dans la chambre, par désœuvrement. Sans doute eût-il voulu que Féline fût réveillée... Mais elle dormait à poings fermés, le visage enfoui dans un oreiller. Sa respiration était courte, parfois entrecoupée d'apnée. Il hésita à passer la main dans sa chevelure. Simplement, il s'approcha pour humer l'odeur de sa peau, l'odeur aigre de la transpiration. C'étaient les fragrances de l'amour, encore fortes, malgré la nuit passée. À la vérité, Féline n'aimait pas prendre une douche ou un bain après l'amour, tant ces fragrances lui paraissaient précieuses, comme le sperme sur son ventre qu'elle n'essuyait jamais, sinon pour l'étaler à peine avec ses doigts.

Il entra dans la salle à manger où le dossier du vieux l'attendait. Sa main passa négligemment sur le rabat toilé. On pouvait y lire quelques traces suspectes de café ou de thé.

Soudain, il fut pris d'un doute. Peut-être restera-t-il en l'état pour toujours ? Ou finirai-je par le mettre au feu comme le vieux l'avait recommandé à sa gouvernante ? Cette perspective radicale le rassura. Il avait besoin de quelques intimes certitudes pour recouvrer la paix béate des imbéciles heureux.

Dehors, proche de la terrasse, il reconnut la voix de son voisin, les accents rocailleux des paysans d'ici. Il sortit en poussant un soupir.

— Non, monsieur Perdigal, je n'ai encore pris ma décision.

— Ah ! fit-il d'un air déçu. Ça sera plus long que prévu, monsieur Richard. Je pensais que vous vous décideriez avant de repartir. Moi, j'ai besoin de savoir. Comprenez-vous ?

Puis il le fit entrer dans la cuisine pour lui offrir un café. Machinalement, le bonhomme ôta sa casquette et chercha le tapis pour s'essuyer les pieds. Ils s'assirent, burent en silence. Perdigal clignait des yeux. C'était le genre qu'il offrait et qui amusait Richard, cette tempête sous un crâne. Je suis un adversaire redoutable, se disait-il. Mais le pauvre idiot, s'il savait combien je suis loin de tout ça !

— Je vous ai dit dix, quinze hectares, mais non, j'ai vérifié sur le cadastre de la commune, il y a, exactement, dix-huit hectares six cents. Et même que le maire s'est étonné que je veuille acheter à Croix-de-Fon. Il m'a dit : « Ça ne vaut pas autant que tu crois… » À cause des problèmes d'irrigation. Le noyer, ça demande de l'eau, beaucoup d'eau à la nouaison. Bien qu'il y ait des avis contraires. Trop d'eau en fin de saison serait préjudiciable, paraît-il, ça développerait le brou et ferait éclater la coquille. Voyez, monsieur Richard, c'est une sacrée affaire.

— Je ne sais pas, cher monsieur, si vous le dites… Je vous crois. Mais l'eau à Croix-de-Fon, je pense qu'elle ne manquerait pas. C'est un coin de source. À mon avis. Le lieu-dit ne s'appelle pas Croix-de-Fon sans raison. La croix de la fontaine…

— Votre père était un savant. Il connaissait tout ça. Et même M. Jourde…

Il soupira en hochant la tête.

— Peut-être que M. Jourde n'en connaissait pas plus, mais il avait du pèze, et avec le pèze on s'achète tout le savoir qu'on veut. Il suffit juste de choisir les meilleurs ingénieurs agronomes. Et pour ça, foutre, il y a des savants à Argens, même deux professeurs de cours agricoles.

Richard posa la main sur l'épaule de son voisin et le fixa droit dans les yeux.

— Vous essayez de me faire comprendre que mes dix-huit hectares ne valent pas si cher que ça ? Vous êtes rusé, Perdigal. Mais, navré de vous décevoir encore, je n'ai pas pris ma décision. Et les noyers et les noyeraies, c'est pas ma tasse de thé.

La réflexion de Valdemon jeta un froid. Un long silence. Quelques échanges de regards suspicieux.

— Vous l'avez connu, M. Jourde ?

— Un peu. Dans les réunions. Il faisait des discours sur le financement des projets, sur les aides de l'État, sur ses appuis dans les ministères. À ce qu'il disait. Personne ne l'a jamais vérifié. Mais quand même. Il en faisait descendre, de la monnaie, jusqu'ici, dans ce trou perdu. Il disait que c'était la future Amérique, ici, en Périgord, la Californie ! Mais, avoua humblement Perdigal, j'ai jamais été dans leurs papiers, moi. À cause de mon franc-parler.

— Vous pensez que ce Sylvestre Jourde ne vous aime pas beaucoup ?

— Jusqu'ici, j'ai pas obtenu grand-chose. M'est avis que votre cher papa aurait voulu m'introduire dans le sérail, mais M. Jourde me voyait d'un mauvais œil. Il disait qu'on ne pourrait pas contenter tout le monde, qu'il faudrait faire des choix, et en définitive c'est le grand manitou qui décide…

Richard hochait la tête. C'était bien ce qui ressortait des documents qu'il avait examinés succinctement. Armand Valdemon n'avait jamais rien décidé à Argens, il avait seulement paraphé les documents et débité les discours préparés par son mentor.

Décidément, c'est de famille… Moi-même, pensa-t-il, *je suis comme mon père, un médiocre. Les Valdemon, ce sont tous des médiocres, par gènes ou par fatalité. Seule Andréa, à vrai dire, relevait le niveau, avec un doctorat de littérature classique dont elle ne fit jamais rien, hélas… Mais était-elle bien la fille du vieux Valdemon ? Ma mère, tout de même, je la soupçonne d'avoir eu des amants… Bref ! Pour revenir à Andréa, j'en ai toujours douté, à sa physionomie, à une fragilité qui sautait aux yeux de tout le monde, une instabilité mentale s'entend. Ça ne ressemblait pas aux Valdemon, cette angoisse qui la possédait au point qu'elle disparaissait des jours entiers. Elle s'effaçait, sans un mot, sans une plainte, comme par politesse, pour ne pas déranger son entourage. À la vérité, le vieux et moi, nous étions de gros nuls, à ses yeux, des gens si insignifiants qu'elle n'osait jamais en parler et qu'elle nous fuyait même pour ne pas être assimilée à la famille. Peut-être est-elle morte de ça, par suicide ?* se dit-il, tandis que le paysan continuait à pérorer sur la valeur des terrains de Croix-de-Fon.

Puis la conversation avec Perdigal achevée, Richard se leva et lui tendit la main, qu'il serra mollement. Par ce geste, bien sûr, il entendait s'en débarrasser. Il craignait à tout moment que Féline fît son apparition. Il n'aimait pas l'idée que sa compagne croise le blaireau de Jurnac. Il voulait la tenir à distance de ses affaires d'héritage. Bien inutile précaution, car Féline ne s'y intéressait pas. On lui avait appris, dans la société où elle avait grandi, que l'on ne peut compter que sur soi-même.

Sur le bord de la terrasse, alors que le soleil commençait à réchauffer l'atmosphère, Richard alluma sa première cigarette en suivant du regard Perdigal, allant clopin-clopant d'un pas compté, mesuré, sans doute absorbé par la conversation qu'ils venaient d'avoir. Il imagina aisément que le bonhomme, à cette seconde, haïssait ces gens de la ville qui n'ont aucune parole. Car Jules venait de comprendre, pour la première fois, sans doute, que Valdemon ne lâcherait pas ses hectares de bonne terre, et qu'il devrait faire une croix sur sa noyeraie.

Et lorsque Richard retourna dans la cuisine, il entendit l'eau qui coulait dans la baignoire de la salle de bains. Il rejoignit Féline, prit une éponge et comme d'habitude lui frotta le dos, délicatement. Des mains, il effleura ses seins dont les pointes étaient dures. Elle se retourna vers lui, l'observa fixement :

— As-tu visité en entier le dossier de ton père ?

— Non. Pas encore. Mais…

— Mais quoi ? Quand vas-tu t'y atteler, enfin ? Ce ne sont pas les pièces administratives de la coopérative d'Argens qui sont intéressantes.

— C'est un tout, se défendit-il. Je fais durer le suspense. C'est une manière de…

Il ne trouva pas le mot. Féline sortit du bain et enfila un peignoir. Elle prit soin de bien le fermer pour qu'il n'eût pas la tentation d'y glisser les mains.

Puis, plus tard, avec une tasse de café à la main, Féline revint à la charge :

— Je ne comprends pas pourquoi tu ne vas pas à l'essentiel. Que t'importe ce fameux Jourde… Il doit bien y avoir quelque part dans le dossier des pièces plus personnelles, sur Andréa, ou peut-être ta mère, ou encore, qui sait, sur toi-même… Ou alors, me dis-je en t'observant peureux devant le dossier : il a peur de dénicher des choses embarrassantes. Qu'importe, Richard, ce que tu trouveras, même des plus désagréables. Tu en sortiras grandi. Dans tous les cas… Non ?

Il baissa la tête avec son air de petit garçon têtu et obstiné. Ça le gênait fort que Féline se mêlât avec une telle insistance de cette affaire. Après tout, ça ne la regardait pas. C'était sa vie à lui, sans partage, sinon l'amour, forcément, qu'elle lui vouait, et dont il n'était plus si sûr.

— N'aie crainte, Féline, je ne manquerai pas de t'en parler. Peut-être même de convoquer un avis, si tant est que tu aies un avis sur cette histoire du vieux, que tu n'as jamais connu, jamais ô grand jamais.

— Ça aurait pu se faire, releva-t-elle, mais tu as souhaité me tenir en dehors. Tu disais même qu'Armand refuserait de me parler. Était-ce bien vrai ? Je ne le saurai jamais. Je pourrais venir questionner ses cendres ? fit-elle en exhibant le pot à gingembre chinois.

Pris d'un agacement soudain, Richard se rebiffa en lui arrachant la pièce des mains.

— Quoi ? s'offusqua-t-elle. Tu t'en fiches, de ça. De ses restes, de sa vie, de son histoire.

Puis chacun se retira de son côté : Richard sur la terrasse, à griller clope sur clope, et Féline dans le salon à lire la suite d'un roman qu'elle avait commencé durant le voyage entre Paris-Austerlitz et la gare de Brive : *Maîtres anciens* de Thomas Bernhard. Toutes les deux ou trois phrases, sa pensée dérapait, comme si elle ne parvenait pas à se laisser guider par les mots, et que ceux-ci, en quelque sorte, se refusaient à elle. Mais elle persista, comme elle l'avait fait dans le train lorsqu'elle s'était refusée à regarder autour d'elle, à écouter la moindre conversation qui l'eût éloignée à jamais de son livre. Puis le fil ténu du récit, parfois entrecoupé de digressions, elle finit par le saisir, et ne plus lâcher Reger, non plus.

Richard vint tourner autour d'elle, comme un lion en cage, furieux et désespéré de ne trouver la force d'en sortir, de ce mutisme, de cette froide distance qu'elle lui imposait. Il ne comprenait pas. Pourtant, ils n'étaient pas fâchés. Ce ne pouvait être le dossier du vieux qui l'éloignait de lui à ce point. Assurément, sa lâcheté devant l'obstacle… Et de fait, ce fameux dossier, parlait-il d'Andréa, de lui, ou n'en disait-il rien, ce qui serait pire encore ? À quoi bon avoir des enfants, si ce n'est que pour les négliger, les ignorer, voire les mal juger ?

Mais il avait déjà compris que, sans la présence de Féline dans cette maison, la question eût été plus simple. Il aurait feint de n'en rien voir et confié à maître Jourdain-Mallet la décision de tout vendre. Puis disparaître, la conscience en paix, en catimini.

— Si tu veux, je vais l'examiner à ta place, proposa Féline.

— Non, ce n'est pas à toi d'entrer dans cette famille. Mon père, ma mère, ma sœur, ils ne sont rien pour toi. Tu ne comprendrais pas. Ou pire…

Mais il arrêta sa phrase à ce moment. Il ne pouvait pas lui dire, ainsi, à brûle-pourpoint, que les Valdemon finiraient par lui inspirer un sentiment d'écœurement.

— Je voudrais que tu restes en dehors de tout ça, dit-il d'un ton las.

Mais elle se rebiffa fort, à sa grande surprise.

— À quoi me servent-ils donc, les sentiments que j'éprouve pour toi ? À me mettre la tête dans le sable !

À midi, ils allèrent prendre un repas dans une brasserie de Tourtoirac, sans se dire un mot. Féline avait une forte envie de lui annoncer qu'elle désirait reprendre le train pour Paris. Mais elle redoutait qu'il prît mal sa décision.

Au dessert, le téléphone de Féline se mit à sonner. Elle comprit qu'il s'agissait de Quentin et sortit aussitôt de table. Valdemon l'accompagna d'un regard triste. Il se disait que tout était si mystérieux en elle, ses silences, ses sourires embarrassés, et ses soudaines absences, comme à cet instant, au point de quitter la table pour répondre à un appel téléphonique. Que craignait-elle ? Qu'il entrât dans sa vie par des portes dérobées, jusqu'à poser des questions, émettre des suspicions ?

Elle prit l'appel dans les toilettes femmes. Son amant était dans une période où il doutait de l'avenir de leur liaison. Quentin la sentait indécise, préoccupée, comme une femme qui s'interroge déjà sur une rupture prochaine.

— Mais non, se défendit-elle. J'ai besoin de toi. De tes caresses, de tes baisers dans le cou, et de ta jeunesse impétueuse. Voilà ce qui me donne une nouvelle vie, moi qui croyais qu'avec Richard tout était réglé jusqu'à la fin de mes jours, que plus rien ne m'arriverait. Tu as redonné des couleurs à mes désirs de femme… Même si parfois je m'interroge… Est-ce que tout ça, entre nous deux, n'est pas une folie ?

Féline n'écouta pas la suite et raccrocha vivement. Quand elle rejoignit son mari, les questions fusèrent, par trop insistantes. Comme d'habitude, elle choisit de rester évasive, puis revint sur le dossier de M. Valdemon père.

— Combien de temps encore je vais être empoisonné par tout ça ?

— Jusqu'à ce que tu en aies terminé ; fais-le au plus vite.

*

Richard reprit enfin la lecture du fameux dossier, sous le sourire amusé de Féline. Elle s'était juré de ne point s'en mêler et se tenait donc à distance en lisant sur la terrasse. Il soufflait pourtant un petit vent frisquet, mais une grande écharpe autour du cou suffisait à son bonheur. De temps à autre, elle consultait les SMS que Quentin lui envoyait. Elle se gardait bien d'y répondre pour ne pas aviver la conversation. Bien entendu, l'amant voulait la voir au plus vite pour tordre le cou à quelques doutes qui le hantaient. « Puis-je espérer avoir le rôle principal dans ta vie ou rester un supplétif de compensation ? » Elle éteignit son appareil.

Dans la deuxième partie du dossier, il n'était plus question de la fameuse coopérative d'Argens. Cette fois, on entrait dans un domaine tellement redouté par Richard : la correspondance avec Andréa. Les premières lettres, assez courtes en vérité, dataient de 2009, après son entrée à l'université Bordeaux-Montaigne à Pessac. Monsieur père était très inquiet de savoir sa fille, qui n'avait alors que dix-sept ans, seule, sans attaches en Gironde. Aussi lui adressait-il régulièrement de petits bristols pour exprimer son inquiétude. Avant l'envoi de toute correspondance, Armand Valdemon prenait soin d'en conserver une photocopie. Ces petits mots, pour commencer, étaient anodins. Ils se résumaient à des formules répétitives. « Papa veut savoir comment tu vas. Si tu as besoin de quoi que ce soit ? Ne manque pas de signaler tes besoins. Ton père qui t'aime. » Quelquefois, la formule conclusive changeait par un : « Ton papa adoré qui pense à toi… » Curieusement, Andréa ne répondait jamais à ces mots. Peut-être détestait-elle écrire ? Se contentait-elle de téléphoner ? Quant à M. Valdemon, il ignorait résolument le téléphone portable. Et pour cause, il n'en eut jamais en sa possession, malgré la mode Nokia des années 2000. Puis, à la date du 25 avril 2010, la première missive conservée du paternel s'étalait sur trois pages. Là, on y percevait clairement que le vieux était inquiet pour sa fille. Et cette inquiétude faisait suite à une note que lui avait adressée le docteur Formigier, médecin psychiatre de son état à Bordeaux, l'avertissant que Mlle Andréa Valdemon souffrait de troubles de la personnalité. Une note du psychiatre faisait suite au dossier avec la description des symptômes : dysrégulation émotionnelle, impulsivité, dysphorie… Selon le médecin, la patiente qu'il avait examinée et soumise à plusieurs tests, se révélait être une adolescente borderline.

Richard se prit la tête entre les mains, poussa un cri de rage, et expédia un vigoureux coup de poing sur la table.

— Pourquoi n'ai-je pas été informé de tout ça ?

Le vieux a voulu gérer cette affaire seul, et sans doute l'a bien mal gérée, se dit-il, par orgueil. En effet, comment se pouvait-il qu'une enfant Valdemon soit atteinte d'une affection mentale ? Impossible.

Il se leva, sortit sur la terrasse où Féline paressait, son livre posé sur les genoux, grand ouvert, avec le vent qui tournait les pages.

— Pourquoi tu as l'air bouleversé ? demanda-t-elle.

Elle se redressa, tendit une main vers lui. Mais il l'esquiva avec prudence. Il se méfiait de plus en plus de la pitié qu'elle lui vouait depuis peu. Voilà qui ruine l'amour, un tel sentiment, pensa-t-il, en ce qu'il dénonce dans l'autre ses points de faiblesse, au détriment de ce qui faisait son charme au départ.

— Rien, dit-il. Il n'y a rien de particulier.

Et il retourna au dossier Valdemon. Ainsi apprit-il que le vieux était monté à Bordeaux, avait rencontré le fameux docteur Formigier, et passé une semaine à l'*Hôtel Gallien* avec Andréa. Dans une autre lettre, datée celle-ci du 10 mai, et adressée au grand maître Sylvestre Jourde, il écrivait :

> *Ne nourrissez point, cher ami, la moindre crainte pour ma fille Andréa. J'ai passé du temps avec elle, à discuter, à réfléchir sur son avenir, et ma chère petite fille adorée a la tête sur les épaules, avec des projets pour son avenir qui ne me paraissent point sortir d'une cervelle gangrenée par la folie borderline. Je crois qu'elle obtiendra haut la main le doctorat en littérature comparée qu'elle convoite. Je lui ai assuré de la voir plus souvent…*

De ce jour, l'attention du vieux pour sa fille est constante, obsessionnelle. Il multiplie les appels téléphoniques, les petits mots doux, les compliments, avec à la clé de la culpabilisation en pagaie. *Oh oui, ma chère petite Andréa, je ne cesse de m'en vouloir. Je n'ai pas été à la hauteur. Même ta mère me le reproche. Pourtant, ta chère petite maman, qu'a-t-elle jamais fait pour toi ?*

Ce fut le moment où Richard se sentit possédé par l'écœurement, au point de refermer le dossier et de s'en éloigner. Féline eut l'extrême élégance de ne pas l'interroger. Mais il ne put se satisfaire du silence. Il était devenu trop douloureux, aussi finit-il par lâcher, subrepticement, au détour d'une phrase, que le vieux Valdemon était décidément un père trop compliqué pour lui, qu'il avait envie de s'en redevenir orphelin. Le mot « orphelin » déclencha chez Féline un torrent d'hilarité. Elle lui dit avec un petit baiser dans le cou qu'il n'était le premier à avoir clamé un « famille, je vous hais ! », et il lui répliqua d'un ton stupide : « Toi, tu as de la chance, tu n'as pas eu de famille. Juste une mère aimante qui n'a jamais supporté un mari. Juste un géniteur, et hop, expédié après coup aux oubliettes… »

Mais après un long silence, quelques pas dans la campagne sous un vent fort, et de lourds nuages chahutés dans un ciel si bas, il lui exprima quelques excuses qu'elle accueillit, le visage apaisé. Féline Laporta lui avoua alors, en s'arrêtant soudain au milieu du chemin, sans même se retourner vers lui :

— Que crois-tu ? Ce père m'a manqué. Trop de famille nuit, mais pas assez, mon cher, ça ne vaut guère mieux.

Richard pensait trop à sa petite personne pour entendre une telle réflexion à sa juste mesure. Depuis les heures passées à Croix-de-Fon, il ne parvenait à trouver les réponses à toutes les questions qu'il s'était posées. Car il sentait bien que le dossier allait finir par détruire toutes ses idées reçues, et que ces remises en question se révéleraient sans doute douloureuses. Même encore, à ce stade, il préférait croire que les archives laissées par son père étaient d'une nature machiavélique, devant servir à lui construire une belle et noble figure pour sa postérité. Malgré ses ordres, le vieux avait compris que Mme Andraud ne les ferait pas disparaître…

La nuit venue à écouter de la belle musique, dont l'arrangement pour deux pianos de la *Symphonie Résurrection* de Gustav Mahler, apporta sur le couple Valdemon un peu de sérénité. Ils se mirent à boire du chablis grand cru, du Vaudésir, dont la cave recélait encore une cinquantaine de bouteilles.

— Le vieux, dit Richard, n'avait aucune connaissance sur les vins avant de rencontrer Jourde. C'est évident. Il lui a tout appris. À apprécier les crus prestigieux pour être présentable dans la bonne société. Mais je doute qu'il ait été un bon élève. N'est-ce pas inné, le goût ?

— Stupidité, fit-elle en hochant la tête.

— Et pourtant, sur les photos qui demeurent de lui, ce cher père hautain et méprisable, on repère aussitôt le paysan parvenu.

— Y a-t-il une qualité, une seule, que tu puisses lui reconnaître ? releva Féline. Ce serait déjà un point. Car tu entrerais enfin dans son univers, mieux même, dans sa tête ? Armand Valdemon est un personnage plus complexe qu'il n'y paraît. Et sans doute, ce M. Jourde a repéré au premier regard ce qui pouvait le métamorphoser. Il en a fait un seigneur dans ce pays. Une petite célébrité tout de même.

Richard parut singulièrement touché par les propos de Féline, par son insistance à contrecarrer ses moindres piques assassines. Qui veut tuer le père en soi réveille sa propre médiocrité et l'étendue de sa détresse intérieure, souvent, si souvent, pensait-elle avec un profond regard de pitié.

— Je crois, fit Richard d'une voix étranglée par l'émotion, qu'il s'est occupé en effet de ma sœur… Peut-être a-t-il essayé de sauver Andréa du suicide ? Sur ce point, oui, je me suis trompé. Mais…

— À supposer qu'Andréa se soit suicidée. Rien ne le prouve. Ne serait-ce pas plutôt un accident de voiture absurde ? Avec une perte de contrôle, un moment d'inattention… Que sais-je…

— Andréa avait des troubles psychiques. Elle était borderline… C'est du moins ce que j'ai trouvé dans les lettres de mon père. Mais je n'en sais pas plus.

Il soupira profondément, puis la voix tremblotante ajouta :

— J'avoue ne pas avoir encore eu le courage de lire les écrits d'Andréa lorsqu'elle était à l'université Bordeaux-Montaigne.

— Pourquoi ne t'a-t-elle jamais écrit le moindre mot, ni passé un seul coup de téléphone ? C'est étrange. Vous ne vous aimiez pas ? Vous vous détestiez à ce point ?

— Comment peux-tu me dire une telle sottise ? s'écria Richard en fracassant son verre sur la terrasse.

Féline resta impassible. Cette interrogation, elle ne la retirerait pas, quoi qu'il lui en coûtât. Au contraire, elle ouvrait une porte sur une partie inconnue de la famille Valdemon, avec des pièces dérobées, des vis-à-vis en trompe-l'œil, des souterrains ténébreux, des corridors interdits. Après tout, s'il y avait encore de l'amour entre eux deux, ça méritait bien une visite des lieux, un inventaire, des justifications…

Elle le harcela un instant, puis jugea assez vite que c'était ajouter de la confusion à la confusion. Après tout, c'était à lui de faire son examen de conscience, de regarder son passé, et d'en tirer les bonnes conclusions. Aussi Féline se retira-t-elle sur la pointe des pieds et reprit-elle la lecture de son livre, un peu à l'écart, sans un mot de plus, sans un regard. Elle savait jouer ce rôle de la belle indifférente.

À force de tourner en rond, Richard finit par reprendre le dossier, là où il l'avait laissé. Les lettres d'Andréa. Certaines étaient insignifiantes. Il les lut en diagonale. Puis enfin s'attarda sur celle du 18 avril 2010.

Pessac, Esplanade des Antilles,
le 18 avril 2010

Mon cher papa,

Tu ne devrais pas t'inquiéter encore et encore parce que j'ai séché une semaine l'amphi. Ce n'est pas pour autant que je n'ai pas travaillé sur Les Démons *de ce vilain Dostoïevski qui me donne tant de fil à retordre. C'est un texte dense, trop dense pour moi, aussi je me perds, non seulement dans les personnages qui portent des noms différents, enfin des diminutifs, sur un terreau dense de pensées furieuses et de situations insaisissables. Tantôt le point de vue des personnages se confronte à celui de l'auteur. Je ne dois pas perdre le fil, et j'avoue que je ne suis pas très douée, mon petit papa, pour les dénouer, ces fils-là. Et souvent, si souvent (hélas), je me perds dans ces dédales-là, de l'âme égarée dans ces bas-fonds, l'homme face à Dieu, l'homme devant le mal, et que sais-je encore lorsque l'inconscient s'en mêle…*

Peut-être n'ai-je pas choisi le bon sujet de thèse ? Peut-être n'ai-je pas une intelligence suffisante pour atteindre mon objectif ? Et si je me noie, je ne pourrai m'en prendre qu'à moi-même. Mon prof, M. Lorient, m'a dit deux ou trois fois que ce sujet de thèse était trop grand et vaste pour moi. Il est resté poli, M. Lorient (un charmant vieux monsieur), car j'ai bien compris ce qu'il essayait de me faire admettre, que je n'étais pas à la hauteur pour mener cette embarcation au port.

N'aie crainte, mon petit papa, je ne suis pas seule. J'ai un petit cercle d'ami(e)s dont Paulina qui me distrait à sa façon dans mes moments de chute. Elle me tient à bout de bras. Je crois qu'elle m'aime assez bien. Et enfin, j'ai aussi mon petit cercle, Serge, François, Augustin, qui sont de très bons copains. Lorsque je m'ennuie un peu, que j'ai peur de toutes ces pensées furieuses qui m'assaillent ou, pire encore, que le désordre s'installe dans ma tête, je m'en vais dormir avec Paulina. Elle veille sur moi comme le lait sur le feu. Elle manque souvent d'argent, et, tu ne m'en voudras pas, mon petit papa, je la dépanne. À vrai dire, je ne sais pas ce qui l'intéresse le plus chez moi, mon argent ou moi. Je suis un peu attirée par elle… Mais cette pauvre Paulina fait semblant de ne pas comprendre pour ne pas gâcher notre amitié.

Enfin, je me rends compte que ces petites histoires de fille ne doivent guère t'intéresser... Mais c'est une manière de parler, de raconter les choses, les petites choses, les minuscules petites choses de ma vie. Car mon cher papa, je suis de plus en plus minuscule, comme un grain de sable. Je rapetisse au fil des jours. Et un matin, comme dans La Métamorphose *de Kafka, je me réveillerai dans la carapace d'une coccinelle, à gambader sur la balustrade de la terrasse. Je ne craindrai rien face au vide. Il me suffira d'ouvrir les ailes.*

Ta petite fille adorée qui t'aime.

Andréa Valdemon

Au dos de la lettre, Richard essaya de déchiffrer une petite note rédigée par Armand Valdemon. Une écriture pointue et incisive, de plus en plus ressemblante, du reste, à celle de Jourde.

Écrire au plus vite au professeur Denis Lorient pour lui faire changer son sujet de thèse. Trop difficile. Mortifère en diable, ce Dostoïevski.

Et ensuite (plus urgent que tout) signaler au docteur Pierre Formigier cette pensée inquiétante d'Andréa : la coccinelle sur le garde-corps du troisième étage de la résidence Esplanade des Antilles...

Plus loin dans le dossier, égarée au milieu de quelques autres écrits sans importance sur la plantation des noyers émanant du Comité d'étude interprofessionnel de la noix, Richard trouva une réponse du professeur Lorient indiquant que Mlle Valdemon était fort inspirée par son sujet de thèse et qu'il était à cette heure hors de question d'en changer. Puis encore, un écrit assez bref du professeur Formigier : *Promis, cher monsieur, j'évoquerai avec elle, lors de la prochaine consultation, cette réflexion qui vous préoccupe…*

Richard sortit rejoindre Féline dehors sur sa chaise longue. Elle ne releva pas même la tête, comme s'il y avait une fâcherie dans l'air. Il alluma un cigare, en s'éloignant d'elle, pour que la fumée ne l'incommodât pas. Mais c'était une bien mauvaise réaction, car le vent se chargeait de disperser les volutes.

En vérité, il était courroucé par ses dernières découvertes dans les documents du vieux Valdemon. Le père s'était donc montré irréprochable avec Andréa, poussant même sa vigilance bien au-delà de ce qu'on eût pu exiger de lui dans ce mauvais procès. En vérité, une pointe de jalousie s'était fait jour en lui. Andréa était donc la préférée. Irritante surprise, se dit-il. Ce constat l'enrageait, car rien ne justifiait que le père se fût ainsi comporté. *J'étais donc l'enfant honni à ses yeux. Pourquoi un tel sentiment d'indifférence ? Et puis*, se persuada-t-il, *j'ai passé neuf ans avec ce boulet au pied, je ne m'en porte pas plus mal. J'ai réussi, là où ma très chère sœur a échoué, la malheureuse.*

Il arpentait la terrasse, de long en large, avec cet agacement qui le tenaillait et dont il s'était juré, à ce moment, de n'en dire mot à Féline. Mais d'évidence, elle avait compris la nature de la tempête qui bouillonnait sous ce crâne. Depuis ces deux derniers jours à Croix-de-Fon, elle s'était fait son opinion au sujet d'Andréa. Bien sûr, se disait-elle, ce pauvre Armand Valdemon n'a commis aucune faute. Si ses cendres pouvaient parler..., pensait-elle. Puis elle lâcha son livre sur le dallage, redressa la tête, étira ses membres, comme pour reprendre pied dans la douceur du jour.

— Quand rentrons-nous à Orléans ? Le notaire se chargera de vendre la maison, de liquider les dernières affaires. Tu hériteras tout de même d'une coquette somme, n'est-ce pas ? Ça te permettra de conforter ta position dans le cabinet Valdemon-Ledoux, et tu pourras enfin tenir la dragée haute à ton associé, ce méchant petit Gilles, qui passe le plus clair de son temps à t'humilier. Quelle revanche ! En auras-tu de la reconnaissance ?

— À qui donc ?

— Au vieux. Ton vieux père honni, n'est-ce pas ?

Il se mit à hocher la tête.

— Qu'il se soit bien comporté avec Andréa, qu'il l'ait soutenue, ça, je le confesse. Mais ça ne change rien sur moi. Il m'a ignoré toutes ces dernières années, farouchement. Une indifférence armée, dirais-je même. Voilà la vérité. Et pourquoi ? Où trouverais-je la réponse pour justifier cette attitude ?

— Peut-être n'y en a-t-il aucune. Tu devras par la force des choses t'ôter cette question de la tête. Moi-même, ajouta Féline, je n'ai jamais eu de véritable relation avec mon frère... Nous ne nous accordons sur rien, tellement il est différent de moi.

La réflexion de Féline l'agaçait au plus haut point, tant Richard ne supportait pas que son drame personnel servît de comparaison à quelque chose qui ne l'atteignait pas intimement. Elle prit cependant son agacement en bonne part, avec une certaine froideur. Sans doute, avait-elle compris, depuis le pas franchi de l'adultère, qu'elle ne finirait pas son existence avec lui. Cette lucidité l'honorait tout autant qu'elle l'isolait dans un silence tourmenté.

*

Cette nuit-là, Féline fit un mauvais rêve qui la sortit du lit. Elle tourna dans la maison, à pas feutrés, et finit par s'allonger sur le sofa du bureau. Et soudain, la curiosité s'empara d'elle, comme une vague déferlante. Pourquoi subir cette situation, se dit-elle, entre Monsieur et son dossier porteur de révélations, son mutisme et ses rages alternant ? En effet, jusque-là, Féline s'était accoutumée à considérer que cette histoire des Valdemon ne la concernait pas, ou du moins d'assez loin pour qu'elle ne gardât sur celle-ci qu'un œil plutôt indifférent. Du reste, ce n'était pas sans raison, si elle se forçait à apaiser les colères de Richard, à prévenir ses accès d'humeur, ses emportements et ses accès de désespoir. Enfin, elle se décida à visiter ce fameux dossier posthume du vieux Valdemon. C'est ainsi qu'elle tomba sur une petite correspondance de la mère de Richard. Même ces pièces-ci avaient été conservées, on se demande bien pourquoi, parce qu'elles n'étaient pas très favorables à Armand Valdemon. Elles étaient rédigées d'une belle écriture ronde, parfois débordée par le feu de la passion ou de la rage… Comment savoir ? Bien entendu, elle sauta sur l'occasion avec délectation. Jusqu'ici, Richard ne lui avait jamais parlé de sa mère, comme si elle n'avait été qu'une ombre qui passe, sans laisser de trace. Tout au plus, elle n'avait servi qu'à faire deux enfants avant de disparaître, on ne sait pour quelle raison, en 2014, à l'âge de quarante-cinq ans. Armand Valdemon n'avait guère été affecté par cette disparition prématurée, puisqu'il n'en disait rien. Ni douleur, ni chagrin. Un singulier silence autour d'elle.

La première lettre conservée de Francine datait du 12 mai 1995. Elle était adressée à une amie, Aude Berger. C'était juste un brouillon surchargé de ratures et de mots superposés, comme si elle avait toujours eu cette manie délicate d'utiliser le vocabulaire le plus juste pour exprimer sa pensée, sans se décider pour l'un ou pour l'autre terme.

Chère Aude,

Tu me vois une fois encore dans l'embarras. Mais j'ai le courage de te l'écrire, à toi, bien sûr, sinon à qui ? Pourquoi ai-je épousé Armand ? C'est un homme tout occupé (ou affairé) à sa grande œuvre jourdanienne. Depuis qu'il s'est acoquiné avec cet homme d'affaires (ou cet escroc), il a changé du tout au tout. Un appétit d'ogre, une haine et un mépris pour tous, ces paysans, ces planteurs de noyers, oubliant sans doute au passage qu'il n'est rien d'autre que l'un des leurs, il les roule dans la farine, et fulmine à son aise chaque fois qu'il leur fait signer des clauses scélérates. Un poison d'homme, te dis-je. Et crois-moi, Aude, je pèse mes mots.

J'ai honte de devoir les croiser, tous ces gens, en me disant, encore un pigeon. Dans le village, pourtant, mon mari fait figure de héros, de champion. Je baisse la tête. Moi, qui ai toujours eu foi en la parole donnée (une des qualités que je tiens de mon père), je n'ose plus les regarder en face. Et sans doute mes manières fuyantes, dans le pays, doivent me valoir bien des critiques. En un mot, je suis seule, à élever mes deux enfants. C'est ma seule raison de vivre, mes enfants. Mon petit Richard a l'air d'être d'une bonne graine, si peu ressemblant à son père… Pourtant, je n'ai pas fauté… Du reste, Armand le considère comme un idiot. Dans ses moments d'emportement, il me dit : « Ce Richard, il n'est pas de moi. » De qui alors ? Et je préfère garder le silence devant ses accusations.

Armand, lui, et ça m'est pénible de te le dire, est un coureur. Il couche à tout va, comme son Jourde, sans doute, lui aussi un homme à femmes. Parfois, je surprends entre eux deux des conversations sur leurs maîtresses. Je n'oserais te répéter, ici, les mots employés. Les chaudes, les chaudasses… Et du vocabulaire encore plus fleuri…

Andréa, ma seconde, est une princesse pour nous deux. Son père l'adule. Avec excès… Pourrie, gâtée. Elle est encore trop petite, ou pas assez mûre, pour comprendre quelle sorte d'homme est son géniteur. Là, par contre, Andréa, c'est sa fille, aucun doute. Je n'ai pas fauté pour celle-ci non plus. Il peut la promener partout jusque dans la coopérative, et déplorer qu'étant une fille, elle ne pourra prendre sa succession. Hélas. Ce n'est pas le siècle des femmes, notre triste époque. Peut-être en ferons-nous un professeur, une savante en littérature comparée. C'est une formule qui revient sans cesse dans sa bouche, « la littérature comparée ». Ça fait hurler de rire, dans son dos bien sûr, cette vantardise. Quant à Richard, il n'ose le montrer dans son petit cercle de seigneurs de la noix. Il le cache, il l'ignore quand il parle. « Cesse donc de répéter des conneries, mon pauvre garçon. Tu ne seras même pas architecte, dit-il, sinon pour construire des maisons en forme de cube où l'on entasse les gens à la périphérie des villes. Ça oui, mon pauvre petit, tu sauras dessiner des cubes et encore des cubes superposés. »

Un soir, il m'a même dit que notre fils (avec du mépris dans la voix) n'a jamais touché une fille, qu'il en a peur, des filles, qu'il les fuit. Même, m'a-t-il dit ce jour-là : « Je devrais l'emmener à Paris pour le dégourdir avec de "belles pouliches" » (encore un mot choisi de son Jourde). Ah ! Ma pauvre Aude, ils doivent en séduire, des « pouliches », avec le pognon qu'ils volent à tous ces petits coopérateurs.

Changeons de sujet, ma chère Aude… Quand viendras-tu me voir à Croix-de-Fon ? J'ai peu de distractions. Je m'ennuie ferme. Nous pourrions faire une petite virée vers Arcachon ou l'île de Ré, histoire de se changer les idées.

Francine, ta meilleure amie.

La seconde lettre pour Aude Berger datait de 1995, avec une date illisible. Francine avait procédé de la même manière, brouillon, avec surcharges fréquentes et ratures abondantes dont elle avait tiré ensuite une copie sans doute impeccablement transcrite pour son amie.

Chère Aude,

J'ai traversé des jours difficiles, dont j'ai cru ne pas me remettre, physiquement et mentalement. Tu n'y croiras peut-être pas, mais je suis de nouveau tombée enceinte. Je sais exactement le jour et l'heure où cette horreur m'est arrivée. Un soir où Armand était passablement éméché, il a voulu me faire l'amour. Ce que nous ne faisons que rarement. Ce gros cochon libidineux ne m'inspirait plus depuis longtemps et je ne m'étais pas cachée pour le dire, espérant sans doute qu'il aurait l'élégance de se servir ailleurs, parmi ses « pouliches » par exemple. Mais il en a fait ce soir-là une affaire personnelle. « Je ne t'ai pas épousée, ma chère, pour te regarder dans le blanc des yeux. Je veux ce qui me revient de droit… » Alors, sans entrer dans les détails, j'ai essayé d'esquiver l'affaire par d'autres moyens, lui faire verser son « venin » pour qu'il me laisse tranquille. Une fois rassasiés, d'ordinaire, les hommes s'endorment. Mais il est revenu à la charge alors que je nageais dans un demi-sommeil. Et là, cette fois, il a obtenu avec des airs triomphants ce que je lui refusais farouchement.

Et j'ai compris qu'il m'avait engrossée. Un mois plus tard, plus de règles. Je suis allée voir mon gynéco. Test à l'appui, il m'a annoncé que j'allais avoir un enfant. Cette nouvelle a ravi Armand. Il m'a dit que c'était merveilleux, qu'un couple devait au moins avoir trois, voire quatre enfants. « Ah non, lui dis-je, je t'en ai déjà donné deux. Ça suffit. C'était notre contrat de départ, deux et pas plus. Maintenant, terminé. »

Puis la conversation s'est animée. Je lui ai reproché, à ce cher mari, de ne penser qu'à ça, à forniquer à droite et à gauche. « Je te laisse faire ce que tu veux, à condition que tu ne m'engrosses pas… Si encore tu savais te retirer à temps… Imbécile ! Du reste, ai-je ajouté, je n'ai jamais aimé un sexe qui me pénètre. Pire encore, lorsque je dois supporter ton corps sur le mien, avec les râles et les caresses, les soupirs de contentement, c'est une épreuve sans nom. Et à la fin, en prime, l'air satisfait du mâle dominant. »

Pourquoi me suis-je mariée ? me dis-je souvent. À la vérité, je crois que j'ai hérité de ma mère sa frigidité. De mon enfance, je me souviens qu'elle quittait la chambre, subrepticement, et s'en venait dormir avec moi. Et lorsque je lui posais la question, elle me répondait par un sourire, une caresse sur les joues, un baiser sur le front. « Ici, il ne peut rien m'arriver… » Je saisis enfin le sens de cette phrase qui me paraissait tellement énigmatique.

Puis j'ai consulté mon médecin, un homme avec lequel je me suis toujours sentie assez libre. Je lui ai dit comme ça directement : « Docteur, je ne veux pas le garder. J'en ai déjà deux, c'est assez. Je ne suis pas une de ces pondeuses qui passent les meilleures années de leur vie en cloque. » Un mois plus tard, je suis entrée en clinique à Périgueux pour faire une IVG. Voilà mes tristes dernières nouvelles.

Je crois que nous devrions organiser toutes les deux, en célibataires, une petite virée en Corse. Et profiter un peu de notre liberté. Qu'en penses-tu ? J'ai bien besoin de me faire plaisir. Je t'embrasse. Et je pense à toi souvent, ma chère Aude.

Francine Valdemon.

*

Dans le milieu de la matinée, sans explication, Féline quitta la maison de Croix-de-Fon, sans que Richard ne lui posât une question, tant ils étaient en froid. Elle descendit au village à grands pas, sans se retourner, avec en poche les deux lettres de Francine Valdemon qu'elle avait subtilisés dans le dossier. Féline avait fini par se persuader que Richard ne devait en aucun cas tomber sur ces écrits. Elle jugeait qu'ils auraient un effet dévastateur sur lui, et qu'à la haine d'un père s'ajouterait celle d'une mère.

Le vent était vif, insistant, entêtant même, si bien qu'elle avait le plus grand mal à contenir sa chevelure. Elle avait omis de s'armer d'un fichu mais ce détail ne l'occupa guère longtemps. Les trottoirs étaient déserts, le village de Soirac abandonné, sinon quelques voitures qui traversaient l'avenue centrale à petite allure.

Elle s'arrêta au bureau de tabac et prit deux paquets de Dunhill. Depuis qu'elle était à Croix-de-Fon, oisive et désemparée, entre les atermoiements de Richard et les insistances de Quentin sur son téléphone, elle ne savait plus sur quel pied danser. Après tout, ne cessait-elle de se répéter, ma pauvre fille, tu ferais mieux de retourner à Orléans au plus vite et de laisser Richard se débrouiller avec sa famille. Mais les deux lettres dans sa poche, qu'elle triturait du bout des doigts, l'incitaient plutôt à aller au bout de ses investigations.

Avant de quitter le bureau de tabac, elle fit signe à la jeune vendeuse. Celle-ci s'approcha en faisant la moue. On sentait que ce job, en vérité, la débectait, que les caprices de la clientèle la rendaient plutôt taciturne.

— Quoi encore ?

Elle mâchouillait un chewing-gum nerveusement.

— Juste un renseignement…

Alors la jeune fille se fendit d'un sourire. Elle parut réfléchir.

— La vieille Andraud, c'est ça ? Elle habite au numéro 26 de la rue, juste après l'église. Mais à cette heure, ricana-t-elle en s'acharnant sur son chewing-gum, elle doit être plutôt dans la chapelle. C'est elle qui s'occupe de la maison du bon Dieu, les fleurs, le ménage, les fringues du curé… Voyez ce que je veux dire. Tous ces trucs d'apparat. Elle adore ça, Mme Andraud, les bondieuseries, comme allumer et éteindre les cierges, fermer les portes de l'église pour la nuit…

Féline l'écoutait avec un sourire aux lèvres. Décidément, elle la trouvait plutôt sympathique, cette gamine, avec son franc-parler. Il y avait en elle une sorte de rage d'être là, encore, dans ce petit bourg de Dordogne à vendre des clopes et des friandises.

— Vous n'avez pas l'air d'être d'ici ? demanda-t-elle, en inclinant la tête de côté.

— Non, répondit Féline. Simplement de passage.

— Qui peut s'intéresser à la vieille Andraud ? Vous êtes de sa famille ?

— Non.

Elle hésita à apporter quelque explication. C'eût été fastidieux et improductif, pensa-t-elle, vu que je ne la reverrai plus jamais, la vendeuse du bureau de tabac de Soirac.

Suivant toutefois les conseils de la jeune fille, Féline entra dans l'église. Elle en fit le tour, en contemplant au passage les tableaux d'un chemin de croix d'une facture naïve. Seule la déposition du corps du Christ lui parut inspirée. Elle s'y attarda une minute, hésita à en faire un cliché avec son téléphone. Mais qu'en ferait-elle ensuite, de ce cliché ? Il se noierait dans la multitude des photos prises dont on finit par se défaire à la longue, faute de place. Elle monta les trois marches du chœur, puis se dirigea vers la sacristie à laquelle on accédait par une porte basse. Une dame élégamment habillée et le visage apprêté, les cheveux gris soigneusement entretenus et coupés pour dégager la nuque. Elle sursauta et se retourna vivement, un fer à repasser à la main. Une pattemouille fumante recouvrait l'étole d'un prêtre. La demoiselle du bureau de tabac a visé juste, pensa Féline.

La présentation fut rapide, car Mme Andraud avait conservé en mémoire la visite récente du fils Valdemon. Mais elle parut aussitôt intriguée que sa compagne fût venue jusqu'à Soirac.

— Féline Laporta, répéta-t-elle en la toisant de pied en cap, puis s'attardant sur son visage, je n'ai jamais entendu parler de vous. Monsieur Richard aurait pu me dire quelques mots sur vous, n'est-ce pas ? Quand même, déplora-t-elle. Nous avons passé deux heures au moins à discuter de son pauvre père. Vous l'avez connu, monsieur Armand ?

— Non.

— Monsieur Richard n'aime pas parler de son père. Il lui voue une inimitié épouvantable. Je n'en connais pas les raisons. Mais après tout, les histoires de famille sont toujours compliquées.

— Je doute que vous ne sachiez rien sur les Valdemon. Vous êtes peut-être, insista Féline, la seule, ici, qui connaît tout sur eux. Richard, bien sûr, mais aussi le destin tragique de sa sœur Andréa, et peut-être l'épouse, Francine Valdemon, disparue en 2014.

Mme Andraud baissait la tête pour éviter le regard de sa visiteuse. Elle avait juré n'être qu'une confidente du vieux, l'avoir accompagné jusqu'à son dernier soupir, et rien d'autre. S'être effacée ensuite, sur la pointe des pieds, avec tous ses secrets.

C'est alors que l'ancienne gouvernante proposa à Féline de se rendre chez elle, un appartement à deux pas, en face de l'église. Les deux femmes sortirent en silence, sans se regarder, d'un pas lent et mesuré. Un instant seulement, Mme Andraud voulut donner quelques renseignements historiques sur l'église de Soirac, mais le sujet lui parut guère intéresser Féline, qui finit par lui dire, au bas de l'escalier conduisant à l'appartement :

— Vous savez, madame, je ne reviendrai sans doute jamais à Soirac.

— Oh, sursauta la gouvernante, tout de même. Il y a Croix-de-Fon, une belle demeure, et quelques dizaines d'hectares. Ce sera un bel héritage pour Richard.

— Nous ne sommes ni mariés ni pacsés. Richard n'a pas l'air intéressé par cet héritage, moi non plus, forcément. Mais je me suis laissé dire que les acheteurs ne manqueraient pas. Ici, c'est le noyer qui gouverne les esprits. Tout notre avenir est à Orléans. Mon compagnon est architecte et moi, je suis chargée de mission à la communauté d'agglomération. Notre avenir est ainsi tracé.

— C'est bien ce qui désespérait monsieur Armand. Une si belle œuvre qui sombrera dans les mains de gens médiocres. Jusque dans ses derniers instants, sachez-le,

Mme Laporta, monsieur Armand a vécu l'enfer, la maladie certes, mais la solitude. Je fus pour lui un réconfort, la seule personne, une étrangère certes, capable de l'entendre et de l'écouter. Peut-être aussi de le consoler.

Les deux femmes s'assirent dans le salon, assombri par de lourds rideaux. Pierrette Andraud lui proposa un café, qu'elle accepta, et des spéculos qu'elle repoussa d'un geste discret.

— Que désirez-vous savoir que je n'aie déjà dit à votre compagnon ? Monsieur Armand n'était pas croyant. Il a donc refusé la confession et les derniers sacrements. Il s'est éteint en silence. Sans une plainte, sans un mot, le regard fixé vers le plafond de sa chambre. À peine supportait-il la lumière du dehors. Et encore l'idée d'observer la nature, le ciel, les collines, d'écouter le chant des oiseaux l'insupportait au plus haut point.

Le silence s'installa entre elles deux, une ou deux minutes, peut-être plus. Mme Andraud la considérait à vrai dire comme une étrangère, et semblait penser, à ce moment même, que toute autre sorte de conversation s'avérait superflue. Elle attendait donc que sa visiteuse s'en repartît ainsi, comme elle était venue.

Féline sortit alors de la poche de son manteau les deux brouillons de lettres de Francine Valdemon. Elle les déplia délicatement.

— Richard les a-t-il lues ?

— Non, affirma la visiteuse en fixant Pierrette dans les yeux.

Elle resta stoïque.

— C'est dommage. Il en aurait appris, sur sa mère qui ne l'aimait pas. Du reste, Mme Valdemon n'aimait personne. À part elle-même. Si monsieur Armand a été voir ailleurs si souvent, il a bien des circonstances atténuantes.

— Je ne sais pas, dit Féline. Parfois, les apparences sont trompeuses.

La visiteuse se leva, fit quelques pas dans la pièce, hésitante. Elle avait grande envie d'ouvrir les rideaux pour apporter la lumière du dehors.

— Monsieur Armand m'avait demandé, suppliée même, de détruire le dossier. Mais je ne l'ai pas fait. Je l'ai caché dans la maison et j'ai révélé l'endroit lorsque votre compagnon est venu me voir.

— Pourquoi vous ne l'avez pas détruit ? questionna Féline en se rapprochant de Mme Andraud pour la mieux observer.

Elle hésitait à répondre, comme si elle voulait peser ses mots. Dire, ne pas dire, ou à demi-mot, sans trop insister... Elle était aguerrie à ce jeu avec son ancien employeur. Tous deux, Armand et elle, avaient joué ainsi au chat et à la souris, durant sa lente agonie où elle lui fut dévouée corps et âme, jusqu'à lui faire sa toilette quotidienne et écouter ses soliloques des heures entières.

— Je voulais que monsieur Richard lise les deux lettres de sa mère à son amie Aude. Ainsi aurait-il compris ce qu'elle était, cette méchante mère qui ne lui voua sa vie durant aucun amour, ni à lui ni à Andréa. C'était elle, le pire poison qui soit. C'est pourquoi j'ai désobéi à monsieur. Je me suis dit : Non ! ce serait trop injuste qu'il ne sache rien, le pauvre garçon. Car elle a tout fait, la mère, l'horrible mère, pour que son fils haïsse son père. Elle voulait le garder pour elle, toute seule, ce pauvre Richard. Mais elle ne sut jamais se faire aimer de lui. Jamais. Les sentiments ne se commandent pas…

Mme Andraud poussa un grand soupir.

— Je sais maintenant qu'il ne les lira jamais, ces deux lettres malfaisantes. Hélas. Vous veillerez à cela, n'est-ce pas ? Je sens en vous cette détermination. Vous n'êtes pas bonne, non plus.

Féline la fixait dans les yeux, intensément.

— Chère madame, vous n'êtes pas Dieu lui-même pour me juger.

— Que vous importe, puisque vous n'êtes pas croyante.

— En effet. Mais je ferai tout pour que Richard soit épargné. Si le propriétaire de ce fameux dossier a jugé bon qu'on le détruise – n'était-ce pas sa dernière volonté ? –, il le sera.

Mme Andraud baissait la tête, tandis que Féline s'apprêtait à prendre congé. Elle se retira sur la pointe des pieds en évitant de faire craquer les lames de parquet. Lorsqu'elle fut sur le trottoir, Féline poussa un grand soupir, alluma une cigarette, les yeux braqués sur l'église. Puis elle interpella un couple pour lui demander où se situait le cimetière.

À la sortie du village, après une place cernée par des grands platanes, elle trouva le porche d'entrée. Non sans difficultés, Féline dénicha enfin la tombe des Valdemon, tout en haut du cimetière, proche d'un cyprès, et l'emplacement de Francine-Renée. Une simple plaque en marbre noir indiquait sa date de naissance et de décès :

1969-2014. Sans autre inscription. Féline se retourna pour vérifier que personne ne l'observait. Alors elle sortit de sa poche un briquet, enflamma l'un après l'autre les deux brouillons de lettres, et dispersa les cendres sur la dalle de marbre de la pointe de sa chaussure.

7

La montée vers Croix-de-Fon, au pas de charge, épuisa Féline au point qu'elle dut s'affaler dans une chaise longue au bord de la terrasse. Elle ne songeait plus qu'à repartir à Orléans, avec ou sans lui. Tant de dossiers l'attendaient dans son bureau de l'hôtel de ville, à en croire les messages qui s'accumulaient sur son compte WhatsApp. Même si elle avait paré au plus pressé, le reste, se disait-elle, pourrait toujours attendre. Certes, Féline Laporta ne se jugeait pas si indispensable dans les services de la communauté d'agglomération. Parfois, elle aimait disparaître un jour ou deux, sans laisser de trace, et personne ne s'en apercevait. C'était un des délices de l'administration de faire partie de l'équipage d'un paquebot ingouvernable poussé au gré du vent et des tempêtes.

Richard, qui s'était enfermé dans le salon, ne l'avait pas entendue arriver, et parut tout surpris de la voir là, si paisiblement somnolente. Il vint poser un baiser sur son front, prudemment, craignant qu'elle fût encore sous l'emprise de l'irascibilité. Au contraire, elle se souleva pour quêter un baiser sur le bord des lèvres. Il se laissa aller jusqu'à dire :

— Tu ne m'en veux plus ?

Elle balança la tête de droite à gauche.

— Il te faudra un jour, mon pauvre Richard, te décider à grandir. Nous ne sommes plus dans la cour de l'école. Je suis avec toi, à tes côtés, ce n'est pas une raison pour que j'acquiesce à toutes tes lubies. J'aurai toujours sur toi un regard critique.

— Tu ne m'as jamais trompé ?

Elle détourna le regard vers les gros nuages qui bordaient le ciel avec de grands espaces de bleu. Elle hésita à répondre, espérant sans doute que la question pourrait demeurer sans suite. Mais il insista d'une curieuse façon.

— Peut-être le mériterais-je un peu, que tu me fasses des infidélités...

Elle rougit et détourna le visage. N'est-ce pas à ces petits détails que l'on se trahit parfois ? pensa-t-elle. Elle laissa le silence courir. Peut-être n'irait-il pas plus loin, passerait-il à autre chose... Mais non. Il toucha son visage du bout des doigts, avec la légèreté d'une plume.

— Je me pose la question. Une question d'importance, certes. Mais après tout, ce sont des choses qui arrivent. Je ne suis pas très amoureux avec toi. Et je te fais l'amour comme un sagouin. Ah ça, oui. Je n'ai jamais été doué pour ça. Et je comprendrais que tu puisses aller voir ailleurs, ne serait-ce que pour te distraire un peu.

— Non, dit-elle, je ne t'ai jamais trompé. Voilà, c'est dit. Et maintenant, tu arrêtes.

Il glissa une main dans son corsage, chercha l'aréole d'un sein et se mit à la pincer en douceur. C'était une de ses caresses préférées. Elle renversa la tête en arrière.

— Tu as besoin d'être rassuré, souffla-t-elle.

Puis la petite comédie cessa soudain, car en vérité, Richard redoutait fort qu'elle lui fût effectivement infidèle. C'était une pensée qui le hantait souvent. Il alla lui chercher une tasse de café. Elle l'accepta avec un sourire embarrassé.

— Tu crois ce que tu veux, dit-elle avec un rire provocant.

Richard fit le tour de la terrasse d'un pas chaloupé. Ce monde autour de lui, cette maison de famille, ces collines verdoyantes, ces bosquets épars disposés comme des frontières naturelles, lui semblait un petit univers insupportable dont il avait hâte de se défaire, tant il se sentait prisonnier de cette histoire.

— J'ai visité le village. C'est un endroit triste à mourir.

Il confirma d'un hochement de tête. Après tout, pensa-t-il, ma chère Féline aurait pu s'éviter cette corvée : venir me rejoindre à Soirac. Mais après coup, il jugea sa réflexion, soudain, bien injuste, car lui, à l'évidence, n'aurait pas consenti à en faire autant pour elle. Cette lucidité lui était salutaire, car il ne voulait pas se voir tel un triste bonhomme, égoïste et fier, comme eût dit l'associé. « Si seulement tu pouvais te mettre à la portée des autres, à l'écoute de leurs désirs, tu obtiendrais bien plus de contrats que moi. Alors que tu ne nous apportes rien, aucun projet fiable. À croire que tu passes ton temps à les fuir, comme la peste », aurait encore dit l'associé, ce cher Ledoux auquel je n'ai encore adressé un mot, voire un petit message. Rien.

Lorsque Féline se mit en tête de chercher le dossier dans le bureau du vieux Valdemon, elle vit que celui-ci avait été visité, avec des pièces dispersées autour. Puis sauvagement refermé en désordre.

— Tu es enfin allé jusqu'au bout ? Quel courage ! s'exclama-t-elle. J'avais cru que tu ne t'y intéresserais plus, à ce passé dérangeant. Comme si tu voulais fuir quelque chose à toutes jambes.

Il se détourna d'elle avec une fausse indifférence. Féline le suivait pas à pas, sans le lâcher du regard, cet homme qui lui faisait si souvent pitié, désormais. Trop souvent, sans doute, comme si à quelque moment elle allait devoir se poser la question : est-ce que je le garde dans ma vie ? Que pourra-t-il m'apporter de plus ?

Puis il la prit par les épaules, la serra contre lui. Elle se laissa faire, sans force, comme un pantin désarticulé.

— J'aurais dû arrêter de le lire, ce dossier… mais la curiosité a été plus forte que tout.

— Je sais, dit-elle.

— Je n'arrive pas à trouver de pièces à charge contre mon père. Me serais-je trompé sur lui, toute ma vie ? À croire que j'ai inventé tout ça, cet ogre dévoreur, ce personnage sans pitié, terrorisant son entourage. Peut-être a-t-il tout simplement été indifférent à Andréa, à moi ? Mais tout de même, ces petits mots de ma sœur… Étrange supplique, parfois. Et lui, désarmé, qui s'inquiète de sa santé mentale… De moi, rien, certes. Sans doute ma mère a tenu à m'éloigner de mon père. À force de me le décrire comme un noceur, joueur, escroc même à ses heures, que sais-je encore ? J'ai fini par me mettre ça dans la tête. Au point que mon père a senti que je ne l'aimais pas… et qu'il a préféré se cantonner à une stricte réserve.

Soudain, Féline l'arrêta en posant un doigt sur ses lèvres.

— Tu n'as pas été assez attentif. Il y a un petit mot que ton père a adressé à Andréa dans lequel il dit : « Toi, ma fille, tu es plus douée que ton frère. C'est indéniablement vrai. Mais Richard a d'autres qualités!... » Dommage qu'il ne dise pas lesquelles... Mais il ajoute: « Je ne sais pas si elles lui serviront un jour. »

— Je n'ai pas lu cet extrait.

— Ce passage, je l'ai trouvé dans une grosse enveloppe où étaient rassemblés tous les papiers de ta sœur après sa mort sur l'autoroute A71. On y apprend aussi, mais voici qui est plus anecdotique, qu'elle entretenait une liaison amoureuse avec une prof de faculté, de quinze ans de plus qu'elle. De là à dire qu'elle a cherché une mère de substitution, ce serait aller vite en besogne. Elle la nomme « Mistie » dans sa correspondance.

— Je n'ai jamais entendu ce nom-là... Et ma mère devait tout ignorer, sinon, prude comme elle était, je crois qu'elle en aurait fait un scandale de ces amours « contre nature », comme elle disait...

La réflexion fit sourire Féline. Andréa n'avait pas besoin de l'autorisation de Francine Valdemon, laquelle en vérité avait d'autres chats à fouetter avec les incartades de son mari.

— Du moins, ajouta-t-elle, ton père était au courant que sa gentille petite fille vivait avec Mistie. Et je crois que cette professeure a beaucoup contribué à son équilibre mental. Plus loin, dans la correspondance, il est aussi question de son caractère borderline. Cette Mistie se veut apaisante, mesurée, parfois critique à l'égard du psychiatre, le docteur Formigier. Je ne croirai jamais qu'elle aurait provoqué volontairement cet accident. Du reste, ton père n'a jamais nourri non plus aucun doute là-dessus. La vie est tragique, dit-elle en lui caressant la joue. Chaque être est un puits sans fond de secret et de mystère.

Richard l'écoutait avec des hochements de tête. Il lui semblait que son petit monde de certitudes se défaisait peu à peu sous ses yeux. Après un court silence, alors qu'elle s'apprêtait à regagner la cuisine pour se préparer un déjeuner, il la retint par l'épaule.

— Il y a encore autre chose dans le dossier…

— Quoi donc ?

— Voici qu'entre en scène un personnage bizarre dans la vie récente de mon père…

— Tu veux dire ces derniers mois ? reprit-elle.

— À partir de 2013. Juin 2013, précisa-t-il. Mon père évoque une personne étrange, qu'il nomme « la cousine de Bordeaux », et à laquelle il consacre de nombreux appels téléphoniques. Et aussi des voyages à Bordeaux, au Mériadeck et rue Sainte-Catherine… Je n'ai jamais entendu parler dans notre famille de l'existence d'une cousine à Bordeaux. Serait-ce une découverte sur le tard, un personnage sorti des souvenirs de la famille Valdemon qui se serait manifesté ? Toutes les hypothèses sont possibles. Et du reste, je ne peux pas m'en étonner, parce que je n'ai jamais partagé avec mon père le moindre souvenir du passé. J'ai passé tant d'années dans une solitude profonde, avec le sentiment profond et dévastateur que je n'étais pas aimé… Peut-être un peu de ma mère. Mais la pauvre, elle n'était pas douée pour les sentiments. C'était quelqu'un qui ne montrait jamais ses émotions. Elle avait un visage fermé, austère, lointain. Sans doute y a-t-il une explication à tout ça. À mon avis, elle n'a jamais été heureuse avec mon père.

— Cette fameuse cousine, comment s'appelle-t-elle ? demanda Féline.

— Alice. Souvent Alice, oui, et une ou deux fois, un nom apparaît qui doit être le sien : Ferblanca. Donc Alice Ferblanca. Elle serait née vers 1985. C'est tout.

— Une cousine à la mode de Bretagne, non ? s'amusa-t-elle. Dans cette famille tout est possible, dit-elle encore.

Richard voulut aller pêcher dans le dossier les quelques pièces se rapportant à cette cousine de Bordeaux, mais Féline l'arrêta net.

— Plus tard, oui, plus tard, je lirai cette petite correspondance. Et je me ferai mon opinion.

*

En buvant un grand café noir et en grignotant des biscottes au beurre salé, le couple s'assit à l'entrée de la maison, à même les dalles de pierre. Chacun s'était enveloppé d'une parka à cause du vent qui s'était levé, traînant dans le ciel des chapelets de nuages blancs et gris. Richard avait sorti le radio-CD et glissé dans le lecteur Miles Davis dans *Bye bye blackbird* de Ray Henderson. Féline était adossée au mur de la maison, les paupières mi-closes, elle fumait cigarette sur cigarette, les éteignant sur le sol en écrasant le mégot d'un pouce insistant.

— Tu ne crois pas que tu vas finir par te faire virer ? Il faut reconnaître que Gilles a une sacrée patience.

Richard haussa les épaules en tournant le visage vers elle.

— Je n'en suis pas là. L'associé a besoin de mes talents pour tenir sa boutique, quoi que tu penses.

— Je ne sais pas, dit-elle avec une moue de scepticisme. Un de mes employés ferait ça, je n'hésiterais pas un seul instant.

— Avec tout ce que tu t'autorises dans l'Agglo, ce serait un comble.

— Plus on s'élève dans la hiérarchie, plus on acquiert des droits et des privilèges.

Il ne répondit pas. En vérité, Richard était jaloux de ses avantages dans la boîte. Elle régnait sur une dizaine de petits employés avec autorité. Du moins s'était-elle taillé cette réputation dans l'administration municipale d'Orléans. Certaines de ses habitudes finissaient par déteindre sur le couple. Par exemple, lorsqu'elle ouvrait le réfrigérateur, elle lui reprochait de ne jamais faire les courses. Car elle n'en faisait aucune, pour ainsi dire, jugeant que ce n'était pas à sa mesure, courir dans les rayons des magasins. Elle aurait eu trop honte de croiser un ou une subalterne. « Ah, madame, vous faites vous-même vos achats ? Ça ne vous ressemble pas. »

— As-tu des nouvelles de ton frère en Australie ?

— Réginald ? Non. Il n'écrit jamais. Moi, par contre, je lui envoie quelques messages, tous les deux mois. Il est heureux au bord du Pacifique. Et Sydney est une ville qui lui convient. Il gagne bien sa vie dans l'informatique.

Soudain elle se tut, découvrant que Richard ne l'écoutait plus, tout entier mobilisé par sa situation présente, qu'il jugeait hautement inconfortable. Il n'avait jamais aimé se remettre en question. Et tout ce qui pouvait se mettre en travers d'une pensée bien établie lui causait un désagrément aussi angoissant qu'une maladie soudain décelée dans le tunnel d'un scanner.

— J'ai trois projets d'architecture en suspens, dit-il, un petit immeuble lecorbusien et deux villas avec terrasses. C'est ce que je préfère. Je déteste la restauration parce qu'il faut négocier avec le client tout ce qu'il veut conserver. Et souvent, c'est hautement scabreux. J'ai aussi des difficultés à faire des diagnostics sur les vieux matériaux. J'ai commis quelques erreurs qui m'ont coûté cher.

— Tu veux dire qu'elles ont pénalisé le cabinet ? questionna Féline.

— Oui. Et par voie de conséquence l'associé. Comme c'est lui qui a mis le plus d'argent dans l'affaire, j'ai le cul entre deux chaises. Chaque fois que je fais des erreurs de ce genre, j'ai le sentiment étrange de le voler, ce pauvre Ledoux, ce con de Ledoux, devrais-je dire.

Elle éclata de rire en imaginant Gilles Ledoux, sec comme un coup trique, agitant ses longs bras maigres. Et les tics nerveux de son visage, qui révèlent à tous les coups ses sentiments. Pourquoi, se demanda-t-elle, soudain, s'encombre-t-il de Richard ? Il lui coûte trois fois ce qu'il rapporte, et en plus, il multiplie les problèmes à chaque réunion de chantier… Dans ces moments, elle éprouvait un peu d'apitoiement pour lui, tout en se reprochant de rester en couple. Mais par la force de l'habitude, Richard avait fini par s'incruster durablement dans sa vie, tant l'amour parfois se métamorphose en une pitié bienveillante.

Quand la musique fut plus rythmée, Féline se leva pour s'agiter un peu comme sur une piste de danse, après s'être délestée de sa parka. Ça lui manquait, à vrai dire, les soirées au *Nova Club* que Quentin lui avait fait connaître. Que de mensonges distillés, se dit-elle, pour justifier à

Richard les absences jusqu'à deux ou trois heures du matin. Elle s'agita frénétiquement sur du disco, boum-boum-boum, jusqu'à ce que Richard coupât le son. Elle protesta à peine et se rassit en cherchant sur sa messagerie s'il n'y avait pas un appel de Quentin. Rien. Elle annonça alors qu'il lui fallait rentrer sur Orléans. Peut-être demain ? La proposition n'eut guère l'air de déplaire à Richard, à sa grande surprise.

— Nous n'attendrons pas la vente de tout ça, non ?

Il se mit à rire. Féline entra en hâte dans la maison et se mit en quête du pot chinois. Celui-ci avait changé de place tous les jours, tantôt sur une étagère de la bibliothèque, ou sur le secrétaire en acajou époque Restauration, et encore parmi les faïences italiennes. Richard avait pris soin de scotcher le couvercle au cas où il se renverserait. Les cendres du vieux Valdemon répandues dans le salon, ça ferait mauvais genre.

— C'est le moment d'en finir. Il faut s'armer de courage et profiter du vent pour expédier les restes de M. Valdemon dans la nature. Je sais que cette décision te débecte, dit-elle. Mais si tu n'as pas le courage, moi je le ferai.

— Non, affirma Richard, maintenant, ça ne me pose plus un cas de conscience. Cette retraite, ici, dans ce coin perdu de la Dordogne, où mon père a vécu ses derniers jours, m'a ouvert les yeux. Par contre, je suis sûr de ne jamais plus y revenir. Quand la porte sera fermée, ce sera pour toujours. Tu me comprends ?

— Non. Pas tout à fait. Croix-de-Fon et ses belles collines n'y sont pour rien.

Alors ils se décidèrent aussitôt à monter, par le chemin grossièrement empierré, vers Jurnac. C'était là, face à un grand bois, que s'achevaient les possessions d'Armand Valdemon, et où commençaient celles du voisin, le sieur Perdigal. Les explications de Richard étaient entrecoupées de silences, chaque fois qu'il devait reprendre souffle.

— Pourquoi ici ? demanda Féline. Ça pourrait se faire partout ailleurs. Après tout, ce ne sont rien d'autre que des cendres, légères comme la poussière soulevée par le vent.

Elle tenait contre sa poitrine le pot de gingembre, précieusement, tandis que Richard furetait de droite à gauche. Il fut attiré par un gros fourré de broussailles et de buissons noirs. Deux ou trois frênes, formés comme des baliveaux, mais qui ne manqueraient pas de se développer, coiffaient le tout. Il s'approcha en enjambant une clôture dont les piquets avaient été couchés dans les hautes herbes. Puis Richard se tourna vers Féline et lui dit :

— C'est la fontaine de Croix-de-Fon, ou ce qu'il en reste. La voûte s'est affaissée puis l'eau a fini par tracer son chemin en dessinant cette rigole naturelle qui arrose les champs alentour. Si un jour les champs voisins sont exploités et qu'on y implante une grande noyeraie, l'eau servira à faire profiter la plantation. C'est ce que lorgne le voisin, M. Perdigal. Mais moi, je m'en fiche. Je ne veux pas devenir exploitant agricole. Tout ça ne me concerne pas et ne m'a jamais concerné, précisa-t-il. Peut-être mon père espérait-il planter ici la Corne, la Marbot, la Grandjean et la Franquette ?... Mais il lui aurait fallu une seconde vie pour mener ses projets à terme. À moins que ses activités à la tête de la coopérative d'Argens lui aient apporté assez de revenus pour souffler un peu. À la vérité, je crois que le vieux, mon vieux père, avait décidé de préserver ce paysage pour son seul plaisir, le contempler au soir couchant assis sur sa terrasse.

Féline, les larmes aux yeux, contemplait, elle aussi, les vertes collines environnantes, comme l'avait fait Armand Valdemon avant de jeter son dernier souffle.

— Rendons-le à sa terre qu'il a tant aimée, dit-elle en décachetant le pot de gingembre.

Elle le tendit à Richard, qui hésita à le prendre. Ça lui coûtait d'accomplir cet ultime geste par lequel il effaçait une vie trop brève. Il se plaça au vent portant et laissa les cendres partir dans l'espace. Puis il jeta la porcelaine chinoise dans les ronciers. C'était tout.

8

À peine parvenu dans le couloir, Richard se laissa prendre encore une fois par un vieux réflexe consistant à vider la boîte aux lettres. Il hésita devant elle, puis la referma en se rassurant à sa manière, constatant qu'il n'y avait rien d'urgent. Comme d'habitude. Puis sifflotant, son grand sac à bout de bras, il gravit les deux étages. Il repéra une odeur de friture qui stagnait. C'étaient les vieux du premier étage, les Fromentin, qui usaient et abusaient de Végétaline. « Ah ! monsieur l'ingénieur (ces gens croyaient qu'il était ingénieur, car pour eux, architecte ou ingénieur, c'était idem), c'est si bon pour la santé, la Végétaline. Pensez-y ! Le cœur, le cœur », disaient-il, chaque fois en se tapotant la poitrine. Aussi, cela lui fit un drôle d'effet de s'en revenir à Orléans, rue de La Bretonnerie. Cette petite semaine d'absence lui parut avoir duré un mois au moins.

Il alluma sa chaîne ambiophonique Bang & Olufsen. Le dernier CD qu'elle contenait – il avait la fâcheuse manie de ne pas les retirer du lecteur en partant – porta avec élégance la voix singulière de Kathleen Ferrier. Il s'abandonna sur son divan, écouta jusqu'au bout ce *Das Lied von der Erde* dont les derniers mots *Ewig... Ewig...* lui arrachaient chaque fois des larmes. Cette réaction émotionnelle, faisait sourire Féline. Elle y voyait une sensiblerie exacerbée bien superficielle. Elle n'était pas sensible au chant lyrique, surtout la musique postromantique. De plus, elle vouait une méfiance particulière à la musique allemande, à Brahms surtout. Selon elle, cette finesse artistique n'avait pas évité à ce peuple, si mélomane et délicat, d'avoir inventé la Shoah. « Tu mélanges tout, ma chère Féline, lui avait-il répliqué. C'est une spécialité de notre époque de faire des amalgames stupides. Gustav Mahler, qui a composé *Le Chant de la terre,* était juif. »

Après s'être servi un cognac, il se décida à sortir de son bagage le dossier du vieux Valdemon, l'ouvrit, le referma aussitôt. *Que va-t-il encore m'apprendre et que je redoute tant?* se demanda-t-il. *À la vérité, ce que j'y ai trouvé ne m'a pas déçu. Au contraire, il a éclairé un grand pan de ma vie passée, mis en lumière mes fourvoiements, mes a priori.*

Féline, après avoir déposé Richard au bas de l'immeuble, s'était rendue à l'hôtel Groslot pour examiner les dossiers en attente dans son bureau. Comme à son habitude, elle y entra au pas de charge, saluant les secrétaires, les chefs de service. Aux questions posées sur son voyage en Dordogne, elle ne répondit pas. Cela faisait partie de son caractère, cette froide distance. Elle craignait sans doute que, par des attitudes plus amicales, on ne la convoquât dans les petites histoires de bureau. Ça rapportait fort dans ces officines, ça laissait des notes assassines contre les uns et les autres, en espérant qu'avec ce grain à moudre, ça inciterait la direction qu'elle représentait à des règlements de compte, des punitions.

Elle s'enferma dans son vaste bureau avec vue sur la cathédrale. C'était un des endroits où elle se sentait protégée comme derrière une muraille infranchissable. Elle y appréciait fort la solitude, les voix de l'extérieur lui parvenaient si feutrées, comme le battement lointain d'un cœur au rythme apaisé.

Puis elle posa son téléphone devant elle, le contempla en hésitant. L'ouvrirait-elle ou pas ? Elle redoutait de n'y trouver les quelques mots qu'elle attendait. Était-ce sérieux de reprendre contact avec Quentin ? Si vite. N'était-ce pas reconnaître qu'elle se languissait de lui, qu'elle craignait ses silences, par peur sans doute, qu'ils fussent définitifs ? La dernière conversation avait laissé planer un doute. Était-ce une folie que de lier une partie de son existence à ce jeune homme de dix-neuf ans ? La raison lui dictait qu'elle ne pourrait rien lui offrir de durable, sinon des parenthèses de vie, et, de parenthèses en parenthèses, cette relation ne finirait-elle pas par s'éteindre ? Pourtant, à cette seconde, ce n'était pas ce qu'elle désirait. Sinon le retrouver, caresser sa joue du dos de la main et, peut-être, à l'abri des regards indiscrets, glisser cette main dans l'échancrure de son polo dont les boutons étaient toujours défaits. Puis sentir la chaleur de sa peau. Était-ce sa jeunesse d'enfant gâté qui l'attirait, ou ce goût d'interdit ? Se dire : ma pauvre Féline, ce garçon n'est pas fait pour toi.

Enfin, elle se décida, en rougissant, le cœur battant comme une adolescente. Et son nom s'afficha en toutes lettres *Quen* (c'était un nom de code pour se protéger de quelques indiscrétions). Elle l'appela alors, toute tremblotante sur son fauteuil, qu'elle fit pivoter vers la grande fenêtre, comme si elle cherchait à se protéger des regards au cas où quelque intrus viendrait à forcer sa porte.

— Quand même ? dit-il. Tu t'es décidée. J'ai cru que tu m'avais rayé de ta liste. En quelle position ? Cinquième, sixième ? Non, pas plus bas... Ça me ferait pleurer.

— J'ai envie de te voir.

— Ah ! Bonne nouvelle. Tu m'as fait tellement languir.

— Et toi, le désires-tu tout autant ?

Il y eut un silence, des soupirs.

— J'ai besoin de toi, ajouta-t-elle.

— Tu ne cesseras donc jamais de me voir comme un adolescent, déplora-t-il.

— Non, se défendit-elle. J'ai des sentiments profonds pour toi.

— De l'amour ? Un peu d'amour ?

— Oui, dit-elle.

— Nos corps s'accordent bien. À croire qu'ils sont faits l'un pour l'autre, quelles que soient les années qui nous séparent.

Le silence s'installa entre eux deux. Long et profond, teinté d'une profonde émotion.

— Je le crois aussi.

Sans doute est-ce une folie, une folie de plus, aux conséquences incalculables, pensa-t-elle. Mais je ne peux me résigner à m'éloigner de ce garçon. Sans doute en suis-je follement amoureuse... Peut-être pas encore jusqu'au point irréversible où je ne pourrai faire machine arrière.

Ainsi se rassurait-elle. Féline aimait à croire qu'elle resterait assez forte pour s'en détacher lorsqu'elle le déciderait. Mais c'était une pensée recuite. Chaque fois, elle se promettait que ce serait la dernière, qu'elle couperait les ponts, quelles que soient la peine, la souffrance, le fading…

Il y eut un long silence, un jeu de pile ou face, celui qui raccrocherait le premier aurait perdu. Mais la respiration se faisait oppressée de part et d'autre. Elle murmura alors d'une petite voix hésitante :

— Comme d'habitude, chez toi…

Il la fit répéter, par jeu, comme s'il désirait qu'elle le criât bien fort, avec rage, ce désir si puissant.

— 17 heures.

— Oui, confirma-t-elle, 17 heures.

D'ordinaire, ils se donnaient rendez-vous au pied de l'immeuble, dans un petit bar qui se nommait *Le Mikado*. Ils prenaient un café ou un thé, puis leurs mains s'effleuraient dans un jeu subtil pour faire monter le désir. Si Féline jugeait que la passion lui paraissait à trop basse température, sans émotion maximale, comme un banal rituel, elle disait : « Viens, Quentin ! Allons faire un tour en ville. On verra après. »

Mais cette fois, elle était assurée que le désir les emporterait dans un seul et même mouvement comme une vague puissante. Les circonstances avaient créé trop d'attente, d'envie, de flamme intérieure. Quinze jours au moins qu'ils ne s'étaient vus…

Puis Féline passa dans la petite alcôve jouxtant son bureau, où il y avait dans une penderie plusieurs toilettes de rechange : décontractées, élégantes, raffinées, selon le goût et l'intérêt du moment. Elle s'assit devant un miroir, installa sur la tablette les tubes de rouge à lèvres, le mascara, l'eyeliner, le blush et les parfums qu'elle choisissait au dernier moment selon les circonstances et les opportunités du paraître en société : Chanel ou Guerlain pour les grandes occasions et Givenchy pour les jours ordinaires… Cette fois, l'aventure amoureuse exigeait quelques petites folies, même si le jeune Quentin se révélerait sans doute peu sensible à ces attentions, tout occupé plutôt à prendre possession de son corps pour le modeler et le soumettre à ses désirs. C'est pourquoi Féline opterait pour une tenue affriolante, des bas noirs aux reflets satinés, et quelque autre lingerie qui ne se porte que dans ces occasions : nuisette, string, porte-jarretelles… Elle s'amusa à voir l'effet des couleurs sur sa peau, mais, au final, elle se décida pour un ensemble plus simple. À la vérité, elle se sentait coupable de jouer ainsi avec un jeune homme de dix-neuf ans. Sans qu'elle se l'avouât, Féline ne voulait pas qu'il la prît pour une pute de luxe. Jusqu'ici, elle ne s'était jamais préoccupée de sa vêture pour ses rendez-vous avec lui. Rien que du très ordinaire. Et si elle s'engageait dans cette voie, c'était bien qu'elle espérait obtenir de lui, pour l'avenir, bien plus qu'une liaison amoureuse éphémère.

Ainsi perdit-elle une bonne heure en valse-hésitation, enfilant ses habits puis les retirant aussitôt pour en choisir d'autres. Mais elle trouvait ce jeu revigorant, comme si elle s'était trouvé une seconde jeunesse. Sans doute s'était-elle trop ennuyée ces derniers jours à Soirac, pour enfin éprouver ce désir de renaître dans une autre peau qui fût plus conforme à l'idée qu'elle se faisait de sa vie future, studieuse côté travail et légère côté divertissement. Mais elle mesurait les risques de ce jeu, se forçait de n'y point trop penser… Bien sûr, se disait-elle, une telle transformation ne passerait pas inaperçue auprès de Richard. Il ne manquerait pas de lui poser des questions, ou peut-être pas, mais du moins de porter sur elle un regard soupçonneux. À la vérité, elle en prenait le risque, certes mesuré, car au retour de cette incartade amoureuse, elle repasserait au bureau pour revêtir sa tenue ordinaire de petite fonctionnaire de la bonne ville d'Orléans.

Et plus tard, à force de répondre au téléphone et de rédiger des notes à la secrétaire qui venait frapper à sa porte, Féline vit le temps défiler alors qu'elle croyait disposer de tout le temps nécessaire. Elle se hâta enfin, fébrilement, n'en finissant plus de vérifier devant le miroir si rien ne manquait à sa mise.

— Vous avez un rendez-vous ? demanda Albertine Combet, la secrétaire de direction, lorsqu'elle la vit se glisser vers l'ascenseur.

— Oui, en effet, répondit-elle en se prêtant un air inspiré.

— Pourtant il n'y a rien de programmé sur votre agenda, dit Mme Combet.

— Tout n'est pas inscrit sur mon emploi du temps, répliqua-t-elle d'un ton pincé.

À grands pas, il ne fallait pas plus de dix minutes pour se rendre au *Mikado*. Même sur des chaussures à talon aiguille. Cependant elle ne voulait pas arriver la première et donner à ce jeune homme audacieux le sentiment qu'elle l'avait attendu fébrilement, le cœur battant. Surveillant sa montre pour s'accorder une dizaine de minutes de retard, mais pas plus, elle ralentit son avancée, en s'adressant des reproches. Tu ne pourras rien lui offrir de plus qu'une romance, sans doute brève, une folie sentimentale comme il n'en existe plus depuis l'émergence des clubs de rencontres… Féline, malgré son air de supériorité, d'assurance, qu'elle inspirait à première vue, doutait d'elle-même. Sauf avec Richard. Un animal qu'elle avait fini par apprivoiser et que la force de l'habitude avait réduit à ses yeux en compagnon domestique.

Au *Mikado*, il y avait beaucoup d'étudiants pérorant à leur aise à voix forte. Elle dénicha Quentin dans le fond de la salle, assis devant une petite table, sur une banquette, le regard triste. Soudain, l'apercevant, son visage s'éclaircit. Elle s'assit en face de lui, prit sa main et y déposa un baiser sans la lâcher. Puis il offrit ses lèvres. C'était tout ce qu'elle attendait. Elle ne voulait pas forcer les choses par-delà les mots qu'ils avaient échangés sur la messagerie.

D'un sourire, elle attendit sa réaction.

— J'ai eu peur, si peur, j'ai cru que nous ne nous reverrions plus jamais, dit-il. J'ai réfléchi à ça, toute une nuit. Je me suis dit, mais si elle disparaît, je n'aurai rien d'elle qui m'appartienne. Je suis un peu fétichiste. Quoi ? Un foulard ? Une mèche de cheveux ? Un gant ou que sais-je encore ? Et plus tard, avec le temps, je finirai par croire que je n'ai rien vécu avec toi, que j'ai tout imaginé ou rêvé… Tu me comprends ?…

Féline fixa ses yeux tristes qui l'avaient séduite, dès la première fois, lorsque, entre eux, tout n'était encore rien de plus qu'un amusement, une fantaisie passagère. Il s'approcha pour l'embrasser sur les lèvres. Elle s'abandonna en poussant après coup un haut soupir.

— Crois-tu que notre amour puisse survivre dans le temps ?

— Je m'en fiche. Vivons ça sans réfléchir. Tu ne peux pas savoir combien de fois j'ai imaginé ce moment. Et je me dis que c'est encore mieux que tout ce que j'ai rêvé.

Il la scrutait, s'attardant sur son visage fardé, humant son parfum et sous la table sa main caressant la soie délicate de ses bas. Elle l'arrêta à mi-cuisse, son regard éperdu autour d'elle. C'était la différence d'âge qui la culpabilisait.

— Je veux qu'on fasse l'amour. Ce sera bref. Sans doute.

Elle poussa un petit rire.

— Tu n'as pas de copines qui t'intéressent ?

— Toi, affirma-t-il.

Et, geste d'audace, il prit sa main sous la petite table et la posa sur son pantalon.

— Sens donc !

— Tu n'es qu'un gamin. Que vais-je faire de toi, Quentin ?

— Tu n'es pas si vieille, tout de même, défendit-elle. Trente-cinq ans.

— Chut ! dit-elle.

— Tu ne pourrais pas être ma mère...

Quentin commanda un Coca et Féline un thé. Mais ni l'un ni l'autre n'achevèrent leurs boissons.

En montant au deuxième étage de la garçonnière, le jeune homme voulut la faire passer devant pour jouer avec elle. Puis elle s'arrêta net, et l'incita à prendre les devants.

Et, au moment où il tourna la clé dans la serrure, elle dit d'un ton grave :

— Je crains fort de te décevoir.

Quentin prit plaisir à déshabiller cette maîtresse qui le décontenançait. Surtout à défaire les pinces des bas et les faire rouler sur ses cuisses, délicatement. Puis n'y tenant plus, il enfouit son visage au creux de son ventre, mordillant le satin de son tanga en dentelle. Elle prit sa tête à deux mains pour la maintenir collée à elle. Mais tant d'impatience ne faisait que produire de la confusion dans l'ordre des sens. Elle eût voulu qu'il prît son temps, comme lors des rendez-vous précédents. Puis, gigotant au bord du lit à moitié défait, il se délesta de son jean trop moulant. Elle fut amusée qu'il ne portât pas de slip, comme s'il avait réfléchi à cette situation. Et promptement, Quentin se perdit en elle sans le moindre détour, si vite, trop vite. Féline récupéra alors une part de sa frustration en se caressant du bout des doigts. Il la contempla ainsi, dans l'attente de l'orgasme, puis comprit enfin qu'il devait l'aider avec sa bouche, sa langue. Elle le guida un peu, comme elle n'avait jamais osé le faire lors de leurs étreintes précédentes. Cela l'amusa de jouer les professeurs, la déconcerta aussi. Surtout une demi-heure plus tard, lorsqu'il voulut la prendre de nouveau.

— Je te plais tant que ça ?

— Je meurs en te contemplant, dit-il. Je meurs et je renais, sans cesse. Je crois que ce sera ainsi, ma Féline, pour toute la nuit. Des morts et des renaissances successives.

— Qu'ai-je de plus que les fois précédentes ?

— Le mystère, tu transpires le mystère. Et aussi l'angoisse, une angoisse bienfaisante. J'ai cru que j'allais te perdre.

— Tu n'as pas eu de filles entre-temps ?

— Si quelques-unes, avoua-t-il. Mais je me suis ennuyé à chercher le plaisir, sans goût aucun.

— Elles n'étaient pas belles ? Plus jeunes et plus belles, tout de même ?

— Mais elles n'avaient pas ta classe. Et cette fragrance du luxe que tu exhales.

Elle posa la main sur ses lèvres pour qu'il se tût.

— Je ne pourrai pas toujours t'apporter ce que tu exiges. Ainsi meurent les passions. Tu le sais bien, Quentin. Et je ne voudrais pas vivre ces moments de crise avec toi.

— Tu veux dire qu'on ne se reverra plus ?

Féline ne répondit pas. Comment lui faire comprendre qu'elle devait partir, désormais, et le laisser face à lui-même ?

Elle s'assit au bord du lit, fixant la fenêtre devant elle et la clarté du jour filtré par un rideau opaque. Il vint l'enserrer dans ses bras et la renverser sur le lit. Elle n'offrit aucune résistance, même lorsqu'il vint écarter ses jambes et contempler son sexe. Elle comprit qu'il désirait de nouveau la prendre pour retrouver intacte sans doute l'émotion du premier instant. Elle l'aida à se mettre en érection. Puis s'ouvrit à lui en prenant soin, cette fois, de contrôler les mouvements de ses reins.

Elle lui susurra à l'oreille qu'elle était heureuse, précisa qu'il l'avait rendue heureuse et comblée de plaisir. Ces mots ne firent que décupler l'ardeur du jeune homme. Féline, elle, s'ennuyait déjà. Elle avait hâte de rejoindre Richard, tant elle culpabilisait. N'était-ce pas, en vérité, l'homme de sa vie, avec tous ses défauts, ses manies, ses angoisses ? Et cette fois, lorsque Quentin se mit à jouir, elle s'abandonna sur le côté comme pour montrer que l'instant était venu de s'éloigner de lui. Tu as eu tout ce que tu désirais de moi… Que puis-je encore t'apporter ? Rien de plus qui ne nous satisfasse l'un l'autre.

Plus tard, dans son bureau de l'hôtel de ville, Féline fut saisie par le spleen. *Bizarre*, se dit-elle, *chaque fois que je quitte Quentin, après tous les emballements du monde, je retombe dans la culpabilité. Et puis reviendra le moment où je le désirerai encore, ce garnement...*

Ainsi, dans la douche attenante à son cabinet de travail, Féline prit soin d'effacer toutes les odeurs de l'amour que Quentin avait laissées sur elle, puis de reprendre sa vêture des jours ordinaires, celle d'une cheffe de projet à la DGA. Changer de peau la rassurait en partie. Elle en arrivait même, tout en cheminant vers la rue de La Bretonnerie, à oublier la parenthèse de l'après-midi.

*

Un coup de téléphone avertit Valdemon que son associé allait venir lui rendre visite dans la soirée. Trop longtemps resté sans nouvelles, Gilles Ledoux venait s'enquérir de l'affaire. Un père décédé, un héritage, ça méritait quelque attention.

Richard descendit pour acheter une bouteille de whisky à la cave voisine. Il hésita entre un alcool au prix fort et un autre au prix moyen. Finalement, il choisit le moins cher, jugeant que l'associé était plutôt radin. C'était lui rendre la monnaie de sa pièce. Par ces petites mesquineries, Richard s'acquittait de ses haines recuites. Il remonta aussitôt, ouvrit son téléphone pour joindre Féline, mais cette dernière avait coupé le sien. Il laissa tout de même un message, persuadé une fois encore qu'elle ne le lirait pas.

Puis il s'en revint dans son salon de la rue de La Bretonnerie, entrouvrit les fenêtres sur la rue, histoire de renouveler l'air. Les bagages étaient encore dans le couloir entre les deux chambres. Il ne savait pas où mettre le grand sac de Féline, à droite ou à gauche, persuadée qu'elle dormirait seule, c'était l'usage lorsqu'elle était très fatiguée. Elle n'aimait pas partager son lit, c'était un embarras inutile selon elle. Mais cette fois, Richard se persuada qu'elle viendrait le rejoindre. Il avait grande envie de la retrouver dans ses bras, de sentir les odeurs de son corps, de parfois effleurer ses seins, ses fesses, malgré les réactions vives d'agacement que ses gestes généraient.

Puis il alla fouiller les CD en vrac pour mettre Benny Goodman, une musique que Féline n'aimait pas. C'était sa petite vengeance que de l'accueillir avec ces « horreurs » comme elle disait. Mais comme elle tardait, il rappela une fois, deux fois, trois fois, puis éteignit son Nokia en le jetant avec agacement dans la corbeille à papier du bureau. Il se mit à réfléchir en grillant un cigare, un de plus, un de trop, se dit-il, avec ses palpitations cardiaques. Avait-elle besoin d'aller à son bureau ? Comme si en son absence on ne s'était pas débrouillé sans elle… Puis il jugea alors, penché à la fenêtre qui donnait sur la rue, guettant son retour ou trompant l'ennui, qu'il s'était plutôt mal comporté avec elle, durant ces journées à Soirac. Elle avait jugé bon de faire le déplacement, de consulter le dossier du vieux Valdemon et d'apporter surtout sa contribution à l'étude de celui-ci, alors que l'histoire d'Armand Valdemon ne l'intéressait guère… Il se promit alors de l'emmener faire un repas somptueux au *Lièvre Gourmand* pour se faire pardonner. Ces généreuses pensées sur lui-même avaient le mérite de le rassurer, il n'était pas un homme indifférent et égoïste. Et sans attendre l'arrivée de Ledoux, il ouvrit la bouteille de whisky et se versa un bon verre, qu'il dégusta en marchant dans la pièce, comme un lion en cage.

Je ne m'aime pas, se dit-il, *c'est tout ce que j'ai appris de l'éducation des Valdemon. Certes, on doit conserver à sa famille la reconnaissance de nous avoir mis au monde et, pour le reste de la vie, tout est question de débrouille.* Il reconnut alors son peu de curiosité pour la suite du dossier du vieux père. Comme si sa santé mentale eût pu en être affectée. À trop piocher la vérité, on s'enfonce dans un trou sans fond, surtout lorsqu'on a une force intérieure plutôt déficiente. Et il pensa à Andréa qui avait pataugé toutes ses petites années entre Soirac et Bordeaux, s'interrogeant sur elle-même, jusqu'à entrevoir, par une maladive lucidité, toutes les failles qui lui pourrissaient la vie.

La sonnette se mit à tinter et les Ledoux entrèrent en scène, lui devant et l'épouse derrière. Elle tenait un bouquet de roses blanches pour Féline, quant à Richard, lui, il n'avait besoin de rien.

— Tu as tout ce qu'un homme raisonnable peut espérer, dit Gilles en lui serrant la poigne. Une compagne adorable. Et un associé en or qui pardonne toutes tes insuffisances.

Léonore trouva que la réflexion de son cher mari n'était pas des plus intelligentes. C'était une petite femme, un peu sèche, avec un visage d'oiseau et des yeux gris pétillants de malice. Richard l'étreignit dans ses bras, posa un baiser sur ses joues. Elle était un peu pincée pour lui. Mais entre associés, c'était le genre de romance à éviter. Il lui faisait comprendre par des signes discrets combien il l'estimait, et sans plus.

Féline eût dit que son Richard n'était pas un homme à femmes, qu'il en désirait certes plus d'une, sans toutefois se risquer à les séduire. L'associé, lui, était un coureur, à ses heures. Il aimait l'argent, le luxe, et être désiré.

On prit place autour de la table basse. Richard installa deux verres à whisky et deux coupes. Il servit le champagne à Léonore. Et le whisky à fortes doses pour eux deux, les chers associés. La coupe de Féline resta vide.

— Ta chère et tendre n'est pas là ? constata Gilles.

— Non. Elle est passée à son bureau. On ne ferait rien, jamais rien, sans elle, n'est-ce pas ? C'est une cheffe de projet fort occupée.

Puis ils se levèrent pour trinquer.

— Tu vas devoir reprendre du service dare-dare, dit Gilles Ledoux. Les dossiers s'accumulent sur ton bureau. Sans compter ceux qui restent en attente.

Puis l'associé égrena le nom des clients, tout en ajoutant des considérations peu amènes.

Léonore parut gênée que les affaires du cabinet fussent ainsi traitées devant elle. D'ordinaire, elle mettait un point d'honneur à rester en retrait. Elle se leva, fit quelques pas vers la fenêtre du salon, l'ouvrit pour fumer une cigarette. De là, elle aperçut deux étages au-dessous Féline qui remontait l'avenue. Léonore lui fit un geste, insista en agitant les bras, sans succès.

À peine entrée, les Ledoux salués, Féline posa un baiser sur le front de Richard.

— Tu arrives maintenant, lui reprocha-t-il à voix basse, et le pire, tu me laisses seul avec eux.

Elle se servit elle-même une coupe, alla trinquer avec Léonore et son mari.

— J'avais du travail en retard.

— Et tu n'as pas répondu à mes coups de téléphone, glissa Richard.

— Je savais bien la raison de tes appels.

La discussion se porta aussitôt sur la disparition de M. Valdemon. Là-dedans, Richard ne se sentait pas à l'aise, aussi Féline mena la conversation sans s'étendre.

Gilles se tourna vers son associé et lui posa une main sur l'épaule.

— Et ton héritage ? demanda-t-il.

Léonore parut offusquée, et prit Féline à part en l'entraînant vers la bibliothèque.

— Je ne comprends pas toujours mon mari. Il ose tout, cet homme, sans songer à l'embarras qu'il peut créer. Nous autres, les femmes, défendit-elle, nous avons un esprit plus raffiné. Sans doute avons-nous dû batailler pour obtenir le peu de liberté qu'on nous accorde. Alors qu'eux, forcément, ils ont tout à leur naissance.

— Je ne sais pas, dit Féline qui pensait à Quentin, le regard lointain.

— Ah ! l'héritage, s'esclaffa Richard. Ça t'intéresse tellement, Gilles.

— Oui, bien sûr. C'est le seul côté positif d'un décès familial.

— J'en tirerai bien quatre cent mille à cinq cent mille euros, fit-il miroiter. Peut-être plus avec les actions dans la coopérative d'Argens.

— Bien, très bien. Ainsi, tu vas pouvoir me rembourser tout ce que tu me dois, camarade.

Richard baissait la tête. Mes aigreurs d'estomac ne tarderont pas à revenir, pensa-t-il. Il n'est rien de plus désagréable que parler d'argent avec l'associé. Il fuyait son regard comme s'il craignait que Ledoux pût lire dans ses yeux.

— Je le sais, certes oui, que je ne suis pas un architecte talentueux comme toi, Gilles. Les restaurations, ce n'est pas mon fort. Je hais les vieilles pierres. Même dans le Périgord où elles sont si belles à la pointe du jour, enluminées par le premier rayon du soleil.

Léonore, qui paraissait ne pas suivre la conversation, vola soudain au secours de Richard.

— Allons, Gilles, laisse donc tranquille ton associé. Tout le monde n'a pas eu la chance d'avoir un bon parrain… Ne feins pas de l'ignorer, ce serait inconvenant. Ne l'écoutez pas, Richard, parfois mon mari manque de finesse d'esprit, surtout en buvant verre sur verre. Arrêtez de le servir.

Mais Richard fut soudain pris de pitié pour l'associé, une sorte de solidarité masculine irrationnelle.

— Je crois que Gilles a raison. Je ne sers pas à grand-chose dans le cabinet. Je serais même tenté de croire qu'il m'emploie par pitié.

— Là, tu plaisantes ? s'écria Féline.

Puis elle se tourna vers les invités.

— Ne faites pas attention à ce qu'il dit. Je crois que Richard est un peu dépressif depuis la disparition de son père. Celui-ci nous a laissé en héritage, surtout, un dossier. À mesure qu'on le consulte, on y découvre des choses surprenantes. Richard qui haïssait son père, ou plutôt le méprisait, entrevoit peu à peu qu'il s'est sévèrement trompé sur sa véritable personnalité. Et cette remise en question le bouleverse. Voilà tout. D'où, je crois, ce ton dépressif. Vous comprenez, Gilles ?

— Oui, ajouta Léonore, ce n'est pas la peine de lui faire un dessin. Mais voilà. Il y a un contentieux entre ces deux-là. Moi, j'ai mon mot à dire dans le cabinet d'architecte. N'est-ce pas, Gilles ? Tu ne me contredirais pas sur ce point. Sinon, je vais leur faire un dessin.

— Tu as raison, acquiesça Gilles en baissant la tête. Je n'ai jamais eu l'intention de me séparer de lui… Simplement de critiquer son travail, son manque d'entrain. Ce n'est pas un crime, non ?…

Comme il se faisait tard, Féline proposa de commander des pizzas par téléphone. Il y avait un excellent pizzaïolo à cent mètres à l'angle de la rue des Huguenots. La proposition interrompit instantanément la conversation.

— Ce sera pour une autre fois, dit Léonore.

Elle commençait à s'impatienter. Rien ne la contrariait plus que de voir son mari vautré dans un fauteuil, avachi, sans ressources et jouant pour la sempiternelle fois le rôle du patron blasé par sa réussite. Elle le tira par la manche. Et elle lui glissa au creux de l'oreille ce que d'évidence il se refusait à admettre, que les Valdemon avaient envie de se retrouver seuls.

À peine leurs invités partis, Richard dit à Féline, en se tenant la tête dans les mains :

— Comment peux-tu accepter de vivre avec un raté comme moi ?

Elle s'assit sur ses genoux pour le câliner un peu, en glissant la main dans l'échancrure de sa chemise.

À certains moments, surtout lorsqu'elle avait quelque chose à se faire pardonner, elle était la meilleure consolatrice du monde. On dégagea les verres et les bouteilles en hâte pour reprendre place dans le canapé. Richard mit de la musique douce. Puis ils se lovèrent l'un contre l'autre sous une couverture. Il tenta quelques caresses, mais elle le repoussa tout en délicatesse. Elle n'avait pas envie de faire l'amour. Quentin occupait toujours son esprit. Et, encore une fois, elle se jurait de prendre ses distances au plus vite.

9

Deux jours plus tard, contre toute attente, Féline déboula dans le cabinet d'architectes Valdemon-Ledoux. Sans s'annoncer. Une grande première dans l'histoire des fameux associés. Chacun était dans son bureau, bien fermé, d'un côté Gilles et de l'autre Richard. Au milieu, la malheureuse petite secrétaire Noé semblait garder le temple. Elle prenait des rendez-vous, qu'elle notait sur des Post-it et qu'elle glissait sous la porte des deux frères ennemis. À vrai dire, la jeune femme en avait assez de ces enfantillages. Par indiscrétion, elle avait seulement appris que les associés se boudaient l'un l'autre suite à une soirée mouvementée rue de La Bretonnerie.

Quand Féline se présenta, Noé poussa un haut cri comme si elle venait de voir un ectoplasme.

— Depuis le temps que j'entends parler de vous, madame… C'est incroyable.

— Qu'est-ce qui est incroyable ?

Elle attira sa visiteuse dans le recoin des archives. En quelques mots, elle expliqua la situation. Rien ne pouvait surprendre Féline, venant de Richard, mais aussi, depuis peu, de M. Ledoux.

— Ces deux-là sont de grands enfants. Je vous plains de travailler pour eux, mademoiselle.

Noé n'aimait pas qu'on l'appelle mademoiselle, car elle avait déjà consommé cinq ou six amants, puis les avait rejetés, aucun à ses yeux ne faisant l'affaire. Depuis peu, elle doutait des hommes et se contentait d'en trouver sur les réseaux sociaux pour satisfaire ses envies. La plupart du temps, elle était seule, accrochée les soirs de virée tzigane, comme elle disait, à sa bande de filles qui partageaient les mêmes idées. Elles écumaient trois ou quatre boîtes d'Orléans où elles avaient leurs habitudes, *Le Georges* ou le *Nova Club* entre autres.

Cependant, Féline força la porte de Richard. Il était occupé sur son ordinateur à étudier de nouvelles structures de maisons.

— Maintenant que je vais disposer de mon héritage, si tout va bien, je pourrais me lancer dans des projets novateurs sans rendre des comptes à l'associé. Tu me comprends ?

Elle s'assit à côté de lui, passa son bras autour de son cou et lui glissa à l'oreille qu'il lui faudrait trouver des clients pour ces « petites folies ». Ce n'était pas gagné d'avance. Mais Richard était ainsi, il passait du troisième niveau au centième étage, d'un coup, injuriait les médiocres, et se surclassait volontiers parmi les géants. À vrai dire, il tenait ces idées-là de tant d'années d'humiliation qu'il lui fallait désormais effacer pour repartir d'un nouveau pied. Féline lui susurra à l'oreille qu'elle l'aiderait. En quoi ? On ne voyait guère, car même du haut de sa position de cheffe de projet à la Ville d'Orléans, elle n'avait pas les coudées franches. Les commissions, les sous-commissions et les ordonnateurs qui tenaient les cordons de la bourse se chargeaient de briser d'un coup tous les grands rêves. Mais, se dit-elle, laissons-le fantasmer, mon bon Richard, ça permettra peut-être d'adoucir nos relations.

— Si nous achevions ce que nous avons entrepris en attendant de construire le Hudson Yards ? dit-elle.

Il la fixa avec un air de dépit.

— Tu as raison. Partons sur les traces de la cousine de Bordeaux.

Et elle lui demanda le dossier qu'il avait remisé dans son coffre. Il hésita. Ses mains se mirent à trembler. Que craignait-il d'y découvrir encore ? Car, à y regarder de près, ce satané dossier, en vérité, lui avait apporté plus de désappointement que de certitudes. Il lui faisait peur. Il réveillait en lui toutes les angoisses de son adolescence faite de solitude et d'abandon.

— Il te faut tuer le père. C'est ainsi. Sinon, mon petit Richard, tes ailes ne te pousseront jamais dans le dos. Tu ne pourras pas t'envoler. Tout ce que je désire, moi, c'est que tu sois heureux. Ou alors, si tu ne veux pas bouger et t'enraciner dans cette fange, séparons-nous.

Richard reçut cette phrase comme une gifle. C'étaient les mots qu'il redoutait : « séparons-nous »... Jamais il ne mettait en doute ses menaces. Du reste, c'était tout ce qu'il craignait le plus des femmes, qu'elles l'abandonnent ainsi en rase campagne pour son manque de volonté. Il en avait déjà perdu trois par le silence et l'irrésolution. Féline, il avait espéré qu'elle l'aimerait sans bruit, sans fureur, en ne lui posant jamais aucune question. Voilà qu'elle se révélait. *Mais pourquoi, pourquoi*, se reprocha-t-il, *j'ai accepté qu'elle vienne à Soirac, qu'elle fourre son nez dans les vieilles histoires du père Valdemon ?*

Ils s'observèrent en silence. Noé leur apporta un café.

— Vous avez l'air si bonne, madame, dit-elle. Si généreuse. Si attentive au sort des autres.

Elle s'assit sur un pouf orange, juste devant Féline, leurs genoux s'effleurant.

— Il ne faut rien exagérer, sourit-elle.

Puis de l'index, elle lui effleura la joue. Noé avait une belle frimousse d'adolescente avec ses cheveux courts et son maquillage excessif, les paupières charbonnées pour faire ressortir ses yeux bleus. Elle la regarda sans insister.

— Vous n'auriez pas une petite place pour moi à l'Agglo d'Orléans ? Je m'ennuie ici. Secrétaire comptable. Je me débrouille bien sur les ordinateurs. Je ne fais pas une faute. Et j'ai le contact facile.

— Je ne sais pas, répondit Féline.

Elle réfléchit et lui demanda à brûle-pourpoint de lui faire passer son CV.

— Le cabinet prend l'eau de partout. Même la petite secrétaire veut s'en aller, dit-elle à Richard quand Noé fut sortie.

Puis Féline alla lui montrer le coffre.

— C'est oui ou c'est non ?

Il se résigna à lui confier la chemise noire toilée. Elle s'en empara et la plaqua contre sa poitrine.

— Je n'y chercherai qu'une chose : la cousine de Bordeaux. Ça m'intrigue.

Et elle partit aussitôt d'un pas rapide, sans même saluer l'associé claquemuré dans son bureau.

*

Le seul lieu où Féline se sentait protégée, comme dans une forteresse, c'était son bureau de l'hôtel de ville. On pouvait frapper à sa porte, tempêter, téléphoner, lorsqu'elle avait envie de rester seule, rien ne pouvait la contraindre. Ainsi prit-elle place confortablement derrière sa table de travail, avec une grande bouteille de Coca et une plaque de chocolat fin. Puis déposa devant elle la chemise noire, en défit la sangle et se reporta à la partie qui l'intéressait le plus, présentement, celle des écrits d'Armand Valdemon.

De prime abord, elle fut surprise par l'écriture, ample, soignée, sans ratures. Peu de rajouts. Comme si le père de Richard et d'Andréa avait voulu s'exprimer avec application, sans doute avec la certitude qu'il serait un jour lu, déchiffré, analysé. Pourtant, songea Féline, ses dernières volontés exigeaient la destruction de ces pages. Mais si c'étaient véritablement ses dernières volontés, pourquoi ne l'avait-il pas fait lui-même ? Cette ambiguïté n'avait cessé d'interroger Mlle Laporta ces jours derniers à Soirac. Au moment de s'exécuter, elle éprouva une certaine gêne d'entrer par effraction dans ces pages manuscrites consacrées à la vie réelle ou imaginaire du « vieux », comme disait Richard avant d'abandonner ce qualificatif méprisant.

Elle se mit à réfléchir : dans un jour, dans un an, serai-je toujours avec Richard ? La soirée en présence des Ledoux lui avait ouvert les yeux en quelque sorte. Je ne parviendrai jamais à changer le caractère de Richard, à lui donner le courage de s'affirmer, au point qu'il sera à jamais l'homme lige de son associé, son esclave, son souffre-douleur, même en y adjoignant un héritage. Après tout, ce n'est pas une question d'argent, mais la force de la volonté. Celle-ci lui fait défaut. Au point que je le porte à bout de bras, sans qu'il ne s'en rende compte, jusqu'à l'instant où cette évidence finira par dévaster l'amour qui nous lie encore un peu.

Féline alla d'une fenêtre à l'autre pour observer la cour de l'hôtel Groslot, mettre des noms sur des visages et s'amuser de leurs déambulations, des petits groupes qui se formaient, se défaisaient. C'était comme un film muet d'autrefois où les acteurs avaient des gestes saccadés. *Non*, se dit-elle, *il va me falloir bientôt quitter ce lieu et abandonner mes tâches pour d'autres projets. Certes, ça fait trois ans que je me fais cette promesse, et rien ne vient. À la vérité, une rupture se doit d'être brutale, sans appel, comme une fuite en avant. Car au fil des années, on se crée des liens qui ne font que nous emprisonner dans notre cage, au point de croire que les rompre sera une folie douloureuse.*

Enfin, Féline se décida à lire ce que l'auteur, Armand Valdemon, avait intitulé pompeusement *L'Histoire d'une réussite*, mais il avait biffé ce titre de plusieurs traits de plume. Et ajouté un peu en dessous : *L'Histoire de la coopérative d'Argens et autres faits s'y rapportant.* La date était inscrite à la suite, *1993*, et entre parenthèses, *Vingt-cinq ans.*

Au matin du 12 mai 1993 aux alentours de onze heures, Jules Magnin vient me trouver à Soirac en apportant une bouteille de son vin, un pinard blanc de Dordogne, qui n'est de mon point de vue ni fait ni à faire. Mais restons polis, me dis-je. Je l'ai assuré que son breuvage était un honorable vin de soif. Ce brave bonhomme est un peu simplet, mais son titre de gloire est d'avoir arraché sa vigne pour y planter des noyers... Je l'invite à entrer. C'est toujours une épreuve de recevoir des gens à la maison. Francine se met dans tous ses états, et me susurre à l'oreille : « Tu aurais pu me prévenir... Notre cuisine est une porcherie. Mais non, ça ne te pose aucun problème... Jamais. » Je ne réponds pas. C'est la seule sagesse des maris, dans ce pays, de donner sans réserve le pouvoir aux femmes, certes dans la maison, et de le retirer au-dehors. Je suis resté un petit moment sur la terrasse avec Magnin. Ce type a le visage tout agité par des tics incessants, des reniflements ponctués et des balancements de tête. Il parle, s'arrête, repart sur une autre phrase, revient à son sujet. Je suppose que c'est pour toutes ces raisons que l'assemblée des planteurs ne lui a pas donné la responsabilité suprême. Suprême, suprême, c'est un grand mot, je le confesse. Mais les responsabilités de président, oui, tout bonnement. Et cependant, je suis persuadé qu'il a la tête bien tournée, bien en place, mais voilà... Quand il faut aller défendre le « bout de gras » dans les officines préfectorales et à la chambre d'agriculture, ça fait mauvais effet. On se dit : « Ce n'est pas Dieu possible, les coopérateurs ont élu le plus con d'entre eux. Pourquoi ? Qu'espèrent-ils ? Inspirer la pitié ? » Certes, on n'aligne pas les aides, les subventions, et tous les avantages, par la pitié...

Finalement, Francine consent à ce que nous entrions dans la cuisine. Elle s'enfuit aussitôt, selon son habitude. Elle ne veut pas s'intéresser à nos affaires. Je le fais asseoir devant le buffet où je collectionne tout ce que je trouve chez les antiquaires. C'est une manie, chez moi, les vieilles choses. Je crois que celles-ci ont une âme. Ce n'est pas l'avis du curé Langlois. Un vieil homme terre à terre, sans imagination. Crédule sur les histoires sacrées. Il ne se pose jamais de question. Il y a le paradis, l'enfer et ceux – à mon humble avis les plus nombreux – qui poireautent au purgatoire. Magnin contemple les choses avec attention, ça l'intrigue. Je sais ce qu'il pense, l'animal... Est-ce que ça vaut des sous ou n'est-ce que des nids à poussière?

Enfin, on en vient aux choses sérieuses.

— Qu'est-ce qui t'amène à Croix-de-Fon? dis-je.

Magnin prend son temps. Il cherche les mots, prépare ses phrases dans sa tête. Et à la fin, tout se bouscule, se télescope.

— Tu veux dire que je dois me préparer à prendre la tête de la coop d'Argens. C'est ça?

— Oui, ouiouioui. Toi, forcément, sinon, qui d'autre? Y a bien... Mais çui-là, m'est avis que... Sera pas juste, très juste. Équi...

Il bégaie un peu.

— Tu veux dire: équitable. Mais sont-ce les qualités nécessaires? Juste, équitable... Et quoi encore? Tout de même, Magnin, un type qui saura compter, non... Et moi, navré de te le dire, je ne sais pas bien compter.

Il rit, un rire catarrheux qui finit par un grasseyement de gorge.

Puis à ce moment, mon garnement est venu se fourrer dans nos pattes. Sa mère l'a lâché pour qu'il vienne un peu perturber notre entrevue. Mais Richard n'est pas trop turbulent pour son âge, plutôt facile à élever. Cependant sa mère s'agace assez vite. Je crois qu'elle n'a pas véritablement de sentiments maternels, c'est le cas pour ma seconde aussi, la petite Andréa, qu'elle a tendance à enfermer dans la chambre et à laisser pleurer à son aise. Richard monte sur mes genoux et je lui tends un Bic pour qu'il griffonne. Je trouve que ce petit est plutôt en avance pour son âge.

— C'est ton descendant ? dit Magnin.

— Peut-être. Qui sait ? J'en ferai un planteur de noyers. C'est l'avenir, ici. Avec un peu de courage, on pourrait concurrencer Grenoble et la Californie. Mais faudrait s'y mettre sérieusement. Préempter tous les terrains utiles pour faire des réserves foncières. Mais où trouver l'argent ? Les sous, les sous, Magnin, c'est le nerf de la guerre. Sinon, on restera en arrière, à végéter.

Jules Magnin hoche la tête.

— C'est pourquoi, putain de moine, on a besoin, t'entends, d'un type comme toi...

— Ce n'est pas l'avis de tous nos coopérateurs.

— Que si... Même que...

— Quoi ?

— Y sont prêts à te faire la guerre, oui, oui, bien sûr, comme d'habitude. Mais c'est tout. Ils ont qu'la gueule. Rien. Les poches percées. Mais veulent diriger quand même. Plutôt crever dans leur coin que passer la main.

J'ai énuméré les durs des durs. Chabrolet, Courtin, Philippon, Escure... Et chaque fois, Magnin branle la tête pour me confirmer que ce sont là nos pires ennemis, indéboulonnables, indécrottables. Ceux qui restent les plus malléables n'ont pas de terre, ou trois fois rien, et guettent le moyen d'en avoir pour rien.

Francine rentre à ce moment-là, traînant sur le carrelage ses pantoufles qu'elle n'enfile jamais. C'est une habitude qui me déplaît fort, surtout devant des visiteurs, même s'agissant de Magnin, le dernier des pauvres types de notre commune.

Il se lève, fait mine de partir. Je le connais si bien. À un pas de la sortie, il va revenir, et me dire encore quelque chose pour ma gouverne. Bingo.

— J'voudrais t'dire encore, faudra pas se laisser entourlouper par le conseiller général. C'est pas un type pour nous. J'pense même qu'y t'aime pas trop, l'animal, vu que c'est du genre socialo. L'est pas pour l'entreprise privée. Plutôt...

Je l'arrête net, Magnin, avec ses discours inutiles. Et je lui dis qu'au contraire, on ira frapper à toutes les portes. L'argent n'a pas de parti, c'est celui qui le fait fructifier utilement, intelligemment, et j'insiste là-dessus, qui emporte l'adhésion.

Francine me regarde avec un air de pitié. Je sais ce qu'elle pense, que je suis, décidément, à plaindre, et que j'ai bien du courage d'entreprendre cette affaire.

À peine Magnin parti, je monte à l'étage pour aller voir ma jolie petite fille. À deux ans, elle a déjà un peu de vocabulaire. Moi manger, moi faire, moi bisous, etc. Je me dis, bon sang, ce sera une littéraire avec déjà une langue bien déliée. Son frère est plutôt taciturne. Il se méfie de tout le monde. Il planque ses jouets. Il aime se cacher.

Mais le plus souvent, il est dans le grenier à jouer avec des objets bizarres dont il ne comprend pas l'utilité. À croire que ce sera un manuel, plutôt qu'un intellectuel. Francine trouve mes jugements ridicules. Tu es trop amoureux de ta fille, juge-t-elle. Tu en feras une petite peste. Et elle repart sur son thème favori, les reproches : « C'est ta faute d'avoir voulu deux enfants coup sur coup. Tu ne penses qu'à ça. Le faire, encore le faire... À n'importe quelle heure de la journée. Et heureusement, dit-elle, tu ne lanternes pas trop. Tu serais plutôt du genre lapin. Pan-pan-pan. »

Je crois que Francine a cessé d'éprouver pour moi des sentiments six mois après notre mariage. Et je déteste, en vérité, cette manière dont elle parle de l'amour, avec des mots crus, des allusions désobligeantes, voire méprisantes. Pourtant, je lui conserve, malgré ses coups d'humeur, de vrais sentiments amoureux. C'est une belle femme, qui ne fait rien pour se mettre en valeur, surtout depuis notre mariage. Sa passion pour moi – je ne peux pas croire qu'elle en a jamais eu – n'a duré qu'un déjeuner de soleil. Elle s'est négligée si vite, prenant plaisir à n'utiliser aucun parfum ni crème de beauté. Je ne dirai rien de ses toilettes. Ce serait trop méchant de ma part. Mais là, nous avons atteint des sommets. Ses robes, ses jupes, par souci d'économie sans doute, elle les fait faire à une couturière de Soirac, dans ce vieux style des années 1960. Aussi me reproche-t-elle de ne plus la regarder. Alors que son corps m'inspire toujours. Mais elle prend plaisir à le cacher, même au moment de se coucher, en s'empressant d'éteindre les lampes, puis de se tourner de côté, surtout de repousser avec des soupirs mes mains baladeuses. Il paraît que nous sommes un couple ordinaire et qu'il en va ainsi dans toutes les chambres à coucher de France et de Navarre.

Présentement, elle craint que je lui fasse un troisième enfant. «Si ça m'arrive, prévient-elle, je le ferai sauter.»

En vingt minutes de route, au volant de ma Ford Escort, je suis à la coopérative d'Argens. Je n'avais pourtant pas prévu de m'y rendre aujourd'hui, mais la visite de Magnin m'a décidé. Et bien m'en a pris, je suis arrivé, pile poil, en plein complot.

À la porte d'entrée de la salle de réunion, un type fait le planton. Je le connais peu, mais je sais de qui il s'agit, du pauvre Pinsonnet.

— T'es pas le bienvenu, camarade, qu'il me dit, le sieur Pinsonnet.

Je l'écarte de la main. Il résiste un peu. Puis je fiche un grand coup de pied dans la porte qui s'ouvre. Toutes les têtes se dressent, m'observent, incrédules.

— Alors, dis-je, on se réunit en petit comité...? Vous voulez quoi? Une scission? Me foutre à la porte, m'exclure?

Geoffroy-Marceau, la mine défaite, vient à ma rencontre et me serre la main mollement.

— Qu'est-ce que tu vas imaginer, Armand? Tu as toujours été susceptible. On est des petits planteurs pour toi. Et, vois-tu, nos intérêts ne sont pas les mêmes.

— Comment cela? Les aides à la plantation seront au prorata du volume des parcelles.

— On raconte, dit Philippon, qu'il y aurait deux sortes d'aides. Des grosses pour les producteurs importants. On peut les compter sur les doigts de la main en Périgord. Et pour les petits, quelques broutilles.

Je tente d'expliquer que les aides à la plantation seront calculées à l'hectare. Et aussi selon les variétés. La Dordogne n'est pas mal lotie.

— Comme vous le savez, dis-je pour apaiser l'ambiance, nos noyeraies sont toutes de type extensif, sur porte-greffes, *Juglans regia* uniquement et avec grands écartements, je dirais dix mètres, ce qui exige de la superficie de parcelle. Mais là, il nous faut progresser aussi avec le *nigra*, plantation plus dense, sept mètres...

— Où veux-tu en venir? relève Escure. On connaît tout ça. Tu nous prends pour des béotiens. Les services agricoles nous ont assez tenus au parfum. On sait, on sait, on sait, nom de Dieu.

— Nous sommes à trois mille hectares de noyeraies en Dordogne, dont deux mille noyeraies de moins de quinze ares. C'est ces dernières qu'il faut aider, et pas les grosses superficies. Mais Valdemon, les petites, tu les négliges. Alors, nous entendons prendre le taureau par les cornes.

Après quelques palabres, et contre l'avis de Geoffroy-Marceau, Philippon, Pinsonnet et

Malisauve, je réussis enfin à m'asseoir à la table, et à participer aux discussions.

Deux heures de débats tendus, de réprimandes, d'insultes, même à l'endroit des fonctionnaires du service agricole, ont conduit à quelques compromis. Et pour sauver ma peau, j'ai révélé qu'un industriel dans l'aéronautique, installé à Bordeaux, dans ses bureaux du Mériadeck (je n'ai pas été plus précis) était intéressé par nos projets de développement de la noyeraie de la Dordogne, du Lot et même de la Corrèze.

— Ça nous fait une belle jambe, dit Andurin. Qu'est-ce que l'industrie aéronautique vient faire ici ?

— Ce monsieur que je dois voir, dès la semaine prochaine, est disposé à investir dans nos noyeraies. Et même à convaincre des gens du ministère de l'Agriculture de nous apporter des aides européennes.

Il y a un silence. Ça ne me rassure pas. Est-ce que le balancier va tomber de mon côté ou de l'autre ?

L'assemblée se défait d'un coup. On délibère entre petits groupes. On se consulte. Les uns disent que Valdemon n'est pas digne d'intérêt. Les autres, qu'il faut me laisser ma chance. Je crois qu'une petite majorité se trouve de mon côté. Alors j'en profite pour jouer le rôle de l'offusqué, histoire de mettre un peu d'émollient dans la machine humaine.

— Je peux partir et m'occuper de mes affaires, tout seul. En vieil égoïste, dis-je. Après tout, je l'ai toujours su, que je n'étais pas apprécié, ici, dans cette coopérative. J'ai été un des fondateurs avec le vieux Malicroix, sans oublier Saint-Justin. Ce qui a été fait, jadis, peut se défaire d'un trait de plume. Il me suffit de partir sans un mot de plus. Et croyez-moi, chers amis producteurs, je ne verserai pas une larme.

Certains applaudissent, assez peu à mon goût, d'autres rechignent à le faire en me toisant. Et il y a les indécis qui baissent la tête, les plus nombreux, qui ne savent plus à quel saint se vouer. Tant de promesses ont fleuri dans ces assemblées avec rien au bout. Je sais. Je les comprends. Je vais devoir le leur expliquer, un par un, comme à l'heure des campagnes électorales.

«Convaincre ou périr», dirai-je plus tard à Saint-Justin qui sera de ma table au *Relais du Parc* où nous fêtons, tout de même, ce petit exploit, avec au menu: foie gras, confit de canard, omelette aux cèpes et soufflé du Périgord, de bons vins de préférence, tels que du sauternes Château La Tour-Blanche, du médoc Pontet-Canet, et du champagne Dom Perignon... J'avoue humblement avoir mis le paquet pour les éblouir, mes fidèles parmi les fidèles. Et ceux-ci n'ont cessé de me cuisiner toute la soirée pour me faire cracher le nom de notre financier. Mais ne me suis-je pas déjà trop avancé? Tant il est vrai qu'un rien pourrait faire capoter mon projet et me faire passer pour un jocrisse.

Histoire de laisser monter tranquillement la mayonnaise dans ce petit monde de nuciculteurs, je me suis fait une règle de n'y plus mettre les pieds. Mais grâce à l'amitié nouvelle de Geoffroy-Marceau, chaque mot, chaque geste m'ont été rapportés. Les coopérateurs étaient divisés en deux camps, les opposés viscéraux et les attentistes. Ces derniers ont peu à peu gravi les marches vers moi en me faisant passer de petits messages par Magnin. C'est un type sans malice, plutôt laudateur à mon endroit. Pourtant, je ne crois pas, pour autant, qu'il me porte dans son cœur. À cause de ma famille, les Valdemon, mon père surtout, Alfred, qui était dans le milieu agricole un personnage peu recommandable. Par trop investi dans la politique locale, il s'est fourvoyé avec des députés, des conseillers généraux, se révélant avec le temps, jusqu'à sa soudaine disparition (crise cardiaque, maladie du siècle), tel un porte-serviette, un esclave des causes douteuses. Cependant, je ne devrais pas trop le maudire. Il m'a apporté en héritage beaucoup d'argent, de quoi acheter de la terre à Soirac et dans les communes voisines de Ribérac et de Mareuil, et cette maison à Croix-de-Fon. Je n'ai pourtant jamais été fleurir sa tombe, je ne me suis pas inquiété non plus du sort de ma mère Géraldine qui s'est envolée, un beau matin, pour suivre un homme à Marseille. Père l'a vécu comme un chagrin inextinguible. Preuve de faiblesse, déjà. Serait-ce l'un des défauts des Valdemon, le chagrin? Du reste, lorsque Francine vient me piquer à vif sur mes prétendues incartades sentimentales, elle me rabâche que je tiens de papa, ce côté coureur de jupons. À la vérité, c'est une accusation sans preuve, comme dans tous les couples naviguant sur le fil du rasoir.

À mon retour de la fameuse réunion, trois jours après seulement, Francine s'est donné le courage de m'interroger sur l'avenir de notre maison.

— J'ai entendu dire que tu t'étais mis tous les coopérateurs à dos. Beau résultat. Tu vas perdre la présidence, et tu te retrouveras comme un simple paysan avec ses soixante hectares de noyers sur le dos. Ah ! Je rirais bien que ça arrive. Ça donnerait raison à ma mère qui dit toujours que j'ai épousé un homme avec un courant d'air dans le cerveau.

J'adore cette formule. Surtout lorsqu'elle vient à ajouter que, chez moi, le rejeton des Valdemon, il n'y a que la braguette qui tient ses promesses. Et des noms circulent, rabâchés, des secrétaires, des vendeuses, des racoleuses, qui me courent après sans discontinuer. Elle réchauffe ainsi sa colère avec ces bobards qui alimentent une haine tenace.

Mais hélas, tout est mépris et indifférence chez moi, et le plus souvent repli en rase campagne. Je le déplore, je le regrette, et qu'y puis-je ? Ne suis-je pas né pour être coupable ? Ce doit être un métier comme un autre. Aurais-je la gueule de l'emploi ? Coupable né et condamné aux calomnies.

J'ai passé quatre jours au moins à visiter mes noyeraies, à surveiller les travaux de mes cinq employés. Tout occupés au débourrement des arbres et au traitement à base de soufre contre les maladies – dont l'anthracnose – et la lutte contre le carpocapse, papillon crépusculaire dont les chenilles pénètrent dans le fruit en gestation. L'un d'eux, monsieur Émilien, m'a parlé de l'affaire de la coop. «Quel chambardement! m'a-t-il dit. Vous les avez réveillés, monsieur. Ils ont compris que sans aides conséquentes, ils ne connaîtraient que des saisons pauvres.» Je n'ai pas répondu. Je me réserve pour le grand jour où j'arriverai à Argens avec des munitions en poche. Sinon, bobards et compagnie.

J'ai beaucoup marché sur mes terres, ce que, hélas, je ne fais pas souvent. J'ai éprouvé quelque fierté en pensant à mon père, qui tout décrié sa vie durant, a apporté sa pierre au nom des Valdemon. Une famille respectée, tout de même, à Soirac, à Hautefort et partout dans les environs, jusqu'à Mussidan et Périgueux. Mon père a contribué à répandre des variétés qui se sont ancrées dans le terroir: la Corne, la Grandjean, la Brantôme, la Marbot... Certes, me dis-je souvent, il nous faut rester modeste devant la difficulté des marchés et de la concurrence...

Féline parcourut distraitement une bonne dizaine de pages, sans s'y intéresser outre mesure. C'était une sorte de traité d'agriculture pour planteurs de noyers. Si bien qu'elle projeta alors d'aller à l'essentiel: la fameuse réunion avec l'industriel prodige...

Mais, comme il était un peu tard, elle décida de rentrer rue de La Bretonnerie. Auparavant elle examina son téléphone mis en silencieux et y dénicha de nouveaux messages de Quentin. Ce jeune homme, pensa-t-elle, se prend pour Werther, prêt à mettre fin à ses jours dans sa petite chambre de Wahlheim. À peine sourit-elle de son ironie, qu'elle se découvrit une sorte de pitié pour lui. Peut-être avait-elle voulu ainsi s'affranchir de son inconduite, lui donner un nom. Après tout, ce qui l'attirait chez lui, c'était sa jeunesse, sa manière de lui faire l'amour, de s'inquiéter de sa jouissance. Il ne cessait de la flatter. Ce soleil dans ses yeux était assez vite assombri par le doute qu'il ne la possèderait jamais totalement, qu'il y avait dans sa vie une part inatteignable. Et cela le faisait enrager, ce gentil jeune homme, de voir révéler ses faiblesses, dont elle s'amusait parfois. « Tu ne peux pas toujours être en moi... C'est ainsi, les amants se détachent, s'observent, et prennent peur, soudain, que ce soit la dernière fois », lui dit-elle un jour. Ces mots le mirent en colère. Elle observa assez de silence pour qu'il reprenne contrôle sur lui. Puis, plus tard, lorsque la marée s'en était allée, qu'il ne restait plus une seule trace de désir dans leurs yeux, elle avait ajouté : « Nous ne serons jamais ensemble durablement. Tu as ta vie, j'ai la mienne. C'est déjà beaucoup de voler au temps ces rares parenthèses de plaisir et de jouissance. Tu ne peux me demander plus... » Elle hésita à lui répondre. C'eût été remettre la romance en marche. Un rendez-vous fixé, l'heure, l'endroit. Instants volés. Mensonges. Promesses. Trahisons.

Elle quitta son bureau de l'hôtel de ville en rasant les murs, la chemise toilée noire sous le bras. À ce moment, elle s'interrogea : Richard a-t-il lu en entier le manuscrit sauvé des flammes de son père ? Elle en doutait fort. Sinon cette lecture eût laissé des traces dont elle se serait déjà aperçue dans son comportement. Et de fait, celui-ci n'avait pas varié avant et après lecture. Cependant, elle s'était juré de ne lui en parler avant d'avoir terminé.

Dans l'appartement rue de La Bretonnerie, Féline retrouva Richard devant une masse de dossiers. C'étaient toutes les affaires en attente. Il avait commencé à trier les projets qui ne l'intéressaient pas et conservé les commandes des collectivités publiques. Ce n'était rien de mirobolant : agrandissements de salles des fêtes, mairies, centres de loisirs, piscines couvertes… L'associé les lui avait laissées en se disant que tout ça, cette routine d'architecte débutant, c'était assez bien pour Valdemon. Toutefois, il avait laissé sur chacun des dossiers un Post-it avec un montant aléatoire, calculé au pif, en précisant « Ne pas concourir à moins… » C'était assez vexant qu'il émette des propositions financières sans avoir pris une calculatrice. Il chiffonna ces recommandations et les expédia dans une poubelle. *Mon cher Gilles, nous sommes deux dans l'affaire, à cinquante-cinquante du poids des responsabilités.* Puis il se rassura devant ces nouvelles humiliations en lorgnant l'héritage de papa. *Voici ce qui me décidera à tout envoyer promener.*

Féline entra et il se précipita pour la prendre dans ses bras. Caresses pressantes et désir décuplé par l'attitude de l'associé. Pour réparer les humiliations de la vie.

— Pas maintenant, se défendit Féline.

— Jamais, alors ?

Elle haussa les épaules.

— Tu devrais boire moins de whisky et penser à tes affaires.

Il lui montra la pile de documents. Elle y jeta un regard oblique et hocha la tête.

— Tu devrais te concentrer sur des affaires plus créatives.

Dîner simple ensuite avec une bouteille de juliénas. Puis ils s'assirent devant la télévision, le son au plus bas.

— Tu devrais reprendre contact avec le notaire de Hautefort... Comment s'appelle-t-il déjà ?

— Mallet-Jourdain.

— Nous aurions dû prendre le temps de le voir avant de revenir à Orléans.

Richard jugeait alors que cette affaire pouvait se régler sans sa présence. Unique héritier. C'était une affaire simplissime. Féline lui reprocha de manquer d'esprit d'initiative.

— D'où tiens-tu ça, les affaires qui te tombent toutes cuites dans le bec ? Je crois que tu devrais lui écrire ou mieux lui passer un coup de téléphone...

Richard avait déjà quitté la pièce pour s'enfermer dans son petit bureau, un endroit utilisé pour entreposer ses livres qu'il ne lirait jamais. À la vérité, depuis hier, hier seulement, il s'interrogeait sur la fameuse cousine de Bordeaux. Existait-elle ou était-ce un fantasme du vieux père ?

10

Dans le milieu de la nuit, Féline fut prise d'insomnie. C'était une situation rare pour elle. D'ordinaire elle jouissait d'un sommeil lourd et profond. À ses côtés, Richard ronflait faiblement et irrégulièrement à cause d'une légère apnée. Chaque fois que sa compagne le secouait légèrement, il se tournait et se retournait, comme pour échapper à ces réactions perturbatrices. Alors, elle se décida à sortir du lit, et à aller s'installer dans le salon devant la baie avec une tasse de thé. Ce moment de paix la réconcilia avec elle-même.

Je pourrais tout aussi bien être seule, vivre seule. Qu'ai-je besoin de porter un compagnon à bout de bras ? La peur sans doute, celle de me retrouver seule, face à moi-même, et me dire que ce compromis en vaut bien d'autres.

En maintenant la porte-fenêtre ouverte, Féline grilla trois ou quatre cigarettes à la suite. Elle se sentait détachée du monde, comme si Quentin n'existait pas, avec ses messages désespérés. Le reste, sa vie avec Richard, ne la dérangeait en rien, c'était un arrangement avec ses propres règles, ses propres lois. Puis elle alla chercher dans la penderie une robe de chambre confortable pour supporter la fraîcheur de la nuit.

D'un pied léger de chatte, elle frôla Richard qui se mit à geindre, puis se retourna en se roulant dans le drap, cherchant instinctivement la couverture pour la rabattre sur lui.

De nouveau installée, Féline reprit le manuscrit d'Armand Valdemon, là où elle avait coché la page avec un trombone.

22 mai 1993

Ce fameux matin du 12 mai, je n'en menais pas large. Je me sentais même plutôt peureux en sortant de l'*Hôtel du Théâtre* avec une heure d'avance sur mon rendez-vous. Je ne saurais en expliquer les raisons, je déteste être en retard, devoir hâter le pas, et paniquer à un embranchement de rues pour savoir si je suis ou non dans la bonne direction. C'est mon côté type de la campagne, mal déluré, plouc en somme. J'approchais des grandes allées du Mériadeck cernées par des tours enchevêtrées les unes aux autres avec de fausses perspectives, puis parfois séparées par des terrasses sur lesquelles on accède grâce à de larges escaliers, des ascenseurs, un méli-mélo de fausses perspectives et de parements d'immeubles d'un style futuriste. Assez hideux. Tout ça vieillira mal, à moins que le regard de nos contemporains s'accommode à trouver de la beauté dans le laid, me dis-je en suivant les passages piétonniers, aussi larges que des rues, et en levant sans cesse les yeux vers le ciel, comme pour m'évader des formes géométriques strictes et obsédantes.

Dans l'immeuble gris et bleu rassemblant tous les bureaux du centre des affaires comme on avait coutume de le nommer, j'ai pris l'ascenseur pour le sixième étage. C'est là, au bout d'un long et large couloir, que j'ai trouvé sur une porte le numéro 625 qui m'avait été donné par une employée de M. Sylvestre Jourde. La plaque indiquait *Business-Europa-France*. Et au-dessous : *Jourde Company, Siège du président-directeur général*. J'ai pressé la sonnette, et attendu plusieurs minutes, jusqu'à douter de mon rendez-vous. J'ai sorti de ma poche le bristol où l'on avait inscrit : 12 mai, 10 h 20. Cela ne m'a guère rassuré. Et dans ma tête des doutes ont commencé à fleurir, tous plus fantaisistes que les uns que les autres. Peut-être me suis-je trompé d'endroit... Ou m'a-t-on tout simplement oublié... Car qui suis-je, en vérité, pour qu'on m'accueille dans un tel endroit ? Rien de plus qu'un minuscule administrateur de coopérative agricole. Et la seule pensée que je puisse m'en revenir à Argens sans rien à offrir m'a obsédé durant ces trois ou quatre minutes d'attente. Les rires de Pinsonnet, les boutades assassines de Philippon, les moqueries d'Andurin m'ont submergé si vivement que j'ai reculé jusque dans le milieu du couloir, prêt à faire demi-tour. Puis miracle. La porte s'est ouverte. Une jeune femme en tenue d'hôtesse s'est avancée, et m'a fait signe d'entrer.

— Je suis Valdemon.

— Oui, dit-elle, je sais qui vous êtes. Monsieur le président-directeur général vous attend.

Et au fond d'un large couloir, la porte du bureau directorial s'est entrouverte doucement. Je suis entré, fort intimidé, en me répétant dans ma tête les phrases décisives pour gagner un peu de confiance dans ce lieu. Une secrétaire est venue à ma rencontre et m'a conduit dans une vaste pièce. Un homme d'une cinquantaine d'années, tête rasée, visage émacié, fine moustache, s'est approché de moi, main tendue.

— Je suis Jourde, Sylvestre Jourde. Soyez le bienvenu.

Puis il s'est assis derrière son bureau occupant toute la largeur de la pièce, et m'a prié de prendre place avec un petit sourire qui tranchait en vérité avec son allure austère et froide.

— Je vois, je vois, répète-t-il en me dévisageant. Je vous fais peur, n'est-ce pas ? Vous vous dites : c'est un ogre, cet homme-là. Non. Je me trompe ? Vous seriez plutôt du genre audacieux. Oui, audacieux. Et vous avez raison. Sans audace dans la vie, il n'y a pas d'affaire qui vaille. N'est-ce pas ?

J'ai hoché la tête et, après un long silence où nous nous sommes observés tous deux, j'ai commencé à parler de la coopérative d'Argens, de nos agriculteurs, de ces planteurs de noyers passionnés par leur travail au point d'y sacrifier leur vie.

— Une filière agricole d'avenir, certes, ai-je insisté. À condition qu'on ne nous maintienne pas la tête sous l'eau. Il nous faudrait, monsieur le directeur, des moyens pour investir. Certes, les aides...

Jourde m'a arrêté net.

— Les aides, c'est juste pour survivre avec les pires difficultés, vous et vos amis. Il ne faut pas tout espérer de la manne publique, et parfois même s'en défier, n'est-ce pas ? À côté de celle-ci, il y a les financements privés. Certes, on peut les envisager, à la condition que vos coopérateurs soient des gens sérieux, qu'ils produisent de la bonne marchandise, et que ce négoce pour lequel nous investirions, n'est-ce pas, nous rapporte... C'est une règle chez nous, ici... N'est-ce pas ?

Il y a eu alors un long silence durant lequel nous nous sommes observés. Je n'ai pas baissé le regard. Ça passe ou ça casse, me suis-je dit. Puis il s'est levé, a fait le tour de son bureau pour venir se placer près de moi, décontracté, les mains au fond des poches, un vague sourire sur le visage.

— Vous avez une qualité, monsieur Valdemon, vous êtes jeune. Mais vous manquez sans doute d'expérience. Et ce n'est pas un défaut. Les gens trop roués aux affaires, parfois, manquent d'audace. Quel âge avez-vous ?

— Vingt-cinq ans.

— Le député Pierre-Émile Lacroix m'a vanté vos mérites. C'est un proche du ministre de l'Agriculture. Cet adoubement est une belle affaire pour vous. Si vous savez en jouer, forcément. Je ne sais pas comment ni pourquoi Lacroix vous a à la bonne, mais vous avez là un bon parrain, cher Valdemon... Allons, allons, ne faites pas le modeste. Il faut profiter de ses réseaux lorsqu'ils existent.

Sa secrétaire est venue ensuite nous servir un café sur un plateau. Sans manières. Une jolie femme d'une trentaine d'années, avec une belle chevelure blonde et un port de tête élégant. Et comme je l'observais d'un peu trop près, et surtout avec insistance, M. Jourde a souri.

— Ce jeune homme, lui dit-il, va nous aider sérieusement à investir dans la production de noix. Un marché florissant. Non sans concurrence, il est vrai. Ah, s'écrie-t-il en prenant la main de sa secrétaire, je vous présente M. Armand Valdemon, de Soirac. Un pays de cocagne au cœur du Périgord. Vous l'aurez souvent au téléphone. N'est-ce pas, mademoiselle Sophie?

Elle m'a serré la main, toisé du regard avec insistance.

— Sophie Lacroisière. Je suis à votre disposition.

— Je compte vous remettre au plus vite un état des lieux sur la coopérative d'Argens. Le bilan d'exploitation, la liste des coopérateurs, la superficie des noyeraies, et la prospective d'avenir, sans oublier nos besoins de financement...

— Mademoiselle Sophie sera notre relais auprès de vous, a ajouté Jourde. Je ne m'occupe pas que de vos affaires. Mais Lacroix a fini par me convaincre que je pourrais aider au développement de la noyeraie du Périgord.

Après un long silence à déguster le café, M. Jourde est revenu à moi, moi, petit agriculteur de Soirac, quantité négligeable en ce pays du Périgord, avec des mots exagérément flatteurs. Je me suis senti rougir.

— Votre ami député m'a brossé un portrait assez juste. Pourtant ce Lacroix, dirais-je, n'est guère un fin psychologue. Dans le milieu politique, ce sont les électeurs qui choisissent, n'est-ce pas ? Et ils se trompent souvent. Moi, vous dirais-je encore non sans insistance, je crois dur comme fer qu'il faut développer la filière noix en Périgord. Ce n'est pas nouveau. Il y a une multitude de producteurs et une chambre d'agriculture peuplée de petits fonctionnaires qui n'ont pas assez le contact avec les rouages du marché européen. Ils ont le cul entre deux chaises, les planteurs et les pouvoirs publics. Moi, je prétends qu'il nous faut libérer les énergies. De l'audace, toujours de l'audace, voilà le maître mot. En clair, nous allons financer la coopérative d'Argens pour permettre à nos agriculteurs d'acquérir de la terre dans les meilleures conditions. Par des crédits d'achat. Mais non sans contrepartie. Ainsi, il faut développer les plantations dans toutes les directions, de Mareuil jusqu'à Cahors, et de Beaulieu jusqu'à Belvès. Voilà le site de la noyeraie du Sud-Ouest avec, présentement, des trous énormes, qu'il nous faut occuper. Planter, planter toutes les variétés adaptées à notre terroir.

Féline interrompit sa lecture pour examiner son téléphone. Réflexe stupide en vérité. Mais comment s'en vacciner quand on est intoxiqué par les techniques modernes de communication ? « Sans nouvelles de toi, je suis dévasté. Je crains que tu ne me rappelles plus jamais. Et je ne crois pas que j'aurais le courage et le culot de venir te relancer jusque dans ton bureau de l'hôtel de ville… » Elle effaça illico le message WhatsApp. Et chaque fois qu'elle se protégeait ainsi, par peur que

Richard tombât dessus, alors qu'il ne possédait pas son code d'accès, elle se sentait coupable. Peut-être était-ce ce qu'il y avait de plus désagréable dans l'adultère, à part le bref plaisir procuré par l'interdit, ce sentiment de culpabilité. Et pour s'en défendre, lorsque celui-ci devenait trop prégnant, elle se disait que Richard ne serait jamais tout à fait l'homme de sa vie, et qu'un jour sans doute elle s'en éloignerait. Mais ce souffle d'air qu'elle s'accordait contre toute raison lui paraissait loin de la réalité. On ne sait pourquoi à force de temps on s'attache à un être, jusqu'à s'inventer de fausses raisons de le conserver. Sans doute est-il hautement inconfortable de vivre sa vie sur un fil, dans l'insouciance et la frivolité.

Lorsque les feuillets de Valdemon lui tombèrent des mains, elle songea que ce personnage qui venait de disparaître, sans causer le moindre chagrin à son fils, était assez méprisable, en vérité. Qu'il avait tout donné à cette entreprise d'Argens, avec l'aide d'un député de la République, un homme d'affaires, sans trop s'occuper de ses enfants, Andréa et Richard, ni de sa femme, tenue loin de lui, à l'écart de ce monde des affaires. Il la méprisait au point de croire qu'elle n'était pas digne d'y figurer. Car en effet, en lisant la suite, M. Valdemon père racontait qu'après avoir retrouvé sa femme à Soirac, il n'avait répondu à aucune de ses questions. De ce fameux Jourde, pas un mot. Rien. Pas même le député Lacroix… À croire qu'il avait craint que Francine vînt à s'imposer dans son monde, à coups de jugements hâtifs. Ne dit-il pas, comme cela, simplement, au détour d'une phrase, que Francine ne comprend rien à son histoire ? Et pire, il la soupçonne, dans ses fréquentations à Soirac et à Hautefort, de colporter des informations pernicieuses sur lui. Plus un gramme d'amour dans ce couple, s'il y en eût jamais, se dit Féline. Elle se jura cependant de ne pas évoquer la question avec Richard. Après tout, se dit-elle, ça ne me regarde pas.

Féline décida néanmoins de s'en retourner au récit d'Armand Valdemon. Cette fois, c'était deux jours plus tard, toujours à Bordeaux, à la *Brasserie Bordelaise*, rue Saint-Rémi. Nous étions toujours dans l'enthousiasme créé par les propositions alléchantes de Sylvestre Jourde. Monsieur Armand, comme l'appelle le fameux député Lacroix, semble marcher sur les eaux. Il s'enflamme d'enthousiasme en imaginant ses rivaux de la coopérative d'Argens venir lui manger dans la main. Voici un homme, se dit-elle, qui n'a pas le triomphe modeste. Sur ce point, son fils ne lui ressemble pas. Toujours à douter de lui-même, à s'interroger sur ses actions passées ou à venir, et même à dédaigner les affaires qui lui tendent la main. Peut-être, se dit-elle, est-ce là l'origine du mépris que son père lui a toujours réservé ? Un fils, son fils, certes, mais indigne de lui, sans personnalité, lisse comme une toile cirée.

26 mai 1993

J'ai invité mon cher député, mon bienfaiteur, mon homme lige, Pierre-Émile Lacroix. Je ne taris pas d'éloge pour cet homme, bien que je n'aie en vérité jamais porté la classe politique dans mon cœur. Mais celui-ci m'est dévoué, pour une fois, sans ignorer tout de même que cet élu de la République, proche d'Édouard Balladur, a une certaine influence qui pourrait nous servir, Jourde et moi. Sans doute suis-je trop confiant, trop enthousiaste, et il serait sans doute judicieux que je montre moins d'enthousiasme, au risque de décourager mes appuis.

Lacroix veut absolument m'offrir ce repas. Et du reste, à peine sommes-nous assis, qu'il s'empare de la carte et décide du menu. J'insiste encore, par pure forme. Mais il écarte mon souhait de le remercier pour son appui et sa bonté à mon égard. Le menu est alléchant et les vins encore plus.

— Savez-vous pourquoi je me suis intéressé à vous, cher Valdemon? Lors d'une réunion au conseil général de Périgueux, c'était...

Il s'interrompt, fouille dans sa mémoire, tout en avouant qu'il a un problème sévère avec les dates.

— Décembre de l'année passée. Voilà. Nous allons dire ça. Avant Noël. Vous avez pris la parole au nom de votre coopérative d'Argens avec assurance, force et persuasion. Je crois même que le président de cette assemblée vous a un peu méprisé pour cette arrogance. Je me suis dit, dans l'époque que nous vivons, nous avons besoin de ces acteurs économiques qui s'imposent face à la bonne vieille politique routinière héritée de la IVe République. Le gaullisme au fin fond de nos campagnes n'est pas parvenu à venir à bout de tous ces politicards siégeant comme des petits seigneurs assurés de leur clientélisme. Et la gauche, elle-même, n'est pas parvenue à changer les choses en profondeur, tant le pouvoir des notables est demeuré puissant comme un atavisme maladif jusque dans les profondeurs insondables des provinces rurales. Alors j'ai évoqué à plusieurs reprises votre nom auprès de Jourde. Et que m'a-t-il dit? Vous devinez sans doute?

J'ai baissé la tête. Trop, c'est trop, me suis-je dit. Je ne mérite pas tous ces lauriers. Je ne suis rien qu'un homme de la terre, passionné par mon métier.

— Non, dis-je, comme le saurais-je?

— Jourde m'a dit: mon cher Lacroix, il faut parier sur les jeunes qui ont du caractère. Et les aider à changer les choses lorsque ça se présente. Et il a voulu vous rencontrer.

— Comme cela, sur ma bonne mine?

— J'ai fait une enquête sur vous, avec l'aide des services préfectoraux, de la chambre d'agriculture... Entre autres. Après tout, je ne vais pas tout vous dire. Mais, en bref, nous comptons sur vous. Je sais que, quels que soient vos adversaires, vous l'emporterez. Sang neuf. Et audace. Ce sont les maîtres mots de Jourde. Il a hissé son entreprise avec ces principes-là.

J'ai senti, soudain, le poids de la mission qu'on voulait me confier, en un terrain hostile, où j'aurais plus de coups à prendre que de remerciements.

Puis je l'ai interrogé sur ce M. Jourde, sur l'origine de sa fortune et sur les liens qu'il avait tissés avec le pouvoir gaulliste... Là, silence et bouche cousue.

— Ne m'en demandez pas trop, cher Valdemon. Et goûtons ce fameux Ruinart. De quelle année, ce champagne? Voyons ça? 1989... Parfait. Faites-moi confiance. Une bouche de pêche, un nez de poire...

Le lendemain à Soirac. Pluie. Temps de chien. Maux de crâne. Nous avons abusé du cognac Delamain pour achever notre repas et nous achever, nous-mêmes, à ce petit jeu.

Puis visite à Argens. Pour m'accueillir, tristes mines et gueules de conspirateurs, me voici bien loti. Philippon et Pinsonnet avaient déjà formé un bureau pour me remplacer, avec une motion de défiance qu'ils comptaient soumettre, tout de même, au vote de l'assemblée. L'affaire a vite tourné court, lorsque j'ai demandé la parole pour présenter le futur programme d'investissement de Jourde Company. Le chiffre espéré a soulevé des rires, mais en avançant quelques autres précisions, l'appui aussi du député, ce petit monde en rébellion a vite plié les gaules. Puis Geoffroy-Marceau est entré en scène et là, mes aïeux, ce fut le coup de grâce. J'ai demandé un vote des coopérateurs. Pinsonnet s'est présenté contre moi. Mais le résultat par bulletins secrets a sonné le glas des ambitions de mes chers ennemis. J'ai alors, en faux modeste, embouché la trompette du réconciliateur. « Tirons un trait sur les divisions du passé, et restons unis pour affronter l'avenir... »

Au réveil, ce samedi matin, ils sortirent faire quelques courses. C'était rare que Richard consentît à l'accompagner au marché du Quai-du-Roi, au bord de la Loire. Féline s'occupait de l'intendance, car son cher et tendre compagnon n'était pas doué pour choisir les meilleurs légumes et fruits ou considérer la qualité d'une viande ou d'un poisson. Il suivait en portant le cabas, comme un petit chien. De nombreuses personnes venaient saluer Féline, et négligeaient de lui parler. À la vérité, c'était elle qui comptait le plus eu égard à ses responsabilités à la mairie d'Orléans. Sans l'avouer, cette situation le mortifiait. En dix années d'activité d'architecte, il n'était pas encore parvenu à se tailler une petite notabilité. Puis les courses terminées, ils allèrent s'asseoir à la terrasse d'un café. Elle commanda un Campari et lui un whisky.

— Où en es-tu de ta lecture ? demanda-t-il.

Elle détourna la tête à cause du soleil qui lui faisait de l'œil.

— Année 1993. L'entrée en scène du fameux député…

— Ah, fit-il. Quel pensum ! Je suis étonné qu'il puisse encore capter ton attention.

Il la fixa intensément avec un air goguenard, fort insupportable.

— Ma pauvre Féline, tu ne crois pas tout ce qu'il raconte. Voyons, c'est un mythomane, monsieur l'administrateur de la coopérative d'Argens. Il se donne le beau rôle, et même il s'invente quelques péripéties qui n'ont jamais existé.

— Lesquelles, par exemple ? Toi qui es toujours sûr de tout…

— Ces planteurs de noyeraies qui le suivent aveuglément, sans s'interroger, tout ça parce que ce Jourde le porte dans son cœur… Non, je n'y crois pas. Mon père était un mythomane. Hélas, oui. Il avait des dispositions pour ça, forcément. C'était un beau parleur, un embobineur de première. Et son fameux journal – qu'il a prétendument voulu faire disparaître – n'est qu'un éloge à sa gloire personnelle, truffée d'assertions imaginaires.

Je me suis bien amusé, parfois. Même si certaines pages sont terriblement tragiques, comme la mort d'Andréa.

— Tu ne peux pas parler ainsi de ton père. Avoue que tu t'es trompé sur lui. Il est beaucoup plus intéressant que ce que tu en dis. C'est parfois émouvant de lire les confessions sur ses faiblesses.

Une fois encore, une fois de trop, Richard se tut devant la mine agressive de Féline. Elle en avait assez visiblement qu'il s'acharnât ainsi sur ce passé dont il pensait avoir tout compris à travers son petit filtre déformant.

Et, elle poursuivit :

— Il était partagé entre l'idée de laisser des traces derrière lui et de tout faire disparaître. C'était sa seule angoisse devant la mort. Jusqu'au bout, je crois qu'il ne songeait qu'à ça. On peut aisément imaginer qu'il a demandé à sa gouvernante de brûler ses écrits, tout en espérant qu'elle ne le ferait pas. Et cette dame, qui m'a fait le plus mauvais effet la première fois, peut-être parce que je n'aime pas les punaises de sacristie, a parfaitement compris ce oui qui voulait dire non.

Ils longèrent le quai de la Loire, dont le niveau était assez bas en cette saison, sans se parler, comme s'ils avaient échangé quelques minutes plus tôt des mots irréversibles. Au bout d'un moment de silence, Richard présenta quelques excuses.

— Je ne sais pas ce que tu fais encore avec moi, dit-il pour aggraver son cas.

— Mais je m'en irai, mon cher, quand je le jugerai utile, avant que notre relation me pourrisse la vie.

Il s'enferma dans le silence, comme il l'avait fait une fois ou deux à Soirac après son arrivée. Ce n'était pas pour autant qu'elle avait déserté les lieux, ni qu'elle ne s'était pas intéressée à son affaire. N'étaient-ce pas des preuves d'affection ? Richard la prit par la taille, lui arracha un baiser.

— Ça me rend nerveux. J'avais cru qu'en dispersant les cendres, je me serais libéré de cette histoire. Il aura fallu que quelqu'un nous fourre cette chemise noire entre les mains.

Féline ne répondit pas. Elle pensait à la suite des écrits de M. Valdemon père : surtout les années qui paraissaient les plus intéressantes, à partir de 2013. Car elle s'ennuyait un peu dans le récit décrivant les méandres de la coopérative d'Argens. Les luttes de pouvoir. Les combinaisons politiques, voire les malversations pour dissimuler des financements indus…

Ils se dirigèrent vers la cathédrale, firent le tour de la statue de Jeanne d'Arc, puis se décidèrent à rentrer dans leur appartement.

— Il faut te transporter aux écrits de 2013, dit-il en prenant le visage de Féline entre ses mains. Moi, je n'ai pas tardé à le faire. Aussi, j'ai une longueur d'avance sur toi, ma chère. Je sais qui est la cousine de Bordeaux…

11

Féline et Richard rentrèrent rue de La Bretonnerie en traînant le pas, comme s'ils n'avaient pas le désir de se retrouver seuls, face à face, dans l'emprise du silence. Ils firent un petit détour par les rues adjacentes, comme s'ils cherchaient inconsciemment à se perdre. Et lorsqu'ils finirent par échouer dans le hall de l'immeuble, une lettre les attendait, dépassant de la boîte aux lettres. Au premier coup d'œil, Richard reconnut l'en-tête de l'étude de maître Mallet-Jourdain. Féline s'approcha pour lire par-dessus son épaule. Il se retourna vivement. Elle se recula d'un pas en faisant une grimace.

— J'avais oublié un instant que nous n'étions pas ensemble, dit-elle. Je suis tout juste une pièce rapportée par les contingences de la vie. Et qu'un rien peut disjoindre.

Richard la regarda avec un air lunaire et enfouit vivement la lettre dans la poche de son blouson. Puis il monta les marches quatre à quatre jusqu'au palier de l'appartement. Elle ne le suivit pas et retourna dans la rue, après avoir abandonné le sac à provisions dans un recoin. *Je sais*, pensa-t-elle, *qu'il me fera une scène, mais je lui dirai : j'ai simplement voulu préserver ton intimité pour lire ton courrier.* Son téléphone se mit à sonner, mais elle ne répondit pas. Un message s'afficha, qu'elle ne prit pas la peine de lire, et elle l'éteignit. C'était une des rares jouissances que de pouvoir ainsi se mettre en quarantaine.

Dix minutes plus tard, Féline se retrouva dans l'immeuble de Quentin. Elle hésita. *Que signifie donc cette réaction d'aller quérir sa compagnie lorsque je me sens flouée et ensuite de le rejeter aussi aisément ?* Néanmoins, il la rejoignit au *Bar des Tribunaux*. C'était un lieu chic, bien fréquenté. Le jeune homme se montra plutôt grincheux et chagriné.

— Tant de jours sans nouvelles, lui reprocha-t-il.

Elle haussa les épaules.

— Je croyais que c'était fini. Et hier soir, j'ai été arrosé ça au *Club 15*. Puis j'ai fini ma soirée avec ce que j'ai pu trouver. Une fille plutôt sympa, mais sans un gramme de conversation. C'était juste pour le sexe. Mais rassure-toi… Elle n'a pas réussi à me faire oublier notre dernière rencontre. Et là, maintenant, qu'attends-tu de moi ?

Ils s'observèrent en silence. Elle se leva mais il la retint d'un geste.

— Je ne peux pas t'emmener dans ma piaule. C'est un désordre indescriptible.

— Dans ma vie aussi, dit-elle. Je ne serais pas dépaysée.

Il esquissa un sourire, posa sa main sur sa cuisse et la laissa glisser vers elle. Elle avait gardé les jambes soigneusement croisées. Il comprit alors que la porte était interdite pour aujourd'hui, juste un peu de tendresse.

— Pourquoi tu ne te décides pas à larguer ton mari ?

Elle le fixait sans répondre, presque amusée.

— Il est bien architecte ? Qu'est-ce qu'il construit ?

— Pas grand-chose.

— C'est intrigant qu'une femme comme toi, jolie, intelligente, si distinguée et parfois, dirais-je, extrêmement énigmatique, ait choisi un homme insignifiant.

— Je n'ai pas envie d'en parler.

— Quitte-le !

Elle se mit à rire.

— Tu es trop jeune pour moi, Quentin. Je t'aime beaucoup. J'ai grand désir d'être avec toi. Mais ce n'est pas une histoire à long terme entre nous deux.

— Que veux-tu dire ? Je ne comprends pas. La différence d'âge ? C'est un prétexte.

Il hocha la tête.

— Tu es revenue me voir pour me dire que nous ne nous reverrons plus ? Ma chère Féline, tu es tout de même un peu torturée. Moi, je souffre, pendant ce temps-là, et toi, tu joues avec mes sentiments.

Elle voulut déposer un baiser sur ses lèvres. Mais il recula.

— Ce n'est pas notre jour… Réfléchissons chacun de notre côté, n'est-ce pas ?

Il se leva et disparut à grands pas sans se retourner, comme s'il voulait échapper à quelque chose qui le poursuivait. Féline resta un long instant immobile. C'était une question dans sa vie qu'elle n'arriverait pas à trancher, si ce n'est en se laissant porter par le courant, à la dérive, sans choisir la grève où elle échouerait.

Revenue dans l'appartement, elle trouva Richard arpentant les pièces. Il n'arrivait pas à prendre de décision.

— J'ai le choix entre vendre Croix-de-Fon d'un seul lot, terres, plantations, plus la maison. Ou en deux lots, maison à part. Je ne sais pas. Je n'arrive pas à me décider.

— Et pourquoi prendre cette décision, là, dans l'instant. Ça peut attendre, non ? Peut-être dans le bureau du notaire ? Ou que sais-je ? D'ailleurs, s'agaça Féline, ça ne me regarde pas. Seule, l'histoire d'Armand Valdemon m'intrigue… Plus j'y réfléchis, plus je le trouve intéressant, cet homme. Il aurait pu beaucoup t'apporter si tu avais maintenu des liens avec lui.

— Je le crois de plus en plus, dit-il d'une petite voix chagrinée. Je suis passé à côté.

Elle alla chercher la chemise noire dans le bureau, la plaqua contre sa poitrine, comme si elle craignait qu'on vînt la lui voler.

— Mais il me faut prendre une décision, dit Richard en revenant à la charge, Mallet-Jourdain s'impatiente. Il dit que c'est une période favorable pour vendre. À ce que j'ai cru comprendre, il a des gens en vue. Sans doute en dehors d'Argens.

— La maison, suggéra Féline, ça ne presse pas. Peut-être voudrais-tu, finalement, conserver quelque chose de lui? Mais ça, mon petit Richard, tu ne voudras jamais te l'avouer.

Il s'assit au bord du lit, la tête entre les mains. En l'observant, Féline éprouva un sentiment de pitié. Puis elle se retira dans le petit bureau avec la chemise noire. Sans un mot de plus.

16 août 2013

Me voici au tréfonds de l'enfer, au cœur du volcan, et tous mes rêves dévastés, sur un seul coup du destin, désormais que me restera-t-il? Les larmes et la colère. Impuissante rage… Et tout cela, sur un seul coup de téléphone, venu d'outre-tombe. Les mots, ces mots-là, seront à jamais imprimés dans ma mémoire, au fer rouge. «Cher monsieur Valdemon, nous avons le grand regret de vous annoncer que votre fille Andréa Valdemon a trouvé la mort ce matin, à 8h45 environ, dans un terrible accident de voiture, sur l'autoroute A7 à hauteur de La Ferté-Saint-Aubin... » Alors, je me suis écroulé en lâchant le téléphone. Comme si le fait d'éloigner la voix funeste pouvait me délivrer de la douleur. Il y a eu un grand silence, jusqu'à ce que je prenne conscience que l'annonceur des mauvaises nouvelles était resté en ligne pour me répéter trois ou quatre fois : « Avez-vous bien entendu, monsieur Valdemon ? » J'ai dit : « Oui. » J'ai dit : « On ne peut pas être plus précis et concis. » Puis, l'annonceur des mauvaises nouvelles, un officier de gendarmerie d'Orléans, a expliqué d'une voix blanche, sans émotion aucune, que Mlle Andréa Valdemon avait été tuée sur le coup tant la violence du choc fut terrible. Nul autre véhicule en cause. Les premiers résultats de l'enquête plaident pour une perte de contrôle du véhicule. « Je n'existe plus, monsieur, ai-je dit, vous vous rendez compte que cette nouvelle me tue aussi à jamais. Et que le reste de mes jours, désormais, ne sera plus qu'une longue agonie. » L'annonceur des mauvaises nouvelles a dit encore que ma fille n'a pas souffert. Puis après un long silence, les consignes d'usage : « Le corps de votre fille a été transporté à l'hôpital de La Source à Orléans où des analyses ont été pratiquées. Je vous rassure, a-t-il dit, monsieur Valdemon, aucune trace d'alcoolémie ni de stupéfiants dans le sang... Dès aujourd'hui, vous pourrez vous rapprocher de votre fille Andréa. Elle repose à la morgue au premier sous-sol de l'hôpital de La Source. » Puis long silence. Et le gendarme a dit encore : « Nous avons retrouvé dans le portefeuille de votre fille un message visiblement écrit de sa main, et ainsi libellé : *Personne à appeler en cas d'urgence : mon père Armand Valdemon...* Et votre numéro de téléphone. » Silence encore, une minute peut-être, comme si mon interlocuteur attendait autre chose de moi, dire et dire et dire encore l'indicible. Puis la communication s'est interrompue. Et je me suis écroulé sur le tapis, le souffle coupé, et j'ai pensé que désormais il ne me restait plus qu'à mourir...

Francine s'est effondrée tout de suite, dans les larmes, les cris et les insultes dans ma direction. Évidemment, elle me tient responsable de ce qui est arrivé sur cette maudite autoroute. Elle m'a reproché de n'avoir su être assez attentif à elle. Je lui ai glissé, au passage, coup pour coup, qu'elle n'avait pas été très prévenante non plus, que chaque fois que je me rendais à la cité universitaire elle refusait de me suivre, en disant : « C'est le rôle d'un père de s'occuper de sa fille... » Et rarement Francine s'est adressée à elle par téléphone, et encore moins par écrit quand je le faisais. Ça ne lui aurait guère coûté d'y ajouter un petit mot. Pour avoir la paix et m'occuper seul de mon chagrin, je me suis retranché à Argens, dans la chambrette avoisinant mon bureau. Ici, dans le silence et la solitude, j'ai eu tout le temps de réfléchir sur l'étrange destin de ma fille. Dans le malheur, toujours, on se raccroche aux moindres signes du destin. Tel ce petit mot trouvé dans ses affaires personnelles, comme si – ai-je cru alors – elle avait voulu me dire quelque chose sur son geste insensé, me suis-je dit, insensé, insensé ai-je cru durant ces heures terribles. Aurait-elle provoqué elle-même cet accident pour en finir avec la vie ?

Lors de ma première visite à l'hôpital de La Source, une semaine après l'accident, je suis descendu avec deux infirmiers en blouse blanche au premier sous-sol, là où reposait ma fille, dans une housse blanche. L'un d'eux a voulu ouvrir la fermeture Éclair. Je lui ai fait signe que non, avec une forte envie de vomir.

— Vous ne voulez pas reconnaître le corps ?

— Non, dis-je. Je veux garder d'elle l'image d'une femme pétillante de vie.

— Comme vous voudrez...

Et j'ai signé tous les documents nécessaires pour ses obsèques.

La cérémonie civile a eu lieu deux jours plus tard au cimetière de La Villette à Paris. Cette fois, tout de même, Francine a consenti à me suivre, tout en exerçant au passage un petit chantage. « Tu vois bien que je n'ai rien à me mettre ? Des vêtements minables de paysanne... D'ailleurs ça correspond, cette situation, à ce que tu penses de moi... Toujours cloîtrée à Soirac, tandis que monsieur fréquente le grand monde. » Alors je l'ai conduite à Périgueux, dans un magasin réputé rue Limogeanne, elle y a déniché un ensemble jupe tailleur Hugo Boss.

En sortant du magasin, elle m'a dit :

— Tu vois, Armand... Il aura fallu la mort de notre fille pour que tu consentes à m'offrir des vêtements convenables.

Je n'ai pas répondu.

Au cimetière, nous avons attendu une demi-heure au moins l'arrivée du convoi funèbre, devant la tombe ouverte, un petit carré simple en marbre gris, sans inscription. Francine est restée suspendue à mon bras, sans me lâcher, parfois posant la tête sur mon épaule pour cacher son chagrin et étouffer ses pleurs. Richard est arrivé un peu en retard, lunettes noires, bras croisés, coiffé d'un chapeau noir à large bord. Il s'est approché de sa mère, l'a prise dans ses bras et l'a serrée contre lui, un long moment, avec de petits balancements. Mais moi, forcément, il m'a ignoré. J'ai tout de même eu un petit geste dans sa direction... Un jour comme aujourd'hui, ai-je pensé... Mais non, rien. Il a fait mine de ne rien voir, rien entendre, rien comprendre. Puis j'ai aperçu une jeune femme, grande, élégante, avec une belle chevelure noire et de grosses lunettes de soleil. Elle hésitait à s'approcher. J'ai fait un pas dans sa direction. Puis elle s'est présentée : « Mistie Langrin, collègue de votre fille, cher monsieur Valdemon. Nous étions très, très amies », a-t-elle insisté. Le « très, très » m'a confirmé ce que j'avais cru deviner. Et sans un mot de plus, elle m'a tendu sa carte de visite au cas où je ressentirais le besoin d'entrer en contact avec elle. Je l'ai glissée dans ma poche en hochant la tête. Puis elle est partie aussitôt. Je crois qu'elle avait le visage en larmes.

— Qui est-ce ? a demandé Francine en chuchotant à mon oreille, ne me dis pas que c'est encore une de tes maîtresses ! Ah, ça non, je ne le supporterais pas. Mon Dieu, quelle audace ! Un jour comme celui-ci.

Je n'ai pas répondu. Puis une fois la plaque posée sur la tombe, Richard s'est approché de moi.

— Tout ça, cette catastrophe, c'est ta faute, Père ! Elle a préféré partir que de continuer à vivre sans l'amour d'un père. Te rends-tu compte ? Tu l'as tuée, ma sœur. Tu l'as tuée, Andréa. Oui, je t'accuse. En vérité, tu ne t'es jamais intéressé à elle...

Et il pointe un doigt sur moi, s'approche, mais je ne bouge pas d'un pouce. Car il voudrait que je me sauve, sans doute, que je disparaisse de sa vue. Mais non, j'affronte la tempête, en le fixant droit dans les yeux. Et ça le déconcerte. Il reprend :

— Tu ne réponds rien. Ça ne suffit pas de garder le silence en baissant la tête.

Plus tard, après avoir remis Francine dans le train, et essuyé sur le quai les habituels et sempiternels soupçons sur ma vie prétendument débridée, je me suis réveillé libre, libre et malheureux à la fois, possédé par un chagrin dont je soupçonnais déjà qu'il serait inextinguible. J'ai pris un taxi et me suis fait déposer à *La Coupole* où j'avais l'habitude d'aller avec Andréa. Soudain, face à ma solitude d'homme dévasté, j'ai sorti de la poche de ma veste le bristol de Mlle Mistie Langrin. J'ai hésité. Pourquoi viendrais-je déranger à ce moment cette jeune fille ? Puis j'ai pensé qu'elle était possédée sans doute par le même chagrin, moi celui d'une fille et elle d'une amante. Est-ce que ce malheur, en définitive, ne nous rapprocherait pas ? Je suis descendu aux toilettes pour appeler. Lorsque j'ai prononcé mon nom, tout en précisant, me semble-t-il bien inutilement, le père d'Andréa, elle a fondu en larmes. Je me suis senti coupable de m'en venir réveiller une douleur. Et je lui ai dit en bredouillant un peu que je souhaitais parler avec elle.

— Ce soir même si possible?

Un long silence. Et comme je m'apprêtais à raccrocher.

— Oui, si vous voulez, monsieur Valdemon. À quel endroit?

— Je vous invite à *La Coupole*. Vous connaissez?

— Oui, votre fille m'y amenait souvent. N'était-ce pas là que vous dîniez ensemble lors de vos visites à Paris?

Je n'ai pas répondu. Après un court silence et un long soupir, j'ai raccroché.

Mlle Langrin est venue directement vers moi, d'un air dégagé. Grande fille mince, respirant l'aisance et la grâce. Je me suis levé pour l'accueillir. Elle m'a demandé si nous pouvions nous embrasser, trouvant qu'une poignée de main serait inappropriée. Puis j'ai commandé du champagne, du Dom Pérignon comme à mon habitude.

— Vous allez trouver qu'une soirée comme celle-ci se devrait tenir en toute solennité. Je crois connaître ma fille aussi bien que vous. Elle n'aurait pas aimé une veillée funèbre. Du reste, dis-je encore, elle n'était pas croyante et moi non plus.

Elle acquiesce d'un hochement de tête, et m'avoue tout aussitôt qu'elle a vécu avec Andréa un amour fou dont elle ne se remettra jamais.

— Au début, nous vivions cachées, un amour clandestin, chacune chez soi. Nous nous retrouvions toutes les fins de semaine pour faire la fête. Et puis nous avons fini par prendre un appartement ensemble, sans nous cacher ni craindre le qu'en-dira-t-on.

— Je connais votre histoire sur le bout des doigts. Andréa m'en parlait chaque fois que je venais la voir à La Villette.

— Elle vous aimait beaucoup. Mais elle disait aussi que vous n'étiez pas heureux. Je ne sais pas pourquoi. Vous lui donniez régulièrement de l'argent.

— Sauf dans la dernière période, dis-je. J'ai voulu casser cette habitude, puisqu'elle semblait, selon ses dires, ne point en manquer. Et maintenant je le regrette.

La jeune femme a laissé paraître sur son visage un délicat sourire.

— Nous travaillions dans le même lycée Hector-Guimard.

— Je sais, dis-je. C'est là que vous vous êtes connues.

— Je vous enverrai ses affaires...

— Non, mon fils Richard doit s'en occuper. Ainsi vous ferez sa connaissance. Il possède un caractère très différent d'Andréa. Lui, c'est un solitaire, assez torturé, et qui, pour la petite histoire, me déteste prodigieusement. Je n'ai jamais compris pourquoi.

— Vous en souffrez ?

— Devrais-je en souffrir ? Il a ses raisons. Peut-être n'a-t-il pas eu l'enfance qu'il désirait et que je n'ai pas su lui donner. Toutefois, il a assez bien réussi. Architecte à Orléans. Ce n'est pas un mauvais métier pour peu qu'on veuille s'en donner la peine. Je crois avoir percé en lui un caractère éternellement insatisfait, autant des autres que de lui-même.

À son sourire, j'ai flairé un instant que l'amoureuse d'Andréa connaissait parfaitement notre famille. De Francine, elle n'a rien dit, sachant peut-être que notre couple battait de l'aile. Puis enfin, je n'ai osé l'interroger sur elle-même, en pensant que, après la disparition de son amante, elle se construirait une autre vie qui ne me concernerait plus.

— Consultait-elle toujours son psy, un certain Formigier ? Il lui avait détecté à seize ans une affection mentale.

— Oui, elle allait le voir lorsqu'elle en sentait le besoin. Mais ça ne perturbait en rien nos rapports. Au contraire, je crois qu'elle avait trouvé, ma petite Andréa adorée, une certaine stabilité avec moi. Lorsque nous nous sommes quittées le 9 août au matin pour aller à Cadaquès, elle se sentait heureuse et triste à la fois de cette petite séparation.

— Oui. Heureux de l'entendre.

Je n'ai pas osé ajouter que cette information tordait le cou à la théorie du suicide. Non. Je me suis tu, pour elle, pour nous, pour la vérité, et contre les idées malveillantes que la haine parfois suscite même dans les têtes les mieux tournées.

Deux jours plus tard, avant de m'en retourner à Soirac, j'ai vérifié au cimetière de La Villette que l'on avait gravé le nom de ma fille sur la pierre tombale, et j'ai déposé une belle gerbe de roses rouges qu'elle aimait tant.

Richard sortit, discrètement, pour aller acheter à la poissonnerie la plus proche des crevettes roses, des filets de saumon et quelques acras de morue. Et il rentra à pas lents, musardant le nez en l'air. Cela faisait deux semaines qu'il n'était pas retourné au cabinet d'architectes, et l'associé ne lui avait pas adressé un mot après sa visite, ne serait-ce que pour lui dire : « Camarade ! Quand reviens-tu ? » Et ça le contrariait de penser, tout de même, que les dossiers courants en ce moment se traitaient sans lui, sans qu'on vienne lui demander son accord. Mais il s'agissait de pensées fugitives aussi vite dissipées. Maintenant, il pouvait s'estimer heureux, béni des dieux, dans l'attente de l'héritage. Par celui-ci, il regagnerait la considération de tous ceux qui s'étaient éloignés de lui en disant : « Richard Valdemon, c'est un loser, le plus mauvais architecte de son époque… Juste capable de dessiner des alignements de cubes. »

Dans l'appartement, il trouva Féline méditative devant le dossier noir d'Armand Valdemon. Elle releva la tête vers lui, l'observa un long instant et haussa les épaules.

— Je comprends pourquoi tu souhaitais que j'aille directement à l'été 2013 et que j'enjambe l'accident de voiture de ta sœur et les obsèques de La Villette…

— Que t'ai-je conseillé ? De ne pas perdre ton temps dans toutes les élucubrations de mon père. Il ne faut pas croire un seul mot de son journal intime. Il a pris un malin plaisir à s'attribuer le beau rôle. Et ce n'est pas sans raison qu'il aurait souhaité qu'on le détruise. Sa haine, sa rancœur, son aigreur transpirent à chaque page, sauf lorsqu'il s'agit de se donner le beau rôle. Après tout, rien d'étonnant, un journal de ce genre ne sert qu'à encenser son auteur. Le contraire est assez rare.

— Souvent ton avis varie sur cette confession paternelle. Tu ne sais plus très bien où tu en es, partagé entre la haine et l'admiration.

Richard éclata de rire en balançant la tête de gauche à droite.

— Maintenant que ses cendres sont dispersées, prenons la juste mesure des choses. Oui, je le reconnais humblement, je me suis trompé sur mon père. Je n'ai jamais rien tenté pour me rapprocher de lui. Et en somme, confesserais-je, bien qu'il m'en coûte, je le regrette très sincèrement.

Féline le prit dans ses bras et le serra contre elle. Il laissa la tête retomber sur son épaule, humant son parfum qui ne lui était pas habituel. Il lui posa la question. Ça la fit éclater de rire.

— Je change souvent de parfum. Selon mon humeur. Du gris au pastel, dirais-je.

— Alors, pastel, cette fois ?

— Lempicka, dit-elle. Léger et aérien. C'est pour séduire. Mais qui ?

— Peut-être serait-ce un désir profond ? Élargir le périmètre de tes conquêtes…

— Tu te moques bien de ça, mon pauvre Richard. J'aurais un amant que tu ne t'en apercevrais même pas. Les hommes sont si bêtes. Ils n'ont jamais rien compris aux femmes. Ils croient qu'il suffit de déclarer leur passion pour les y enfermer. Nous avons des désirs à géométrie variable.

Richard la considéra avec un petit sourire soupçonneux. Se pourrait-il qu'elle lui fût infidèle ? Il écarta aussitôt cette éventualité. Pourtant l'associé, le fameux associé du boulevard Alexandre-Martin, lui prédisait souvent que sa

Féline, il ne saurait la garder pour lui tout seul, qu'elle finirait par lui échapper au moment où il ne s'y attendrait pas… Richard mettait cette prédiction sur le compte de la jalousie. Mais l'associé trouvait Féline décidément trop bien pour Valdemon. Car lui, forcément, de son côté, ne faisait que ça, tromper sa Léonore. Du reste, Ledoux n'imaginait pas une vie d'homme sans quelques projets de conquêtes sous le coude, à droite et à gauche. Ça posait, ça donnait de la crédibilité dans les affaires, les grandes comme les petites, toutes sujettes à la passion dévorante et sans limites. Et si son associé n'avait pas de maîtresses en vue, c'était parce qu'il n'avait pas la passion dans la peau. Ni pour les affaires, ni pour les femmes.

Richard et Féline déjeunèrent en silence, tout en s'observant par-dessus l'assiette. Puis la sonnette de l'entrée se mit à tinter, Féline alla jeter un œil par la fenêtre entrouverte. Elle revint en poussant un soupir.

— C'est à toi de l'accueillir, dit-elle en se rasseyant.

— Qui donc ?

Elle ne répondit pas, et enfin Richard se décida à se lever en grognant, comme perclus de rhumatismes. Il prit l'escalier pour recevoir sa visiteuse dignement. Après tout, c'était l'épouse de l'associé. Féline ne se sentait pas trop concernée. Au contraire, cette visite impromptue l'ennuyait. Elle ne la portait pas dans son cœur sans pouvoir expliquer pourquoi.

— Je suis venue vous voir, Richard, car je crains fort pour l'avenir du cabinet.

— Comment ça ? demanda-il en lui offrant un siège.

Féline en profita pour s'éloigner, mais Mme Ledoux lui fit signe de rester. Néanmoins, elle se mit peu en retrait, se jurant de ne point se mêler à la conversation.

— Voilà, soupira Léonore, une fois, deux fois, le regard dans le vide. Je ne sais comment vous dire ça, Richard, mais Gilles craint que vous quittiez le cabinet, maintenant que vous allez hériter de votre père.

Richard haussa des épaules.

— Que peut bien lui faire que je reste ou que je parte ? C'est incompréhensible. Au contraire, il devrait s'en réjouir, fêter ça, lui qui ne cesse de dire *Urbi et orbi* que je suis un boulet dans la maison, que je lui fais perdre des sommes mirobolantes par mon incompétence et ma crasse fainéantise…

— Il redoute qu'avec l'argent de votre père, autour d'un million d'euros selon lui…

Richard éclata de rire.

— Je finis, insista-t-elle. Il craint que vous vous installiez seul, en concurrence. En vérité, je le connais bien, mon mari, il fait le fier comme ça, mais c'est un homme qui doute de lui, bien sûr sans le montrer. Et dans la maison, vous êtes son faire-valoir, dans la mesure où il passe son temps à se comparer à vous, cela éloigne ses craintes et ses doutes.

Il s'abandonna dans un fauteuil, la tête rejetée en arrière, fixant le plafond.

— Rassurez-le, ce brave Gilles. Il sera toujours meilleur architecte que moi. Et savez-vous pourquoi, Léonore ? Parce que je ne consentirai jamais à plier devant toutes les volontés des clients.

Puis il se mit à réfléchir, en regardant Féline, gênée d'être prise à partie ainsi, et poursuivit :

— Je n'aime pas mon métier. Je n'aime rien. Je me déteste moi-même. Et sans mon amoureuse, fit-il, que deviendrais-je ?

Féline Laporta croisa les bras, fixant la fenêtre entrouverte, et le coin de ciel bleu par-dessus les toits des maisons. Elle songeait à Andréa qui avait été la seule enfant aimée des Valdemon, et se demandait, alors, pourquoi Richard détestait autant un père qu'il n'avait pour ainsi dire pas connu.

Léonore prit Richard dans ses bras et lui dit en le serrant bien fort :

— Je ne savais pas que vous étiez si dépressif... D'où cela vient-il ? Vous le savez, vous, Féline ?

— Je crois qu'il a un compte à régler avec son père. Un homme qu'il a tant haï. Et sans raison. Aussi, maintenant, lui faut-il faire son examen de conscience. À moins de se mettre la tête dans le sable, comme une autruche, il ne pourra s'y soustraire.

Par tous les moyens, Féline tenta de détourner la conversation. Elle envisageait d'orner ses deux balcons de jardinières de fleurs et, bien sûr, demanda conseil à la visiteuse.

— Pas des géraniums, surtout ! Ça dégage une odeur exécrable.

— Oui, répondit Léonore, ça sent le pipi de chat, non ?

— Ne serait-ce pas plutôt le grand jasmin blanc ? releva Féline.

— Mais il y a aussi les pensées, les pétunias, et ces fleurs retombantes qui font des cascades de couleur...

Richard se retira dans son bureau, en jetant un regard d'agacement au dossier noir, soigneusement fermé par sa sangle blanche. Maintenant, il ne cessait de penser que cette pièce sauvée des flammes aurait dû disparaître avec les cendres de Valdemon père. Le tout épandu sur la colline de Croix-de-Fon.

12

Trois jours après la visite de Léonore, Richard Valdemon décida de retourner dès le matin, assez tôt, au cabinet boulevard Alexandre-Martin pour s'expliquer avec son associé. La rencontre fut bien plus simple et amicale que ne l'avait suggéré Léonore.

— Vas-tu enfin t'occuper de ton héritage ? Ne sois pas procrastinateur comme d'habitude. Prends-toi par la main et va de l'avant. C'est une aubaine, cette affaire. On va pouvoir envisager des projets plus vastes. À moins que tu veuilles préserver cette manne pour des opérations plus personnelles…

Il se mit à rire, lui flanqua une tape sur l'épaule.

— Oui, dit Richard, je pars dès demain à l'aube à Soirac. Et je m'en vais voir mon notaire à Hautefort.

— Fais-toi accompagner de Féline. C'est un conseil. Elle a la tête sur les épaules cette petite cheffe des projets de la ville. À mon avis, là-bas, on n'utilise pas assez ses compétences. Et c'est une femme. Les femmes, n'est-ce pas, c'est bien connu, on ne leur fait jamais confiance.

— Non. Je veux être seul. Je crois qu'elle n'a pas envie de se mêler de mes affaires.

Il se mit à réfléchir et ajouta :

— Sur ce plan-là, du moins.

La petite secrétaire Noé passa en coup de vent, sans dire un mot, sans un regard. Jadis, elle avait eu une histoire avec Valdemon, assez médiocre, alors qu'elle avait misé sur une aventure plus romantique. À la vérité, ces deux-là ne s'étaient pas compris, et en matière de cœur, rien n'est pire que le malentendu. La jeune femme avait espéré décrocher Richard de sa femme pour aller vivre avec lui, une fois la place nette. Et lorsque la petite Noé s'était aperçue qu'elle fantasmait pour rien, la réaction avait été brutale.

— Celle-là, dit Gilles avec un sourire entendu, elle ne pardonnera jamais. Comme quoi, il faut savoir où on met les pieds…

Et au moment de franchir la porte, un dossier sous le bras – un complexe scolaire à Saint-Marceau à rénover et à agrandir –, il s'arrêta net, se retourna vivement et dit :

— Quelles que soient mes futures capacités d'investissement, je ne crois que nous pourrons continuer à travailler ensemble.

Il respira fort, car cet aveu lui avait coûté. Jusqu'au dernier moment, il avait cru n'y point parvenir.

— Comme tu voudras, mon vieux. Mais entre le désir et les forces de la réalité, il y a un monde. Ce que tu veux et ce que tu pourras faire ? Ah ! fit-il en dressant l'index en l'air. Bref, il suffira de mettre sur pied une procédure d'association, plus lâche et moins contraignante. N'est-ce pas, mon petit Richard ?

Valdemon s'échappa du bureau en haussant les épaules.

Au volant de sa Sebring, il mit tout de même cinq heures pour se rendre à Soirac. Encore une fois, il découvrit combien il détestait conduire, seul, avec une radio au son grésillant. Cette fois, il prit le risque de monter en voiture jusqu'à la terrasse, comme le faisait son père. Une fois la porte franchie, il ouvrit en grand les fenêtres, toutes les fenêtres, pour chasser l'odeur de renfermé. Puis il alla dans la cuisine où, la dernière fois, il avait laissé une bouteille de blanc entamée. Il se servit deux verres, coup sur coup, le regard posé sur les trésors du père. *Que vais-je en faire ?* se demanda-t-il. *Trouver un antiquaire qui m'en donnera une coquette somme. Mais tu rêves, mon vieux, tu te feras entuber. Forcément. À moins de consulter un bon Dictionnaire des antiquités avec les cotations…* Mais l'idée de devoir marchander chaque pièce, avec quelques esprits tordus du genre, le désespérait d'avance.

Il éclata de rire. *Voilà que tu vas toucher un héritage avoisinant le million d'euros, et tu te préoccupes de ces broutilles… Non,* se défendit-il, *je ne veux pas lui ressembler, au vieux Valdemon. Certes, je me suis trompé sur lui, mais ce n'est pas une raison pour hériter de ses lubies.*

Le temps de prendre une douche, et, une demi-heure plus tard, Richard entra en trombe dans Hautefort. La lumière de cette fin d'après-midi dorait la pierre du château, flamboyant sous un ciel bleu avec ses pans d'ombre qui adoucissaient les formes. Puis il arriva devant l'étude, se gara sur le trottoir, et mesura alors qu'il était légèrement en avance. L'idée d'arriver en homme pressé chez Mallet-Jourdain ne lui plaisait pas, c'eût été montrer qu'il avait hâte de signer, haletant comme un chien affamé devant son héritage.

Mlle Boyer l'installa dans la salle d'attente avec cette froideur qu'il avait déjà constatée lors de sa première visite. Il essaya pourtant d'entamer une conversation, avec des mots aimables, mais ne fut point payé en retour.

Par contre Mallet-Jourdain se montra fort aimable, commandant sèchement sa clerc avec laquelle il semblait avoir quelques problèmes relationnels. Elle apporta le dossier, qu'elle posa brutalement sur le bureau devant le notaire.

— Vous avez réfléchi, cher monsieur ?

— À quoi donc ?

— Si vous comptiez conserver les actions de votre père dans la société Maziéras ?

— Non, je ne garde rien. Je vends.

— Vous vendez ? s'étonna le notaire. Et les noyeraies de Buissac et de Fonteval ? Je suppose que vous vendez aussi ?

— Parfaitement.

— J'ai des offres de deux sociétaires, Marc Fontier et Pierre Ogeret. Assez intéressantes…

Le notaire fouilla dans ses papiers, fébrilement, mais Valdemon fit un geste pour l'arrêter.

— Je ne vais pas perdre mon temps à négocier avec ces gens en direct.

Mallet-Jourdain ôta ses grosses lunettes, les posa délicatement devant lui et se mit à soupirer.

— Ça mériterait qu'on négocie un peu. Je m'y emploierai à votre place. Si vous m'accordez votre confiance ?

— Vous l'avez.

Puis Richard signa l'accord sans en lire les termes sous le regard désabusé de Mlle Boyer.

— J'ai bien retenu ce que vous m'avez dit, lors de notre dernière rencontre…

— Ah ! Que vous ai-je dit ?

— Que vous n'aviez pas besoin d'argent.

— Je veux consacrer mon héritage au seul métier que j'exerce, c'est-à-dire architecte.

— Je puis avancer un chiffre provisoire qui comprend aussi, en plus des affaires citées, la coopérative d'Argens. Votre père y possédait une position forte. Les parts pourraient vous revenir et vous bénéficieriez à l'année d'un joli pactole.

— Non, je vends tout. Et aussi la maison familiale de Soirac.

— Laissez-vous le temps, tout de même.

Valdemon esquissa un sourire. Jamais il ne s'était senti aussi accord avec lui-même en découvrant combien ses résolutions embarrassaient le notaire. C'était un adieu franc et direct.

— Alors, pour votre héritage, nous partirions, après acquittement des droits de succession, à un million et demi d'euros.

— C'est parfait, dit Richard en plaquant les mains sur le bureau.

Il aspira un grand coup, la tête relevée.

— Vous ne pouvez pas imaginer, maître, comme je me sens soulagé de partir d'ici, d'échapper à ce qu'a bâti mon père. Il escomptait sans doute m'y emprisonner. Non. Il ne restera ici, à Soirac, que la tombe de ma mère… Et ce bon vieux papa Armand a eu bien raison d'y faire répandre ses cendres. Je me sens libre. Peut-être avec le temps, échapperai-je à l'amertume ?

— Je vous le souhaite, dit Mallet-Jourdain, car l'amertume, la haine, et tout ce qui s'en rapproche, sont des poisons mortels.

Mais à peine revenu à Soirac, Richard fut saisi par le doute. *N'ai-je pas cédé à mes anciens penchants trop vite ? Ma haine contre le père, si fortement ancrée en moi, en dehors de toute raison ?* Il monta à la fontaine cernée par les buissons noirs et coiffée de frênes chahutés par le vent, là où il avait répandu les cendres, et trouva un endroit où s'asseoir près du chemin de terre.

Le notaire, se dit-il, va s'arranger avec les acheteurs pour en tirer le meilleur prix. Il énuméra les noms dans sa tête. Et sans doute, le père trouverait ça irresponsable de saborder le bien des Valdemon sur un coup de tête. Pour ce qui concerne la coopérative d'Argens, le père devait son ascension dans ce haut lieu de la noix en Périgord à son protecteur, l'énigmatique M. Jourde. *Peut-être devrais-je m'enquérir de son avis ? Mais je ne me sens pas de taille à discuter avec lui, le P.-D. G. de Business-Europa-France, au risque d'obtenir une fin de non-recevoir. Si jamais il consentait à m'accueillir. Père a dû dire pis que pendre de sa descendance, ne serait-ce que pour entrer dans ses bonnes grâces et susciter un peu de pitié sur l'ingratitude des progénitures.*

De retour dans la maison, il grignota quelques victuailles achetées à Hautefort, et ouvrit une bouteille de bordeaux, but deux verres à la suite, et versa le reste dans l'évier de la cuisine, en se disant qu'ainsi il ne serait pas tenté de s'enivrer.

Jusqu'à la nuit descendante, Richard lut sur la chaise longue dehors, malgré le petit vent, enveloppé dans une couverture. Les odeurs du malade avaient disparu, après les lessives et les récurages opérés par la gouvernante. Elle possédait encore les clés de la maison, et sans doute jusqu'à ce qu'elle changeât de propriétaire, et elle s'en revenait régulièrement pour vérifier que rien n'avait disparu, tous ces objets, ces meubles, de si grande valeur. Et il nota au passage que la petite Sainte Vierge, une statuette saint-sulpicienne, avait retrouvé sa cache, alors que lui-même l'avait fichue au fond d'un tiroir. De même le crucifix de la chambre au-dessus du lit. Mais rien ne sert de batailler contre la bondieuserie, elle s'en revient inlassablement. Surtout avec Mme Andraud, une conscience si éveillée et torturée.

Richard lut, tard dans la soirée, sur la terrasse, une centaine de pages de *L'Éternel Mari*, puis s'endormit. Le froid le sortit du sommeil et, pour la première fois, il consentit à occuper le lit de son père, là où il avait rendu son dernier souffle. Au réveil, cette situation l'étonna, un sommeil profond dans un lieu si redouté. Par ce signe, il jugea alors que son deuil était achevé, qu'il pourrait enfin entrer dans une nouvelle vie où le fantôme du père ne présiderait plus à sa destinée.

*

Mlle Laporta bénéficiait à l'hôtel de ville d'Orléans de conditions privilégiées. On ne contrôlait pas ses heures d'arrivée et de départ, ni ses notes de frais, ni les jours de congé lorsqu'elle les posait dans le service. Son statut à part de cheffe lui garantissait une paix royale, même si, quelquefois, dans les réunions de travail, certains collègues en venaient à faire des remarques. Il n'était personne pour les entendre en haut lieu, car à vrai dire, son expertise était au-dessus de tout soupçon. Elle avait une imagination à revendre pour résoudre les problèmes les plus compliqués. Certains, ses détracteurs, jugeaient plutôt que la demoiselle aux gants de chamois – elle en faisait grand usage pour éviter les contacts tactiles – se prenait pour une grande dame sans en avoir l'étoffe.

Ce matin-là, en l'absence de son compagnon parti en Dordogne pour régler ses affaires, Féline arriva une heure plus tôt, c'est-à-dire à 9 heures. À la machine à café, on lui en fit la remarque, qu'elle accueillit avec un sourire.

— Vous êtes tombée du lit, mademoiselle Laporta ?

— Non, répliqua-t-elle, je ne me suis pas couchée.

Puis Féline alla s'enfermer dans son bureau du second étage. Aussitôt, elle entreprit d'examiner un dossier sur la réhabilitation de quartiers dans la métropole orléanaise. Après dix coups de téléphone dans les différents services, elle abaissa l'inclinaison de son siège et allongea ses jambes pour réfléchir, les yeux clos. Souvent le témoin d'appel s'allumait sur son téléphone central, mais elle ne daignait répondre. Elle se doutait que c'était signe de quelques tracasseries qui ne la concernaient pas. Puis, soudain, la porte s'entrouvrit, Guillemette, l'hôtesse, s'avança prudemment, et dit que quelqu'un voulait la voir. Il lui suffisait de faire un geste négatif pour que tout s'arrêtât là. Mais Guillemette fit quelques pas vers son bureau.

— C'est un jeune homme qui prétend vous connaître.

Féline se leva en sursaut, rectifia la position de son siège et contourna son bureau, tout en gardant une certaine distance avec la porte d'entrée.

— Quentin ! s'exclama-t-elle. Que faites-vous ici ?

Puis elle fit signe à l'hôtesse de se retirer.

— On ne se tutoie plus, maintenant. Décidément tout va de mal en pis. Ah, je vois, je vois… Ce que je craignais finit par arriver.

Elle attendit que la porte se refermât pour faire signe à Quentin de s'approcher. Avec une froideur déconcertante, elle lui dit :

— Pourquoi t'es-tu permis de venir à mon bureau ? Cette audace me déconcerte. Je te croyais plus intelligent, tout de même. Non mais pour qui tu te prends ? Ce n'est pas parce que nous avons couché ensemble que ça t'autorise à prendre de l'autorité sur moi.

— Je t'aime, je t'aime, balbutia-t-il.

Féline plaqua la main sur son visage, l'obligeant à se reculer, comme elle si voulait maintenir une certaine distance. Quentin comprit alors qu'il y avait deux sortes de Féline, l'une amoureuse et passionnée et l'autre autoritaire et vindicative. Et cette situation aussi inattendue, à ses yeux, le fit tomber à genoux devant elle, espérant peut-être, par cette posture, arrêter ce flot de paroles qui ne lui ressemblait pas. Les bras du garçon s'enroulèrent autour de ses jambes, la tenant prisonnière, à sa merci. Elle se débattit, en vain. Il ne lâchait pas prise. Au contraire, il ajoutait à sa prostration une force désespérée. Alors, Féline saisit sa tignasse pour l'obliger à se relever.

— Tu es ridicule. Arrête de faire l'imbécile. Tu sais bien qu'ici je ne peux pas me montrer avec toi. Mais toi, petit idiot, tu t'es abandonné à tes pulsions sans réfléchir aux conséquences.

Elle désirait lui faire comprendre que son intrusion dans son bureau entraînerait une marée de commentaires moqueurs et de ragots ravageurs. Mais ces mots-là, ces justifications, elle ne parvint à les prononcer. Son cœur battait la chamade. Elle le tenait sans désemparer par sa chevelure. Ce ballet passionnel, pour un observateur neutre, eût paru étrange. Il n'y eût perçu rien d'autre, en vérité, que de la passion amoureuse, laquelle parfois génère de la colère et de la rage impuissante.

Puis d'un coup, cette folie cessa entre eux deux, d'un commun accord, rompus, épuisés, ils s'observèrent dans les yeux, intensément.

— Tu n'aurais pas dû me faire ça, Quentin !

— Quoi ça ?

— Venir ici. Tu as outrepassé la mesure. Et de fait, balbutia-t-elle, je sais la passion que tu me portes. Pour un garçon de ton âge, cette sorte de premier amour te conduit à des extrémités, des audaces incroyables.

— Je te veux. C'est un désir sans limites. Avec toi, dit-il en se tortillant sur place comme un petit garçon capricieux à qui l'on refuse un précieux jouet, je vis si intensément. Là, à cet instant, je voudrais te prendre sur la moquette, que tu te donnes, toute entière. Et puis, peut-être ensuite, je retrouverais un peu de raison.

Féline demeura immobile, bouleversée par ce qu'elle venait d'entendre. Elle balbutia à bas bruit :

— Je n'aurais jamais dû faire ça. Bien sûr, c'est ma faute. Je le savais, que c'était une folie. Et maintenant, que vais-je faire ? Il n'y a pas de place pour toi dans ma vie. Non, je sais, tu ne le comprends pas.

Alors, elle s'approcha de Quentin, s'en éloigna, le tout d'un pas incertain, ne sachant comment se dépêtrer de cette situation. Certes, elle eût pu le pousser, brutalement, vers la sortie. Sans doute se serait-il résigné à obéir, sans résistance. Mais là, en le contemplant immobile, elle fut saisie par un étrange désir qu'elle n'avait encore jamais connu face à un homme, celui de l'humiliation.

Féline le saisit par le pull-over, l'attira à elle d'un geste brutal et glissa une main dans son pantalon. En mouvements frénétiques, elle épuisa, millimètre par millimètre, son désir.

Quentin laissa retomber en gémissements sa tête sur son épaule. *Je suis une sacrée salope, tout de même*, pensa-t-elle, le visage empourpré par la honte.

— C'est ce que tu as voulu, dit-il, en finir ainsi avec moi…

Elle baissa les yeux par peur de voir dans les siens briller quelques larmes. Puis elle esquissa une sorte d'excuse, de regret, un étrange sentiment qu'elle eût voulu ne jamais connaître, en pensant que cette histoire s'achèverait ainsi, par la pire méthode qui fût. Mais, au fond, Quentin ne lui en voulait pas. Il la situait trop haut sur l'échelle de la passion amoureuse. Il se disait : c'est une lionne, mon amoureuse. Une dévoreuse d'hommes. Combien en a-t-elle connu des petits cons de mon espèce ?

— Je ne méritais donc pas autre chose de toi, balbutia-t-il près de son oreille, parce qu'il ne pouvait prononcer ces mots autrement que dans un souffle imperceptible.

— Je n'aurais pas dû.

— Oui, j'espérais que nous irions faire l'amour dans une chambre, la mienne ou celle d'un hôtel. Une étreinte folle et passionnée, même pour la dernière fois.

— Je m'en veux. Tu ne mérites pas…

Elle s'interrompit et reprit :

— Tu ne me mérites pas.

— Et maintenant ?

— Tu te retires et tu disparais, murmura-t-elle. J'ai besoin de réfléchir.

C'était une solution facile qu'elle lui offrait. Et il y consentit, d'un pas de côté, et disparut par la porte d'entrée du bureau en la refermant délicatement.

Après son départ, Féline reprit sa place derrière le bureau, abaissa le dossier, fixant le plafond où dansaient des ombres.

Plus tard, bien plus tard, Féline téléphona à Richard. Il lui parut enthousiaste, si enthousiaste… Il s'était bien amusé avec le notaire. Un contact divertissant. Surtout lorsqu'il lui avait dit de tout vendre, de tout liquider. Puis il donna triomphalement le chiffre de son héritage. Féline joua le jeu, bien que ces informations la laissassent assez indifférente. Même avec un million et demi d'euros en poche, Richard ne fera pas grand-chose de sa vie. Au contraire, il prendra des risques inconsidérés, puis sombrera dans des combines à haut risque. *Sans doute*, se dit-elle, *me faudra-t-il me décider un jour à mettre un peu d'ordre dans ma vie, et rompre les amarres avec lui.* Cette pensée lui parut tellement séduisante qu'elle éclata de rire. Car il était une chose à laquelle elle croyait dur comme fer, c'était sa liberté, totale, sans limites, sans éléments perturbateurs gravitant autour d'elle.

À midi, Féline s'attabla dans le petit restaurant le plus proche de l'hôtel de ville, commanda un plat de crudités et un ballon de blanc. Elle répondit par quelques signes de tête à ses collègues, mais sans insistance pour qu'on ne vînt pas l'envahir. De ce côté, pas de risque. Mlle Laporta avait la réputation d'une femme autoritaire, voire à l'humeur cassante dans certaines situations.

Elle ne cessait de penser à Quentin et s'en voulait de s'être mise dans ce pétrin. *A-t-on idée pour une femme de trente-cinq ans d'avoir une liaison avec un adolescent de dix-neuf ans ? Et qu'ai-je cherché dans cette relation ? De la légèreté, de l'insouciance, de la provocation…* Elle n'arrivait pas à mettre un mot sur son histoire. *Je hais cette légèreté en moi, pour l'avoir toujours combattue chez les autres. Cependant, j'ai aimé cette passion, tout en découvrant, après coup, que celle-ci m'a rendue esclave des jeux de l'amour*, se dit-elle. Elle sentit quelques larmes sur ses joues et se trouva pathétique de stupidité, jusqu'à cette glace énorme qu'elle savoura par petites cuillerées, en allant dénicher voluptueusement le chocolat enfoui sous la crème chantilly.

Lorsqu'elle revint au bureau, deux hôtesses d'accueil lui demandèrent qui était ce jeune homme impoli avec des manières de chien fou. Elle fit mine d'esquiver, puis jugea pour arrêter les questions indiscrètes de revenir vers elles.

— Un petit-neveu mal élevé, mentit-elle. La nouvelle génération est ainsi, peu à cheval sur les bonnes manières.

Puis Féline Laporta se retira, rassurée, prit l'ascenseur, pour une fois, et trottina dans le couloir pour s'enfermer dans son cabinet de travail. De la main, elle écarta les Post-it collés sur le sous-main par sa secrétaire, dont un qui attira tout de même son attention : un appel de Richard. Après mûre réflexion, Féline décida de n'y point donner suite. Ce serait facile de dire à Richard qu'on ne l'avait pas informée. Puis elle sortit une clé de son sac et ouvrit le dernier tiroir de gauche. C'était là qu'elle planquait, d'ordinaire, ses parfums, sa boîte à maquillage, ses bâtons de rouge à lèvres… Et dessous, elle extirpa la chemise noire, qu'elle examina pour vérifier si toutes les pièces étaient en place. Elle craignait que Richard en fît disparaître quelques-unes, discrètement.

Et sans attendre, Féline se remit à sa lecture…

23 août 2013

Sylvestre Jourde ne peut plus se passer de moi. Il n'est une seule semaine sans un coup de téléphone, des messages sur mon téléphone portable, parfois des informations qui se contredisent. Je me dois de les remettre en ordre. En fait, ce grand patron touche-à-tout a la mémoire défaillante, ce qui le rend encore plus pathétique devant son personnel, certains y voient le signe d'une sénilité précoce. Rien que ça. Monsieur Sylvestre s'en amuse, ça lui donne un certain charme dont il use à satiété. C'est un des rares privilèges des gens de cette sorte de pouvoir s'amuser de tout en toute indépendance.

Jusqu'à ce dernier jour où il m'a adressé un mot de sa secrétaire – je n'ai pas compris de prime abord, j'ai cru qu'il s'agissait d'une méprise –, et non, c'était au contraire une invitation tout ce qu'il y a de plus officielle, en bonne et due forme. Ainsi libellée : *Cher Monsieur Armand Valdemon et cher ami, je vous invite à venir à ma* Villa des Sables d'Or, *au Cap Ferret, ce lundi 19 août 2013, pour partager une semaine en tout bien tout honneur… Croyez en mon amitié malgré les temps difficiles. S. Jourde.* L'expression « les temps difficiles » a retenu mon attention et éveillé ma curiosité. Ma dernière conversation, assez longue, avec le P.-D.G. de Business-Europa-France, avait porté sur les engagements financiers qu'il pourrait consentir pour notre coop d'Argens, assortis d'une note ainsi libellée et qui a suscité ma curiosité : « Nous ne pourrons tout supporter, nous ne pourrons tout justifier, par-delà l'injustifiable, mais les amis restent les amis, jusqu'au bout… »

Au volant de ma Mercedes, j'ai pris la route de bon matin, avec une carte étalée sur le siège à côté de moi. Car l'adresse au Cap Ferret était assez incertaine. J'avais perçu néanmoins que cette route conduisait à l'océan Atlantique et s'y perdait enfin. J'ai guetté les environs, entre les bois de pins et les bancs de sable, en me demandant à chaque mètre où pourrait bien se cacher le home de M. Jourde. Et c'est sans surprise que j'ai compris où elle se situait, cette demeure du bout du monde, au milieu d'une dense forêt de résineux, si bien cachée, cernée par les sables et en pleine solitude. J'ai arrêté ma voiture dans cette impasse. Le portail s'est entrouvert, m'invitant à faire les derniers mètres, jusqu'à un gardien à casquette et tenue blanche. J'ai simplement décliné mon nom. Le type a appelé avec son talkie-walkie. Il m'a fait épeler mon nom, une fois, deux fois, puis le portail s'est ouvert sur une longue allée de chênes verts. La villa blanche avec ses volets bleus occupait un large espace, tout en longueur. Elle semblait dissimulée dans la végétation, échappant aux regards extérieurs, grâce à l'excroissance des chênes tauzins formant une redoutable barrière végétale d'ombre et de lumière.

Je me suis avancé non sans hésitation. Il n'y avait aucun signe extérieur qui puisse me confirmer le nom du propriétaire. À l'entrée de la cour, la porte s'est entrouverte. Puis un autre gardien est venu à ma rencontre. Et il m'a accompagné jusqu'au bas de l'escalier.

— Vous êtes attendu, monsieur Valdemon.

Jourde s'est avancé vers moi dans son costume blanc en coton, un léger petit foulard noir noué autour du cou.

— Bienvenue, cher ami.

Je suis resté pétrifié devant lui, immobile et penaud, tel que je n'aurais pour rien au monde voulu être. Mais hélas, je ne me sentais pas du tout à l'aise, comme quelqu'un qui pénètre soudain dans un monde étranger et incompréhensible.

— Vous me faites trop d'honneur...

— Pas de manière, Valdemon. Surtout pas. Entrez donc. Nous vous attendions, Alice et moi.

— Alice ?

— Oui, c'est ma secrétaire particulière. Et bien plus que cela. Voyez-vous, autour de moi, il n'y a, contrairement à ce que vous pensez, que très peu de gens de confiance. Alice en fait partie. Le reste, c'est du tout-venant, juste adapté aux tâches ordinaires de la gestion courante et de la prospective. Mais Alice, c'est mon âme pensante.

M. Jourde se mettait sans cesse en scène, avec force gestes, pirouettes et effets de manche. C'est alors que j'ai découvert, assez vite, que le P.-D.G. était un comédien de première, capable de singer n'importe quelle situation, sans se départir de sa lucidité. Car il aimait dire, souvent, et à tout propos :

— Voyez-vous, je ne suis rien. Je joue et surjoue la comédie pour appâter le chaland. Mais vous n'en faites pas partie, Valdemon. Je vous considère hautement. Sinon, je ne vous aurais pas invité, ici, dans le saint des saints. Ah, ça non ! Mesurez-vous la chance que vous avez ?

Il s'est mis à rire, m'a observé de pied en cap, puis m'a flanqué une bourrade de sa main ferme.

— Reconnaissez tout de même que nous faisons de bonnes affaires, vous et moi, en Périgord, non ?

— Oui, dis-je timidement. C'est un fait.

— Quoi? s'étonne-t-il. Vous n'êtes pas content? Que faudrait-il donc que je fasse de plus? Dites-moi. Vous êtes ici, à la *Villa des Sables d'Or* pour me le dire?

— Tout est parfait.

— Je ne le crois pas. Personne ne m'a jamais dit que nos affaires étaient parfaites. J'ai plutôt tendance à entendre des récriminations.

Sous son costume blanc, M. Jourde porte une chemise noire entrouverte sur sa poitrine. Il a le teint bronzé par une exposition prolongée au soleil, à moins qu'il ne s'agisse d'une exposition régulière sous une lampe bronzante. J'opterais pour cette seconde solution, car M. Jourde n'a guère de temps à perdre à s'exposer au soleil sur une terrasse.

— Vous avez un certain style, Valdemon.

— Vous croyez? dis-je modestement. Ce n'est pas la première fois que vous me voyez...

Il éclate de rire.

— Ce que j'aime en vous, Armand, c'est que vous ne vous forcez pas à paraître ce que vous n'êtes pas. Mon quotidien est ainsi fait: je suis entouré de comédiens fades. Je les déteste. Vous et moi, Valdemon, nous sommes les purs descendants de la race des paysans. Les authentiques. Ceux qui ont bâti la France, autant dans les chemins creux que sur les champs de bataille. Comprenez-vous? C'est le caractère des gens du peuple qui forge une nation, et non les effets de manche dans les salons de la République des parvenus et des petits-bourgeois désabusés. Je n'ai jamais oublié mes origines paysannes.

Je me suis incliné devant ses propos avec un petit sourire distant. Puis j'ai répondu à ses questions sur les finances de la coopérative d'Argens, sur la progression de nos adhérents, l'extension des noyeraies et la bonne tenue des comptes. Il a hoché la tête.

— Je sais, j'ai vu. Je suis fort content de vous, Valdemon. Sinon, vous ne seriez pas invité au Cap Ferret. Croyez-moi. Vous êtes un modèle. Et je ne dis pas cela pour vous flatter. Bien au contraire.

Puis Jourde s'arrête net, pris soudain dans une réflexion, comme s'il avait oublié quelque chose, et se détourne d'un pas de côté.

— Je ne veux pas trop vous flatter, ce serait vous gâter l'âme, n'est-ce pas ?

Il se tourne vers son collaborateur, M. Lacouze, qui vient juste d'entrer en tenue de bain, une serviette jetée sur l'épaule. Je l'observe une seconde, ne sachant si je dois lui serrer la main ou si je dois attendre qu'il fasse le premier pas. Mais ce Pierre-Paul Lacouze rompt ce dilemme, en venant, lui-même, me saluer, par trop chaleureusement.

— C'est mon grand argentier, dit Jourde. L'homme qui tient les cordons de la bourse. Un sauvage dans son genre.

L'homme sourit en détournant le regard de côté, comme si ce compliment le flattait outrageusement.

— Vous exagérez, cher monsieur Jourde. Personne n'est plus rigoureux que vous.

Puis nous montons à l'étage, dans le vaste bureau, avec pléthore d'ordinateurs et de dossiers entassés dans le plus complet désordre. J'avais déjà noté ce détail, selon lequel l'empire Jourde était un capharnaüm. Car le bonhomme adorait sans doute ces tempêtes de chiffres, de statistiques, de dossiers chahutés au gré du courant, les uns portés dans une direction et les autres sur l'envers... Et sans cesse brassant les hésitations, jusqu'à ce que toutes les grandes décisions finissent sur les bons rails.

— Que pensez-vous de nos engagements sur la noix du Périgord ? demande-t-il à son argentier.

L'homme hésite à répondre.

— Avons-nous perdu de l'argent ?

— Non, dit M. Lacouze. Mais nous n'avons pas gagné beaucoup. Voulez-vous que je vous sorte les bilans ?

Jourde l'arrête d'un geste. Puis se tourne vers moi.

— Voyez, cher Valdemon, le courage qu'il m'a fallu pour vous adouber. J'ai dû convaincre tout mon conseil d'administration. Ces gens n'éprouvent que mépris pour les choses de l'agriculture. Pour eux, c'est le monde ancien, la terre et ses richesses. Trop d'aléas climatiques, d'incertitudes au jour le jour. Quant à l'âme, la noble âme de nos paysans, ils s'en contrefichent. Voilà ce qui fait ma différence dans ce milieu des affaires : les pieds dans la glaise, et la tête dans les nuages. Qui dit mieux ?

— Oh ! monsieur, ajoute Lacouze, personne n'oserait vous contredire. Mais après vous ? Si je puis me permettre... Qui donc prendra des risques pour le monde agricole?

— Vous êtes stupide, dit Jourde avec un grand sourire.

Mais l'argentier s'incline. On peut discuter de tout avec ce cher Jourde, mais à condition de ne pas le contredire au-delà des convenances.

Et d'un geste à peine esquissé, le P.-D.G. expédie son obligé. Ce dernier se retire aussitôt, en s'inclinant piteusement. Quelle leçon, me dis-je. Qui dit mieux? J'éclate de rire. Mais M. Jourde garde son sérieux.

— Comme vous le voyez, Valdemon, je n'ai jamais cédé devant des idéologues de la nouvelle économie. J'ai été élevé dans le principe de Peter, plus on s'élève, plus on se rapproche de son seuil d'incompétence. Celui-ci, voyez-vous, Valdemon, a déjà atteint la ligne critique.

Il éclate de rire, observe ma réaction.

— Je n'ai pas d'opinion sur votre collaborateur. Je ne me permettrais pas. Mes petites connaissances me tiennent au seuil, humblement. Et je ne pense pas que vous m'ayez invité dans votre luxueuse villa du Cap Ferret pour avoir un avis sur vos collaborateurs.

— En effet. Sagesse, belle sagesse.

Il m'expédie une claque sur l'épaule.

— Je vous apprécie beaucoup, bien plus que vous ne l'imaginez. Et pourquoi? Je ne sais pas. Le député, le fameux député, m'a vanté vos mérites. Mais c'est de la politique. La politique est irrationnelle. Jusqu'à l'absurde. C'est pourquoi elle attire tant d'imbéciles. On y peut jouer sans risque. Avec l'argent des autres... Non, vous ne pensez pas comme moi? Je le vois bien. Vous n'osez pas me le dire. Vous craignez qu'on vous juge, n'est-ce pas? Ah, s'exclame-t-il, justement, je veux vous faire connaître ma meilleure collaboratrice. Elle est ici même, dans son bureau juste au-dessus, avec une belle vue sur l'Atlantique. Savez-vous comment elle s'appelle?

Je ne réponds pas. Comment le saurais-je? Mon étonnement l'amuse. À croire que je suis un invité distrayant pour le maître, le puissant maître de Business-Europa-France.

— Elle s'appelle Alice. Ah! cette chère Alice Ferblanca. Une perle. Je suis sûr, ajoute-t-il, que vous serez subjugué. Au moins, vous ne serez pas venu à la *Villa des Sables d'Or* pour rien.

— Je suis à votre disposition. Tout à vous, monsieur Jourde.

Il me regarde un peu de haut avec un vague sourire. Et je devine ce qu'il pense de moi à cet instant: non, surtout pas lui, il ne va pas me décevoir et devenir un courtisan comme les autres...

Jourde va devoir s'absenter un court moment. À cause de son bain de mer. Il passe dans la pièce à côté, enfile un maillot et revient avec une serviette jetée sur les épaules. Je l'accompagne jusqu'au rez-de-chaussée, avance avec lui jusqu'à la plage. Puis il part en courant se jeter dans les vagues, comme un enfant impatient. Sylvestre Jourde aime se faire fouetter par les vagues hautes. Le jeu dure dix minutes tout au plus, puis il revient vers moi.

Pour son âge, il est bien bâti. Je lui sers ce compliment qui l'amuse.

— Oui, j'ai entretenu ma forme. Avec tout l'argent que je possède, j'ai besoin de me sentir prêt à vivre vieux, très vieux de préférence, sinon ce serait absurde.

— Alors selon vous, les pauvres n'ont pas besoin de se maintenir en forme, de faire de la gymnastique, de la course à pied, ou que sais-je?

— Oui, admet tristement Jourde, les pauvres ne doivent pas craindre de mourir vite. C'est une délivrance en somme. Si j'étais pauvre et sans toutes ces affaires qui m'occupent, je ne ferais pas attention à ma santé...

Voici, me dis-je, ainsi révélé, l'aspect désagréable de mon protecteur: ce cynisme affiché en toute liberté, jusqu'à se persuader qu'il est un être si précieux dans l'ordre du monde que sa perte créerait un manque irréparable...

Puis, au début de l'après-midi, son assistant est venu me chercher dans la petite pièce où je m'étais retiré pour prendre quelques notes.

— Suivez-moi.

— Monsieur Lacouze, où m'emmenez-vous?

Il ne répond pas. Ni désagréable ni agréable, un être à sang froid, reptilien, de la race des tueurs dans les affaires. Je suppose que ce bonhomme a été choisi à dessein. Chacun son rôle, comme au théâtre, avec les ombres qui défilent parfois et qui nous effraient lorsqu'on imagine qu'on pourrait en être une, une de plus destinée au sacrifice.

Puis il m'ouvre la porte et d'un geste me précipite dans un salon. Il s'efface en me laissant seul devant un vaste sofa vert qui me tourne le dos. Et par-dessus la parure de velours, somptueusement déployée, une belle chevelure auburn.

— Pardonnez mon intrusion, mais…

— Je vous attendais, monsieur Valdemon.

— Vous êtes Alice?

— Alice Ferblanca.

Elle se lève, me tend la main et me fixe droit dans les yeux. Je baisse le regard. Trop d'insistance me déconcerte. Grande, fine, élégante, dans une robe en tissu satiné aux reflets mordorés, elle me tend la main. J'hésite à m'en saisir. Elle m'observe de haut, avec un petit sourire, et insiste. Alors je m'en saisis.

— Nous sommes condamnés, vous et moi, à traiter de nos affaires respectives. Sylvestre m'a chargé de vous accompagner dans les méandres compliqués de la jungle moderne. Si nous n'y prenions garde, cher monsieur Valdemon, nous nous ferions dévorer. Mais pourquoi s'en plaindre? Vous et moi, si je ne m'abuse sur votre compte, nous ne nous satisferions pas d'un jardin d'acclimatation. Même somptueux. Mieux vaut la jungle et combattre les prédateurs, les grands fauves et les serpents sournois.

Elle éclate de rire. Je reste médusé. Et elle s'en étonne:

— N'est-ce pas la vérité? Vous ne me direz pas le contraire.

Je viens m'asseoir en face d'elle, le regard attiré par ses longues jambes fines, croisées et décroisées.

— M. Jourde est fort satisfait de vous, Armand. Les affaires fonctionnent plutôt bien. Et vous maîtrisez vos gens, je veux dire vos coopérateurs.

— Je ne sais pas, dis-je humblement.

— Ne faites pas le modeste. Je parie que vous savez parfaitement ce que vous valez. N'est-ce pas ?

Simple hochement de tête. Je me cale voluptueusement au creux de mon fauteuil, tandis qu'elle additionne les compliments en faisant parler aussi ses mains.

— Nous devrons nous voir régulièrement. Aussi me faudra-t-il vos coordonnées. Le téléphone, certes, mais aussi votre adresse électronique. J'aime les rapports succincts, précis, les idées positives. Laissons les doutes de côté. Vous me comprenez, n'est-ce pas ? Et lorsque ce sera nécessaire, vous viendrez me voir à Bordeaux, au Mériadeck, et je dis bien aussi souvent que nécessaire. Est-ce dans vos possibilités ?

— Parfaitement.

— On peut craindre, en effet, tout ce qui peut se mettre en travers, la vie familiale, les contingences dissipatrices.

— Je n'ai rien de tout ça, l'assuré-je.

Un sourire vague et sa main vient se poser sur la mienne, juste un effleurement. Je me noie dans ses yeux bleus. Déjà.

— Vous êtes marié ?

— Oui, dis-je.

— Et des enfants?

— Un fils que je ne vois jamais.

— Vous aviez une fille, n'est-ce pas?

J'hésite à répondre, la gorge nouée.

— Ne vous sentez pas obligé, Armand. Je sais le drame douloureux que vous venez de vivre... Un chagrin qui ne s'efface pas, qui nous taraude de l'intérieur. Je comprends, je comprends, répète-t-elle en baissant les yeux.

Puis un long silence. Avec des regards échangés, parfois si insistants, que je décroche un peu, en fixant le tapis persan à mes pieds.

— L'apprentissage de l'oubli est le plus malaisé à maîtriser. Pourtant, il n'y a pas d'autre moyen d'être sauf.

Ensuite, nous faisons quelques pas dans le vaste salon, jusqu'à la baie qui donne sur l'océan. Elle m'offre une cigarette. Je n'ose refuser. Mme Ferblanca est du genre tactile. Il faut donner relief au mot par des gestes appuyés.

— Nous serons conduits à tout nous dire. Pas de secrets entre nous. Toujours, cartes sur table.

Je me sens rapetisser à vue d'œil devant tant de force intérieure. En vérité, Alice Ferblanca me fait peur, m'angoisse, m'intrigue. Et je ne parviens pas à la situer dans le futur dans ma vie. Entre les affaires, les désirs, les passions... Je soupçonne que tout va se mêler, se mélanger, dans un maelstrom géant.

Plus tard, avec la montée du soir, Jourde m'interroge en faisant quelques pas au bord de la mer.

— Comment la trouvez-vous, cette chère Alice?

— Subjugué, dis-je. Et à la fois intrigué.

— Oui, ce sont les bons mots, cher Armand. Tout le monde tombe amoureux d'elle. Mais elle ne se laisse pas séduire aisément.

— Elle est mariée ?

— Divorcée, forcément. La course aux affaires ne laisse pas une grande place pour les contraintes familiales.

— Je vois, dis-je.

Jourde se retourne vivement vers moi, m'ausculte du regard, un peu grave.

— Je crois qu'elle vous aime bien.

— Qu'en savez-vous ?

— Je le sens, mon cher. Alice s'intéresse aux gens qui ont les pieds sur terre, et non à ces zombies qui papillonnent, butinent, hésitent, et finalement n'offrent aucune prise aux valeurs sûres. Bref, les sentiments. Tout est affaire de sentiments et d'atomes crochus, comme on le dit vulgairement. Dans la vie, dans les affaires, même dans les plaisirs...

13

Depuis que Richard était rassuré sur le montant de son héritage, il se rendait tous les matins au cabinet, boulevard Alexandre-Martin. Parfois, il arrivait même avant son associé, ce qui surprenait la secrétaire, Pauline Constant.

— Que vous arrive-t-il, monsieur Valdemon, vous êtes tombé du lit ?

La plaisanterie répétée chaque matin avait fini par l'agacer. Un matin, il expliqua qu'il était entré dans un nouveau cycle de sa vie. La période léthargique étant achevée, il s'engageait enfin dans le cycle de l'hyperactivité. Mlle Constant nota cette phrase dans son bêtisier et en fit des gorges chaudes dans son entourage. Au début, l'associé parut s'accommoder de ces changements, jusqu'à ce qu'il jugeât Richard trop pointilleux sur les dossiers.

— Te rends-tu compte que tu te prends pour un chef? On est deux dans la maison, à cinquante-cinquante des responsabilités. La secrétaire a changé du tout au tout. Quand il y a un problème, désormais elle ne s'adresse plus à moi. Tu veux me pousser vers la sortie, petit salopard ?

Richard s'amusait fort de la nouvelle situation. Son argent l'entraînait pas à pas dans un excès d'autorité, et parfois, quand il avait bu un whisky de trop, il disait dans *L'Annexe*, un petit bar en face du cabinet : « Je vais racheter toutes les parts de mon associé et le virer… »

Un matin, Léonore se rendit au bureau de Féline et lui raconta tout en détail.

— J'ai du mal à vous croire. Richard n'est pas un géant, hélas, ce serait plutôt le genre craintif, doutant de lui chaque jour que Dieu fait.

Mais l'épouse de Gilles apporta tant de précisions qu'elle dut se résoudre à la croire. Et lorsque la question fut évoquée dans leur appartement, Valdemon piqua une violente colère. Jamais en vérité, elle ne l'avait connu sous cet angle. Elle comprit alors que cet héritage était en train de le rendre fou. Aussi tempéra-t-elle ses emballements en lui disant qu'il ne pouvait revendiquer cette petite fortune, toute relative, tant qu'il ne l'avait perçue. Après coup, Richard téléphona tous les jours au notaire pour s'enquérir de l'évolution du dossier. Et chaque fois, il obtenait une réponse évasive.

— Commencez par vendre la maison ! Ça me fera au moins quatre cent mille euros…

À la fin, seule Mlle Boyer lui répondait, en usant des mêmes arguments : patience, patience.

Au cabinet, en arrivant le premier, Richard s'emparait du courrier et choisissait en toute autorité les projets qui lui plaisaient. Mais, à la vérité, il n'en faisait pas grand-chose. Sinon de la rétention. Au bout de deux semaines, il dut reconnaître quelques incompétences. Richard n'avait jamais exercé dans cette catégorie des grands projets qui nécessitent de la réflexion et de la créativité.

Un jour, les associés en vinrent aux mains. Gifles, coups de poing, etc. Noé dut les séparer. Et là, chacun mit ses griefs sur la table. Ledoux se permit même de proposer une rupture, chacun reprenant ses parts. Puis, Richard entra de plain-pied dans une période de dépression. Toute la charge en revint à Féline : colères, crises de nerfs, chantage au suicide et autres joyeusetés.

C'est dans ce contexte que Mlle Féline Laporta reprit contact avec Quentin. Elle avait besoin de se distraire, de taquiner ses petits plaisirs, de retrouver un peu de féminité. Ainsi disparut-elle certains soirs, jusqu'au milieu de la nuit ou plus rarement jusqu'à l'aube, d'une discothèque à l'autre. Quentin était devenu son « petit enfant de plaisir », comme elle disait.

Pour trouver une solution à ses désordres, Richard se rendit à Bordeaux, quai des Chartrons, au cabinet privé de Pierre Formigier, psychiatre et psychothérapeute. Ce médecin avait soigné Andréa en 2010. Dans la fameuse chemise noire, il avait lu récemment un rapport d'expertise sur l'état physique et mental de sa jeune patiente. Celui-ci l'avait fondé à croire, dur comme fer, que sa sœur s'était suicidée sur l'autoroute A71.

Une heure d'attente dans un sombre réduit, avec aux murs des dessins d'enfants, lui mit les nerfs en pelote. Puis, enfin, ce fut son tour. Le docteur Formigier le reçut un peu sèchement.

— Parfaitement que je me souviens de cette jeune fille. Je l'ai suivie durant un an au moins, peut-être plus.

Puis il demanda à sa secrétaire de lui apporter le dossier. Et quand le psychiatre l'eut en main, il leva la tête vers son visiteur, l'observa longuement, en silence.

— Il s'agissait de votre sœur, n'est-ce pas ? Une jeune fille à l'université Montaigne à Pessac. Elle présentait quelques troubles mineurs, sans gravité. Nous l'avons aidée. Je ne vois pas l'intérêt de rouvrir ce dossier.

D'autant que votre sœur, hélas, a disparu prématurément dans un malheureux accident de voiture.

— J'ai tout lieu de croire à un suicide. Mon père, paix à son âme, a aggravé, par son indifférence et son insouciance, la maladie de ma chère sœur.

— Que reprochez-vous à votre père ?

— Il ne s'est pas intéressé à ses enfants, tout ça pour vivre égoïstement une vie hors de sa famille. Comprenez-vous ?

— Oui, fit le médecin, je comprends la nature du ressentiment que vous lui vouez. Quant à votre sœur, elle paraissait, fit-il en épluchant son dossier d'un regard vif, avoir les meilleures relations du monde avec monsieur votre père. Il la voyait régulièrement à Bordeaux, en ce temps-là, tous les mois au moins. Et j'ai eu l'occasion de l'entendre dans ce bureau. Oui, oui, dit-il, M. Valdemon père était très préoccupé par le cheminement de sa fille. Rien ne correspond à mes yeux, et fort humblement, je vous le dis, à l'image que vous vous en êtes fabriquée. Vous faites fausse route. Une pensée dictée par la douleur, peut-être ? Rien ne nous permet de dire que Mlle Andréa Valdemon a mis fin à ses jours.

Ainsi Richard commença-t-il pour la première fois à se résigner à une vérité qui n'était pas la sienne. Certes, c'eût été facile, après coup, d'impliquer aussi le médecin dans le drame familial… Mais Richard comprit que ce chemin qu'il avait emprunté, de défiance et de haine, ne le menait nulle part.

Il revint à Orléans, trouva Féline en conversation avec Léonore. Les deux femmes se voyaient pour ainsi dire tous les jours. Richard attendit qu'elle fût partie pour évoquer sa visite chez le psychiatre de Bordeaux.

— Je crois, avoua-t-il, le regard dans le vague, que je suis en train de perdre pied, de me noyer dans ce passé auquel, sans doute, je n'ai rien compris.

— Si tu reviens les pieds sur terre, dit Féline, alors nous aurons remporté une victoire. Mon Dieu, jura-t-elle, pourquoi la gouvernante n'a-t-elle pas détruit ce dossier ?

— Au contraire, admit Richard, il contribue à faire la lumière sur ce théâtre d'ombres.

Féline le prit dans ses bras, le serra fort.

— Que deviendrais-je sans toi ? balbutia-t-il la tête posée sur son épaule.

Plus tard, ils sortirent dîner en ville. Au fil de la conversation, elle finit par lui faire admettre que ce serait une grosse bêtise de se séparer de Ledoux. Puis il lui posa une question à laquelle elle ne s'attendait pas.

— Où en es-tu de tes lectures ?

— En août 2013 au Cap Ferret.

— Avec l'entrée en scène d'Alice Ferblanca…

— Je crois deviner ce qu'il va advenir.

Richard éclata de rire.

— Aujourd'hui, avoua-t-il, après avoir tué le père, voici que je le ressuscite. C'est le seul chemin possible pour recouvrer la paix.

*

Dès l'aube, Féline alla, selon son habitude, s'installer devant la véranda pour lire le dossier noir. Elle prit le temps de se préparer une grande tasse de café assortie de macarons. Cette gourmandise la réconciliait avec la vie. Elle se mit à penser à Quentin qui ne cessait sur son téléphone de la réclamer pour des rendez-vous les plus fous les uns que les autres : piaules d'amis, chambres d'hôtel… Elle courait derrière lui, comme une adolescente, jusqu'à mentir et fabriquer des fables pour protéger ses plaisirs. Sans doute ne ressentait-elle pas encore ce sentiment dévastateur né de l'humiliation… Elle voulait croire que cette histoire absurde finirait par s'achever d'elle-même. Sans brusquerie, ni colère, ni effusion. Mais présentement, Féline ne le désirait pas. C'était un garçon si vivant, si drôle parfois, et qui lui apportait tant de réconfort dans une sorte d'entre-zone teintée d'insouciance.

Elle ouvrit enfin le dossier, à l'aide de son marque-page, plus que jamais piquée par la curiosité. C'était la copie d'une lettre de Francine à son amie Aude.

8 novembre 2013

Ma chère Aude,

Bonjour, ma chère, toi qui comptes tellement pour moi. J'espère que ton voyage à Bali fut un dépaysement complet… Sinon pourquoi partir si loin ? Moi, je n'ai pas à me poser ce genre de question. Je ne vais nulle part. Je ne sors jamais de ma maison. Je suis seule, le plus souvent seule, et je rumine sans cesse la pauvreté de mon destin de femme. Mais parfois, je parviens à me persuader que ce genre de plainte est franchement exagéré. Car je me trouve si bien dans cette situation. Parfois, avec l'une de mes voisines de Hautefort, Françoise Bonnet, celle dont je t'ai parlé quelquefois, la mal mariée, trompée, cocufiée, méprisée, mais si pleine d'entrain et de bonne humeur, nous passons un moment ensemble à discuter de nos malheurs respectifs. Ça encourage à vivre et à rire de tout, en définitive. Pourtant, quand je regarde comment elle vit, cette chère Françoise, je me demande par quel prodige elle réussit à conserver un moral intact, contre vents et marées. Peut-être, au fond, est-ce un trait de stupidité. Nous appartenons à une génération qui était vouée au mariage. Maintenant, les jeunes filles préfèrent rester seules, consommer les hommes quand ça leur chante, et ensuite basta ! Mon Dieu, pourquoi n'avons-nous pas compris tout ça ? Avec l'esprit de 68… Se caser, se marier, s'enterrer dans le couple. Les hommes, eux, ont compris avant nous. L'épouse et les maîtresses, et quelques aventures. Seule notre vieille amie Irène Champlain s'est sauvée de justesse. Tu te souviens d'Irène, avec qui nous faisions les quatre cents coups dans sa vieille deudeuche ? Mais bon, elle, cette sacrée Irène, elle vit avec une femme de dix ans de plus qu'elle. Je me demande qui fait l'homme ? Je crois que c'est sa femme, en définitive. Enfin, oui, je lui écris quelquefois. Mais elle ne me répond jamais. J'ai compris à la longue, idiote comme je suis, qu'elle ne voulait pas renouer avec moi, plutôt couper les ponts.

Ma chère Aude, j'ai tardé à t'écrire ces derniers temps parce que je ne me sens pas dans une bonne forme. Toujours mes petits problèmes cardiaques. À cause de mon sale bonhomme… C'est lui qui m'a rendue malade du cœur, au sens propre et au sens figuré. Son Jourde le rend complètement marteau. Il s'est acoquiné avec lui et ça traficote dans des affaires louches. Après tout, s'il se fait pincer, tant pis pour lui. Je serais bien débarrassée… Mais je dis ça, quand même, quand même, faudrait qu'il me laisse une rente, de quoi entretenir Croix-de-Fon.

Il y a deux mois, son séjour à Bordeaux s'est allongé d'une semaine. Pour des raisons abracadabrantesques… Coup de fil.

— Où es-tu ?

— Chez ma cousine de Bordeaux.

— Je ne savais pas que tu avais une cousine de Bordeaux…

— C'est assez compliqué. Mais j'ai renoué avec ma vieille histoire d'enfance.

Et puis, tout à coup, voici qu'il s'énerve, sans raison :

— Et puis quoi, merde alors, je n'ai pas à justifier chacun de mes déplacements !

Voici que mon Armand s'est trouvé une cousine à Bordeaux, comme tu viens de le voir, du côté de la rue Sainte-Catherine. Et depuis, monsieur ne jure plus que par elle, la cousine de Bordeaux, la cousine de Bordeaux… Il ne se passe pas quinze jours sans qu'il ait envie d'aller la voir. Il paraît que ça lui fait tant de bien, ce cousinage. Il en apprend tant et tant sur les Valdemon. À croire que jusqu'ici, on l'a laissé dans l'ignorance de sa filiation. Et je lui ai dit : « Il n'y a pas de quoi en faire tout un plat ! » Des cousins, des cousines, on en a tous, n'est-ce pas ? Mais rien d'autre. Je ne peux pas en savoir plus sur « cette grande dame ». Il me dit : « J'ai perdu tant de temps avant de la connaître. » Aussi j'ai voulu en savoir plus sur elle… Puis avec agacement, enfin, il m'a jeté au visage méchamment que ça ne me regardait pas, que du reste je ne m'étais jamais intéressée aux Valdemon. Pour une fois, je reconnais qu'il a raison. Ce serait à refaire, *je crois que je n'aurais pas épousé un Valdemon, à aucun prix. Et même, me dis-je souvent, je serais restée seule, libre comme l'air, avec grand bonheur. Mais il faut du temps pour comprendre ça. Et on se marie trop vite, sans savoir dans quoi on s'engage. Voici ce que je pense, ma chère Aude, chaque fois que je me réveille au milieu de la nuit sans pouvoir retomber dans un rêve.*

Je t'embrasse.

Francine Valdemon.

Après cette lecture, une copie chargée de ratures et de mots illisibles ou approximatifs, Féline se rendit dans la chambre, s'assit au bord du lit et, là, attendit patiemment que Richard émerge de son sommeil. Il dut sentir que son regard était posé sur lui, car soudain il se retourna vivement et lui dit :

— Retourne donc te coucher, il est tôt...

Elle effleura son visage, une fois, deux fois, puis il ouvrit les yeux. Il poussa un soupir. Puis un sourire vint tout de même, malgré l'agacement qu'il pouvait éprouver.

Féline approcha ses lèvres de son oreille et murmura :

— Je sais qui est la cousine de Bordeaux. La collaboratrice de M. Jourde.

— Tu as lu leur première rencontre dans le commentaire de mon père ?

— Oui. Mais ça ne prouvait encore rien. On sentait tout de même dans son récit qu'il était sous le charme de cette Alice : « subjugué et intrigué », selon ses mots.

— Tu les as retenus ?

— Évidemment.

Elle écarta la couverture et le drap et s'allongea à côté de lui. Ce fut bref mais plein de fougue. Après coup, comme toujours, un sentiment de culpabilité la submergea : est-ce mieux avec Quentin ? Tandis que l'amour avec Richard était muet, dépourvu de sentiment, plutôt mécanique, comme un devoir d'épouse qu'elle accomplissait en se donnant à lui. Mais elle détestait cette idée qui la déshonorait. Puis le ruissellement de l'eau sur son corps nu, les bulles de savon paraissaient tout emporter d'un coup, désirs et regrets entremêlés.

De sa couche, les mains jointes sous la nuque, il l'observait aller et venir, nue. C'était un corps lisse aux formes adolescentes, non encore marqué par la flétrissure des ans. Les seins surtout étaient fermes, avec deux délicates aréoles brunes. Un toupet de poils blonds cachait à peine son sexe. Il avait envie, bien qu'il eût joui, de le caresser, de promener ses doigts sur les lèvres, mais c'était juste un désir fugitif, car il savait que Féline ne se laisserait pas faire, maintenant. Elle était entrée soudain, dans l'envie de se vêtir, promptement. Une jupe courte ou un pantalon fuseau ? Mais elle se cacha pour enfiler ses sous-vêtements dans la pièce voisine : de la dentelle fine, des bas cendrés. Elle ne voulait pas que Richard la vît dans ses parures sexy. Car elles n'étaient pas pour lui, mais pour l'autre qui avait déjà laissé trois messages sur son téléphone.

Plus tard, au cabinet d'architectes, Léonore Ledoux entra en force dans le bureau de Richard, sans frapper ni s'annoncer, avec l'autorité dont elle était capable, quelquefois.

— Je sais ce que tu es venue entendre, fit-il sans se lever de son siège. Je ne quitterai pas le cabinet. Mais j'y jouerai un tout autre rôle.

— Tu n'as pas l'air heureux, Richard.

Il haussa les épaules, détourna la tête.

— Je ne vois pas ce que tu veux dire…

— Un couple qui bat de l'aile, à ce que j'ai compris.

— Assurément pas. Nous nous entendons très bien, Féline et moi.

— Vous auriez besoin d'avoir un enfant. Ça soude un couple, les enfants.

— Et le tien, ma chère Léonore ? Pourquoi n'as-tu pas d'enfant ?

— Nous ne pouvons pas en avoir. Enfin, plus justement, c'est moi qui ne peux pas en avoir.

Ils s'observèrent en silence. On entendait des bruits de pas dans le couloir. Était-ce Gilles qui avait envoyé sa femme en éclaireur, rien que pour connaître ses dernières intentions ?

— Je suis navré, souffla Richard. Je ne savais pas.

— Aucune importance. Ça tombe bien, dit-elle en allumant une cigarette et en tirant nerveusement des bouffées vers le plafond pour ne pas l'incommoder. Il n'en veut pas. Il n'aime pas les enfants. Il n'aime rien, Gilles, sinon lui-même. Ce qui n'est déjà pas si mal. Il pourrait être comme toi, mal dans sa peau.

Valdemon hocha la tête en la fixant dans les yeux.

— J'ai beaucoup changé ces derniers jours…

Puis il se tut, soudain, comme s'il ne voulait pas en dire plus. Richard détestait les confidences, même avec Léonore qu'il tenait pour une femme extrêmement intelligente et sensible.

— Comment ça, changé ?

— Sur mon père, je me suis égaré. Complètement.

— Tu veux dire que tu t'es trompé sur ton jugement ?

— Oh oui ! s'exclama-t-il, dans les grandes largeurs !

— Il te manque maintenant qu'il est parti ?

— Je ne dirais pas ça, mais…

— Presque ?

— Je l'ai ignoré parce que je croyais qu'il m'ignorait. À vrai dire, j'ai tout fait, dans ma vie, pour le fuir. J'ai cru qu'il ne m'avait jamais aimé. Mais je ne lui ai jamais accordé la moindre chance.

— En a-t-il souffert ? murmura Léonore.

Elle avança sa main vers lui et la posa sur sa joue. Richard eut un bref mouvement de recul, mais se ressaisit.

— Je peux me retirer si cette conversation te dérange.

Il lui prit la main et la serra bien fort.

— J'ai beaucoup d'estime pour toi, Richard. Et peut-être plus ?

— De l'amitié… Je ne la mérite pas.

Léonore écrasa sa cigarette au creux du cendrier, au milieu des trombones. Et ventila les dernières volutes.

— Je t'aime bien, précisa-t-elle avec hésitation.

Puis il y eut un long silence, tandis qu'ils s'observaient l'un l'autre.

— Ne mettons pas trop de sous-entendus dans nos relations, ça ne pourrait que faire empirer les choses, dit-elle.

Ils éclatèrent de rire ensemble. Ce genre de politesse teintée d'élégance les rapprocha soudain. Elle alla se placer à côté de lui, posa sa main sur son épaule.

— Je serai toujours de ton côté contre les reproches de Gilles. J'atténue ses colères. Et chaque fois qu'il s'enflamme contre toi, je l'incite à plus de retenue.

Richard se leva de son siège, fit quelques pas dans le bureau, les mains au fond des poches.

— Je suis en train de faire mon examen de conscience. Toute la faute repose sur moi. J'aurais dû être plus proche de mon père. J'aurais dû venir le voir lorsqu'il était malade. Je l'ai laissé seul face à son cancer. Mourir comme un chien. Il a laissé derrière lui quelques écrits dans lesquels transparaissent son aigreur, sa souffrance, sa solitude. Tout cela dit et redit avec délicatesse. Sans haine aucune. Il n'aurait jamais voulu, semble-t-il, que je les découvre, ces mots-là.

— Pourquoi « semble-t-il » ?

— Il avait chargé sa gouvernante de les détruire, ces ultimes traces de son existence. Elle ne l'a pas fait. Heureusement, sinon, je n'aurais pas su la vérité. Comme quoi, dans la vie, ma chère Léonore, les malentendus tiennent à peu de chose, à un fil ténu. Il n'a rien dit ou presque sur son cancer. Simplement, ces mots terribles qui me hantent désormais : « Une victoire, c'est une nuit de plus contre le chancre des chairs... »

— Il te faudra faire le vide, maintenant, conseilla-t-elle. Et tirer un trait pour que l'avenir te sourie.

— Pire encore, ajouta soudain Valdemon. Je lui ai reproché d'avoir poussé ma sœur Andréa au suicide.

— Mon Dieu ! Comment est-ce possible ? C'est une accusation grave...

— Le psychiatre qui l'a soignée durant ses études à Bordeaux m'a confirmé il y a deux jours qu'elle jouissait de toutes ses facultés mentales. C'est moi, en vérité, qui suis malade. J'ai inventé tout ça. Combien de temps me faudra-t-il pour m'en remettre ?

Puis ils allèrent se préparer un café à la machine. En passant devant la porte du bureau du *big chef*, comme disait Léonore, elle pointa un doigt dans cette direction.

— À ne pas déranger. Il est sur le plan de la maison de la culture de Marteville.

— Un gros projet, celui-ci. Frisant le demi-million, dit Richard. Je n'ai pas eu le droit d'y jeter un œil. Pas même d'émettre un avis. Rien. Curieuse association que la nôtre.

— Je sais, dit-elle. Tout ça est injuste. Ce manque de confiance. À moins que tu lui fasses peur…

— Moi ? Pourquoi donc ? interrogea-t-il avec un sourire de connivence.

— Tu pourrais avoir quelques bonnes idées qui lui déplairaient.

Au moment de se séparer, Richard avoua à Léonore qu'il allait renoncer à vendre la maison de Croix-de-Fon. Elle hésita à lui en demander la raison. Ce n'était pas nécessaire, après tout. Léonore venait juste de comprendre que ce fils ingrat voulait enfin renouer avec la mémoire de son père…

14

À la fin du dossier noir, scotchée sur la toile du rabat, Féline dénicha une enveloppe en kraft de format 229 x 324. Curieusement, celle-ci était scellée par un cachet de cire rouge. Elle hésita à le briser avant d'avoir demandé l'autorisation à Richard. Après tout, elle n'était rien d'autre qu'une étrangère dans cette affaire de famille. Et de vivre en concubinage avec Richard ne lui octroyait pas pour autant le droit de s'immiscer dans les affaires du vieux Valdemon, et surtout pas de rompre le sceau qui en garantissait le secret.

Derrière son large bureau de l'hôtel de ville, elle s'abandonna à une longue réflexion. *N'ai-je pas trop, jusque-là, manqué de retenue, fait preuve d'une curiosité malsaine pour une histoire qui ne me concerne pas ? Je ne serais pas étonnée*, se dit-elle, *qu'un jour on vienne me reprocher mes indélicatesses.*

En y réfléchissant, Féline se découvrit bien timorée. Les Valdemon étaient sans descendance. Donc aucun compte à rendre, seulement à Richard, lequel pourrait, au cas où l'on viendrait à se quereller sur l'avenir de notre relation, me le reprocher amèrement. « Tu auras fouillé, piétiné, saccagé la mémoire de mon père, dira-t-il. Et de quel droit ? Parce que nous avons partagé une couche, quelques péripéties amoureuses et si peu de points communs… »

Mlle Laporta retourna à ses obligations. Lecture en diagonale des pièces administratives, ajoutant une virgule par-ci, un mot biffé par-là, et parfois une note au crayon à papier en marge. Puis sa signature, fort ample, aux pointes incisives. Elle se délecta un moment de ses obligations coutumières, jusqu'à ce que sa secrétaire, Albertine Combet, vînt frapper à sa porte.

— Ah ! fit-elle en se précipitant sur le dossier jaune qui contenait les documents de service, vous les avez enfin validés, ces ordres de service. On les attend impatiemment.

— À ce point, grand Dieu ! s'esclaffa Féline.

Elles s'observèrent d'un air hautain, l'une et l'autre s'estimant peu, pour des raisons aussi obscures qu'insignifiantes. Soudain, Féline posa la main à plat sur les dossiers, comme si elle voulait les retenir encore un petit instant avant qu'ils ne fussent dispatchés dans les différents services.

— Vous ne m'appréciez guère, n'est-ce pas ? Ou me fais-je une fausse idée ?

Mme Combet l'observa, interdite devant une réflexion aussi abrupte.

— Oh ! non, mademoiselle Laporta. Qu'allez-vous imaginer ?

Féline retira sa main, mais la secrétaire hésita encore à se saisir du dossier, comme si le geste de sa patronne avait insinué quelques dernières réserves.

— Allez ! fit la cheffe, que pensez-vous de moi ?

— Ces derniers temps, vous vous montrez fort distante, comme si vous n'étiez pas entièrement avec nous.

Féline se leva, fit quelques pas dans la grande pièce, la contourna, l'observant sur toutes les coutures. C'était une posture fort maladroite, car Féline n'avait rien à reprocher à cette employée, sinon que le courant, décidément, ne passait pas.

— Craindriez-vous que je vous décerne une mauvaise note ?

— Je ne sais pas, mademoiselle.

— Soyez rassurée. Malgré mes airs distants, comme vous dites, sachez que je vous apprécie fort.

Mme Combet baissait la tête. Elle craignait que, par allusions et faux compliments, Mlle Laporta finît par lui envoyer au visage une vacherie dont elle avait le secret. Elle se recula de deux pas, avec les dossiers sous le bras. Puis elle se décida à quitter le bureau. Féline l'accompagna jusque dans le couloir. Puis, s'en revenant à sa table de travail où trônait la grande enveloppe brune au cachet rouge, elle se dit : Je crois que cette petite peste connaît tous mes secrets. Ma liaison avec Quentin. Oh ! certes, oui. Et dans les bureaux alentour, on s'en amuse. On glose fort. Depuis la fameuse intrusion du petit imbécile…

Mais cette rage qui la possédait, soudainement, être mise au jour et devenir la risée de tout le personnel, l'incita à franchir le dernier pas. Du tranchant d'un coupe-papier, sans ménagement, elle défit le sceau. Et surprise. En glissant la main dans la pochette, elle n'y trouva que des fragments de papier. Elle vida le tout sur son sous-main et comprit alors, médusée, que les ultimes écrits d'Armand Valdemon avaient été saccagés. Mais par qui ? Lui-même ? Ou Francine ? Ce ne pouvait être nulle autre main étrangère… La présence du cachet de cire plaidait plutôt pour l'auteur de ses derniers écrits. Aurait-il voulu en interdire la lecture ? Un instant, elle imagina que ce pourrait être aussi l'œuvre de la gouvernante de Croix-de-Fon sur ordre de son employeur, peut-être dans les derniers jours de son existence, avant que la maladie ne le conduisît à son dernier souffle.

Tard dans la nuit et aussi jusqu'au lendemain dans le milieu de la journée, Féline s'employa à reconstituer le puzzle pour rendre le dernier texte d'Armand Valdemon lisible. Sur des feuilles de dessin Canson, trois au total, elle colla chacun des fragments avec méticulosité. Et après coup, pour faire durer le suspense, elle descendit à la cafétéria en face de la mairie et prit le temps de se détendre. Quentin la rejoignit, engoncé dans un long cache-poussière. Le teint blanc, la mine have d'un jeune homme qui avait fait passablement la fête, il se mit à lui tenir des propos incohérents.

— Tu as fumé ? J'espère que non, s'inquiéta-t-elle.

— Un peu bu pour noyer mon chagrin.

— Quel chagrin ? Assurément pas de mon fait.

Il hocha la tête.

— J'ai réfléchi. Je ne sais pas si nous pourrons continuer à nous voir...

Elle soupira en levant les yeux au ciel.

— Ça fait, au moins, la dixième fois que tu me tiens ce genre de discours. Tu ne parviens pas à te décider. Tu es faible. Si faible.

Le jeune homme se mit à ricaner. Il avait envie de la gifler, de la bourrer de coups de poing, et de se sauver enfin, sans un mot de plus.

— Il y a que tu me tiens prisonnier. Mon désir ne cesse de croître. Je voudrais te faire l'amour trois fois par jour. Sans me lasser. C'est comme une addiction. Tu es ma drogue, ma cocaïne, mon opium... J'ai besoin de ma dose et je cours vers toi. Tu te fais belle, séduisante, terriblement sexy, pour me tenir sous ta coupe.

— Tu devrais t'éloigner de moi, conseilla Féline. Et aller avec une fille de ton âge, vivre avec elle, partager les plaisirs, les inconvénients de la vie ordinaire... Ainsi tu m'échapperais enfin.

— Et toi ? Tes messages qui me relancent.

Mlle Laporta haussa lourdement des épaules, cala ses reins au creux de son siège, et l'observa longuement, les yeux mi-clos. Il y avait dans ce regard insistant un mélange de pitié et de mépris.

— Je ne le ferai plus, dit-elle. Effaçons ensemble sur nos téléphones nos numéros et nos adresses mails.

Féline le fit sans hésitation. Lui, coincé par une si soudaine et violente proposition, l'effaça à son tour. Puis elle se leva, observa son air chafouin avec pitié. *Que ferais-je d'un garçon comme lui dans ma vie ? À part m'en amuser, comme une méprisable cougar.*

En entrant dans son bureau, Féline prévint sa secrétaire qu'on ne devait la déranger sous aucun prétexte. Elle consulta sa montre.

— Au moins une heure. J'ai besoin de me concentrer sur un document qui me tient à cœur.

Albertine Combet parut intriguée par cette exigence. D'ordinaire, il lui suffisait de frapper avant d'entrer.

— Ne soyez donc pas étonnée que je m'enferme à clé, n'est-ce pas ?

Elle n'eut droit qu'à un sourire intrigué. Et, d'un geste, Féline lui fit signe de se retirer.

26 septembre 2013

Pour des raisons évidentes, mes rendez-vous avec Alice Ferblanca sont adressés à la coop d'Argens. Ma secrétaire Annie Plumer me les remet sous enveloppe cachetée, sans dire un mot, ni rien. Il y a toujours des oreilles indiscrètes dans notre cénacle. Chacun entre dans mon cabinet de travail comme dans un moulin. Et il ne faut surtout rien laisser traîner sur les bureaux, et encore moins dans les tiroirs. On fouille, scrute, visite, sans scrupules. C'est le genre de la maison. On ne doit rien cacher aux coopérateurs, ceux-ci sont en réalité sans cesse à l'affût du moindre indice qui pourrait signifier quelque entourloupe... Tout appartient à tout le monde. Et pour un peu, je devrais en tant que directeur subir la question à tout moment. Où vas-tu? Que fais-tu? Que caches-tu? Ces petits administrateurs se prennent aisément pour des commissaires du peuple. Je me dis souvent que, dans notre organisation, il y a du soviet dans l'air. Seule Annie Plumer est mon employée de confiance. Nous nous voyons discrètement pour discuter des affaires sensibles, en chuchotant, dans les toilettes, dans la salle des archives, ou dehors en grillant une cigarette. Ce jour-là, le lundi 23 septembre, à 10h25 très exactement, elle me tend une note, le regard froid, impénétrable.

— Votre deuxième rendez-vous avec Alice.

Elle hésite à prononcer son nom : Ferblanca. Et ajoute :

— 15 heures, rue Sainte-Catherine.

Je la remercie en m'emparant du papier tendu. Je lis aussi : *Apporter le dossier des lots de terrains à acquérir.* Ce fameux dossier est heureusement chez moi, à Croix-de-Fon. Mais Mme Plumer a un sourire entendu. Elle l'a préparé en cachette pour éviter les indiscrétions, qui génèrent toujours chez ces fameux propriétaires et leurs acolytes – nos chers coopérateurs – quelques surenchères sur les prix à l'hectare.

— Je dirai aux administrateurs que vous avez dû prendre deux ou trois jours pour des obligations personnelles. Comme d'habitude. On ne posera pas de questions.

— Vous êtes une perle, ma chère Annie, vraiment. Sans vous, que deviendrais-je dans ce panier de crabes ?

Elle ne répond pas. Sa discrétion est à toute épreuve. On ne connaîtra jamais l'existence de cette Alice Ferblanca, ma courroie de transmission au sein de l'empire Jourde…

À Croix-de-Fon, Francine surveille mes allées et venues durant la préparation de ma valisette.

— Tu pars ? Encore ? Où vas-tu ? Tu es un véritable courant d'air.

— Tu le sais bien. Je t'en ai parlé.

— De quoi donc ? Je n'ai plus de mémoire. Je la perds en marchant.

— Je vais rendre visite à ma cousine de Bordeaux, Thérèse Valdemon. Je t'en ai parlé encore la semaine dernière. C'est une parente fort seule, qui a besoin d'un peu d'attention. Et du reste, je m'en veux d'être resté sans nouvelles tout ce temps. Voici qu'elle réapparaît dans ma vie, comment ai-je pu la négliger durant ces années ? J'avoue que je me sens coupable. À croire que chez les Valdemon nous n'avons pas un grand sens de la famille...

Sa colère, sa rage s'accroissent de minute en minute. Mon petit Armand, ce n'est pas le moment de traîner.

— Oui, oui, je suis un homme fort occupé. Et je ne ferai pas que la voir, cette chère cousine, je dois aussi m'entretenir avec Jourde. Nous sommes en affaires au Mériadek. Un petit million à trouver pour acquérir des terrains du côté de Belvès et Sarlat.

Mes explications l'endorment aussi vite. Elle n'a jamais rien compris à la coopérative d'Argens, ce qui évite, me dis-je souvent, en soufflant d'aise, de voir colporter dans le voisinage mille indiscrétions fâcheuses.

Trois heures et demie plus tard, je m'en viens frapper à la porte d'Alice Ferblanca. Lors du rendez-vous précédent, nous étions convenus de nous voir au siège de Business-Europa-France, mais cette fois c'est à son domicile même : un vaste appartement meublé moderne et chic, fauteuils en cuir blanc, canapés modulables, table en marbre, meubles en teck... Rien ne fait défaut, y compris dans le bureau équipé d'ordinateurs, d'écrans interactifs et autres. La visite est rapide. Alice Ferblanca est en robe Dior mi-longue, tissu rouge drapé. Elle porte sa longue chevelure auburn un peu à la négligée. À vrai dire, du faux négligé. Je la complimente sur sa tenue. Mais ces mots, dont j'use maladroitement, la font sourire.

— Vous paraissez surpris que je vous invite chez moi, dans mon *home* ? N'est-ce pas ? N'y voyez aucune malice. Nous serons plus à l'aise pour régler nos affaires.

Je m'empresse de sortir le dossier. Elle le feuillette négligemment, comme si cela l'intéressait assez peu.

— Nous contribuerons à l'acquisition de ces lots pour votre coopérative. Et ce n'est pas, pour nous, un acte de générosité. Ne vous méprenez pas sur les intentions de Jourde. Ce n'est rien d'autre qu'un placement lucratif. Nous savons, Jourde et moi, ce que vous valez à nos yeux.

Soudain, elle se redresse vivement, fait signe à sa dame de service d'apporter une bouteille de champagne et des coupes. Simplement sur une chiquenaude et un sourire de circonstance. Voici, me dis-je, une jeune personne fort stylée dans sa tenue moirée avec un faux col Claudine, coiffée à la garçonne. Puis nous trinquons en nous observant dans les yeux. Soudain, sa main s'égare sur la mienne. Je n'ose la retirer. Après tout, ce n'est pas moi qui fais le premier pas. Alice se rapproche, glissant comme un reptile dans un feulement de soie. Puis elle se tourne vers sa dame de service et d'un regard de connivence la prie de se retirer.

— Pour l'accomplissement de notre mission, nous nous devons, insiste-t-elle, d'être plus proches que nous ne le sommes.

— Je comprends, dis-je bêtement.

— Je vous apprécie fort. Vous avez une certaine carrure professionnelle. M. Jourde...

Elle s'interrompt et se reprend :

— Sylvestre, notre bon Sylvestre, vous porte dans son cœur. C'est une situation fort rare dans ce milieu où les affaires, d'ordinaire, se traitent à l'arrache.

— Et vous, ma chère Alice, que pensez-vous de moi ?

— J'éprouve plus que de la sympathie. Comment dirais-je ?

Elle semble réfléchir. Voici une lionne redoutable qui joue son rôle à merveille. Et en vérité, ce n'est pas pour me déplaire. Mais tout cela d'un coup, n'est-ce pas trop beau pour être vrai ?

— J'ose parier, cher Armand, que nous serons plus que des amis. Je dois avouer que vous me plaisez fort. Et vous donc ? Soyez franc ! Est-ce que je vous plais ?

— Bien plus que vous osez l'imaginer.

Je vois les pupilles de ses yeux se dilater, ses lèvres s'entrouvrir, son geste pressant. En une seconde, je me retrouve, soudain, dans ses bras. Nos bouches s'effleurent, puis hésitantes encore, se nouent avec une rage singulière.

Plus tard, en travers de son lit, madame est une lionne, le feu dans l'âme, et si manipulatrice qu'aucun homme ne pourrait se défaire d'une telle étreinte. Mes mains sur son corps nu éveillent des tremblements, des sursauts, des enlacements passionnés. Le premier élan, à vrai dire, a été bref. Je voudrais m'en excuser plutôt que m'en plaindre, mais je n'ai pas le droit. Je suis devenu sa proie vive. Elle s'en amuse, tricote ses caresses sur tout le corps, s'attarde sur mon sexe, qu'elle se reproche de vouloir réveiller de sa somnolence.

Et plus tard, tandis que nous sommes seulement vêtus de robes de chambre blanches en fine soie, Alice Ferblanca sonne sa dame de service. Je me recroqueville sur moi-même. Un peu de pudeur ne serait pas de trop. Mais non, ça l'amuse fort de s'exhiber, comme si toute cette affaire était naturellement opportune, et sans conséquence.

— Apportez-nous un petit plateau, mademoiselle Sophie. Un remontant. Des canapés de caviar, par exemple? Ou non plutôt, servez-le sur glace. Sinon nous en altérerions le goût. Et un verre de chablis Premier. Après l'amour, c'est un luxe suprême, le chablis, n'est-ce pas?

Plus tard, toujours vêtus de nos robes de chambre, nous allons nous poster devant l'écran de visioconférence pour discuter avec Jourde.

— Ne serait-ce pas plus correct, dis-je, de nous rhabiller un peu, un tout petit peu?

Voici qui l'amuse. Et dans ces moments, Alice s'autorise quelques vulgarités, même devant son maître.

— Que croyez-vous, mon cher Armand, que nous nous sommes retrouvés chez moi pour jouer au bouchon? Sylvestre se fiche bien de ces détails.

La conversation ne s'éternise pas. On discute un peu sur le prix à payer pour les terrains de Dordogne. Il voudrait que nos projets fussent plus audacieux. Je ne sais que répondre. Mais Alice vole à mon secours.

— Il faut un début à tout. La prochaine fois nous déborderons sur le Lot et la Corrèze. Patience, justifie Alice en me faisant un clin d'œil.

Et d'un geste, Mlle Ferblanca, d'autorité, clôt la conversation.

— N'avons-nous pas manqué de tact? Tout de même. Interrompre la communication ainsi.

— Mais non. Jourde exagère, quelquefois. Il faut du temps pour bâtir ce que nous entreprenons, vous et moi.

— Et de l'argent, dis-je.

— L'argent, quand il n'y en a plus, il y en a encore.

Et aussitôt nous retournons sur le lit pour poursuivre nos ébats. Car mademoiselle est gourmande, insatiable, débordante d'ardeur. Elle aime l'amour, avant et après, comme elle dit. Peut-être plus avant, lorsque le désir se fait attendre. Et ensuite, bien après, le manque la rend mélancolique. Sa tristesse, elle-même, est un spectacle enivrant. Elle rejoue ses émotions, s'oblige à des jeux qui paraissent usés soudain. Mais tout se peut recommencer, dit-elle, sans fin, par l'infini frisson du corps repu qui ne veut abdiquer.

Lorsque la nuit tombe, nous sortons dîner au *Vieux Chaudron* où mademoiselle est connue comme le loup blanc. Parfois, ses visiteurs s'en viennent la questionner. Elle me présente. Je m'oblige, moi aussi, à quelques politesses. Ensuite, avec une lucidité effarante, elle démolit sans pitié tout ce petit monde qui volette autour d'elle, comme des papillons de nuit. Sa beauté autorise toutes les offenses, tous les persiflages. Qui pourrait lui en vouloir?

Un taxi nous ramène à la nuit. Et cette fois, surprise, chacun dans sa chambre. Car Alice ne partage sa couche que pour le plaisir. Sinon la solitude, le silence, la réflexion, l'ennui. Comme une pénitence bien ordonnée.

Le matin, seul, je vais flâner du côté de la porte Dijeaux pour prendre le temps de réfléchir et de digérer les derniers événements. Et me dis-je, un brin enjoué, comme un adolescent amoureux, voici ma cousine de Bordeaux entrée dans ma vie. Et qu'en ferai-je à l'avenir, dans l'ombre, sans Jourde? Sans la puissance de monsieur le P.-D.G. de Business-Europa-France? Je n'arrive pas à imaginer que cette divine Alice Ferblanca m'est tombée dans les bras sans la volonté du grand maître, du fabuleux ordonnateur. Et je peux raisonnablement craindre qu'en perdant son appui, pour une raison ou une autre, je perdrai aussi Alice. En vérité, mon amour ne tient qu'à un fil. Et très vite, cet amour m'apparaît fort aléatoire, comme une vague remontant la grève et bue aussitôt par le sable.

Plus tard, j'ai exprimé ce doute à mon amoureuse qui en a ri, forcément, avec un fort détachement.

— Vivre au jour le jour, voilà la politesse que l'on rend au destin, dit-elle.

J'ai réfléchi à cette réaction qui m'est apparue douloureuse en diable.

J'ai voulu la posséder de nouveau, comme pour vérifier que cette passion n'avait pas été un rêve, un acte sublimé, mais Alice s'est défilée.

— Travaillons un peu.

Et cinq heures durant, nous avons planifié, jusque dans le moindre détail, le développement de la coopérative, et souligné les points de faiblesse. Dans cette activité managériale, Mlle Ferblanca était intraitable, d'une rigueur et d'une application sans faille. Je me suis senti, soudain, sur le gril, à devoir répondre à toutes ses questions, comme devant un procureur. Elle a même réussi à pointer quelques fragilités dans notre organisation dont les petits coulages financiers au profit de certains administrateurs.

— À la vérité, tu n'es pas assez rigoureux, Armand. Nous pourrions trouver un commissaire aux comptes qui s'occupe de ça, si tu n'as pas le personnel de confiance pour le faire.

J'ai acquiescé, tout en me montrant chagriné de ma stupidité devant ce Geoffroy-Marceau qui tapait si finement dans la caisse.

— On ne provoque pas une crise pour si peu. Mais on écarte les brebis galeuses de la caisse. Voilà tout.

Puis mademoiselle, avec sa délicatesse habituelle, une petite voix de chatte, m'a annoncé que les achats de terrains pour les futures plantations seraient opérés par le cabinet de Jourde lui-même à son profit.

Devant ma surprise, elle a éclaté de colère :

— Armand, tu te doutes bien tout de même que Sylvestre Jourde n'est pas entré dans le capital de ta coopérative pour te faire plaisir ? Il veut toucher ses dividendes. Et moi aussi, et toi aussi. Car au passage, tu posséderas de la terre, une bonne cinquantaine d'hectares.

— Les coopérateurs vont s'alarmer !

— Et alors ? Qu'est-ce qui les empêche d'en acheter ?

— Ils n'ont pas d'argent.

Alice hausse les épaules.

— On leur dégotera une banque pour en trouver...

— Avec toi, tout est si facile.

Harassée par ce travail, mademoiselle décide tout à coup de prendre un bain. Je l'accompagne, mais elle me ferme la porte au nez. Plus tard, redevenue la véritable Alice, la seule que j'aime, non plus celle qui pianote sur son Macintosh, nous nous amusons comme des adolescents, en caresses, cajoleries et autres petits jeux dont elle a le secret. À la fin, je me suis dit, un peu chagriné, que je ne devais pas être le seul homme dans sa vie, et que j'étais tout au plus un amant de circonstance, sans doute apprivoisé par nécessité.

Féline s'interrogea longuement sur cet écrit que M. Valdemon avait voulu détruire. Détruire, certes, mais point sous la flamme d'un briquet, plutôt conservé en débris sous scellés, dédié de cette manière à un esprit curieux. De ce point de vue, monsieur Armand avait visé juste. Il n'était que la compagne de son fils pour décrypter ce secret. Elle s'en amusa un peu avec un sentiment de nostalgie. Car la confession sur la fameuse cousine de Bordeaux était le dernier écrit. Rien de plus. Pas même une mention de la mort de son épouse Francine, le 19 mai 2014, d'une crise cardiaque foudroyante, alors qu'elle n'avait que quarante-cinq ans.

15

Contre toute attente, Richard ne fut guère surpris par la découverte de la lettre. Il s'en amusa même, trouvant finalement son père beaucoup plus extravagant que tout ce qu'il avait imaginé sur lui, au vu de son existence.

— Tu dis ça, s'exclama Féline, parce que tu ne l'as jamais connu et, pour cause, tu ne t'y es jamais intéressé !

— Ne revenons pas là-dessus. J'ai battu cent fois ma coulpe.

Ils se servirent pour une fois un bourbon bien tassé, du Redbreast qu'ils ne buvaient que pour les grandes occasions. Cette saveur incomparable du Midleton du comté de Cork leur offrit l'idée d'aller passer quelques jours en Irlande. Et sautant sur l'occasion, dans l'euphorie du moment, Féline ouvrit son agenda et proposa directement une date.

Soudain, Richard se mit à réfléchir, gravement, puis à faire quelques pas en buvant, petite gorgée par petite gorgée, le précieux breuvage. Il revint se servir une seconde dose sous le regard interrogatif de Féline.

— Qu'y a-t-il ? À quoi penses-tu ? Me le diras-tu enfin ?

— Je crois qu'il nous reste à régler cette histoire avant toute chose… Sinon, nous ne pourrons pas aller de l'avant.

Elle lui offrit, sur l'instant, un air chagrin. Il s'approcha, la prit dans ses bras. Féline songeait à Quentin et se demanda, avec un soupir coupable, si Richard n'avait pas par hasard découvert l'existence de cette tromperie désormais achevée. Elle s'apprêtait à prendre les devants pour faire taire tous les malentendus : « Oui, oui, certes, je t'ai trompé, dirait-elle, mais ce n'était qu'une petite aventure sans lendemain… Une faute, telle que tous les couples s'autorisent… » Il la serra fort contre lui, la couvrit de baisers. Et lui dit, soudain :

— Voudrais-tu m'accompagner dans mes dernières recherches ?

Féline, surprise, se retourna vers lui vivement.

— Ne t'ai-je pas toujours accompagné dans toutes tes tribulations ? Même les plus exubérantes…

— Lesquelles ?

Elle haussa les épaules, s'approcha de lui pour relever une mèche de cheveux sur son front, et l'embrassa sur le visage, puis les lèvres. Il la serra contre lui. À travers le pantalon, elle percevait le désir qui s'était allumé en lui.

— Nous n'avons pas le temps, dit-elle, pour prévenir tout débordement.

À vrai dire, elle n'éprouvait pas de désir pour lui, depuis sa séparation avec Quentin. Curieusement, cette rupture avait éveillé en elle un besoin d'abstinence, comme si elle voulait se punir – et Richard aussi par voie de conséquence – de ses incartades.

Il se détacha d'elle, avança vers la baie vitrée, jetant un œil sur l'activité de la rue. Puis dit, sans même se retourner vers Féline :

— Je voudrais connaître Alice. Cette fameuse Alice Ferblanca… Comprendre pourquoi mon père a tout sacrifié pour elle, ma mère en premier.

— Que dis-tu ? s'exclama Féline. Tu es encore en train de te raconter une histoire qui ne correspond à aucune réalité.

— Ma mère n'était pas si stupide. Elle avait bien compris que le fameux prétexte, la cousine de Bordeaux, était destiné à justifier ses incartades. Du reste, elle en dit quelques mots dans une lettre à son amie Aude Berger. Je me souviens d'une des réflexions d'Armand, qu'elle lui rapporte, et qui ne peut être plus explicite : « J'ai perdu tant de temps avant de la connaître… »

— Je crois aussi que Francine avait compris qu'il s'agissait d'une maîtresse, devenue par la fréquence de ses déplacements, une amante attitrée. Mais je ne crois pas que ta mère en ait souffert. Il ne se passait plus rien entre eux. Navrée de te dire ça, mais ta mère ne supportait pas l'idée de partager avec ton père une vie sexuelle.

Cette réflexion perturba Richard, au point qu'il se mit à arpenter à pas comptés le salon, promenant ses mains sur les moindres objets avec la ferme intention de les briser de colère.

— Et si la crise cardiaque qui l'a emportée, ce triste jour de novembre 2014, était la conséquence de cet adultère ?

— Décidément, tu accuses ton père de tous les drames de la vie, la mort d'Andréa, maintenant celle de Francine… C'est ridicule.

L'expérience douloureuse de sa rencontre avec le psychiatre de sa sœur l'incita, soudain, à plus de retenue. Jusqu'alors, avec une régularité affligeante, il n'avait fait que se tromper dans tous ses jugements.

— Oui, reconnut-il, je me fourvoie. Ma mère était soignée pour des troubles cardiaques persistants.

— Tu as toujours envie de rencontrer Alice Ferblanca ? Sans lui faire, à elle aussi, un méchant procès ?

Il hocha la tête.

— Alors, dit Féline, je vais contacter Jourde. Il vaut mieux que ce soit moi, ajouta-t-elle. Je pense que Jourde pourrait te raccrocher au nez. Ton père n'a pas dû lui brosser une description sympathique de sa famille.

Deux heures plus tard, dans son cabinet de l'hôtel de ville, Féline entra en contact avec Jourde Company. Après avoir été promenée par trois ou quatre secrétaires, l'une se déchargeant sur les autres, elle finit par obtenir le numéro personnel de l'épouse du P.-D.G., une certaine Xavière, au Cap Ferret. La chère dame avait la comprenette difficile. Mais enfin, elle finit par avouer qu'elle avait croisé une dizaine de fois au Mériadek Armand Valdemon, homme charmant, distingué, bien qu'il fût, dit-elle, « de la race des paysans ». Et à force de montrer patte blanche, d'énoncer quelques détails, tous puisés dans la lecture du dossier noir, Féline obtint que Mme Xavière Jourde fouillât dans l'ordinateur de son mari, absent ce jour-là, et lui offrît sur un plateau l'adresse et les coordonnées téléphoniques de Mlle Ferblanca. Ainsi apprit-elle que, depuis peu, Alice demeurait boulevard de l'Océan, à Arcachon, dans la *Villa Aphrodite*. Xavière ajouta :

— Je crains, chère madame, qu'elle refuse de vous recevoir.

— Pourquoi me dites-vous cela ?

— C'est une louve solitaire, inabordable. Même pour mon mari, qui ne cesse de dire qu'elle a un sale caractère.

Du reste, croyez-moi si vous voulez, mais elle ne communique qu'avec son ordinateur et ses satanées webcams. Mon mari s'en plaint assez, de cette tyrannique technologie, lui qui a connu les réunions de travail dans de luxueux bureaux, où l'on voit au moins ses partenaires autrement que sur un écran panoramique.

Dans la foulée, Féline appela Mlle Ferblanca, laissant trois messages. Puis une longue attente s'instaura, deux jours, trois jours. Alors elle décida, d'un commun accord avec Richard, de prendre la route d'Arcachon, et d'aller sonner à sa porte. Certes, cette solution leur déplaisait à tous deux, qui la trouvaient trop intrusive.

— Lui as-tu bien expliqué que le fils Valdemon voulait la voir, maintenant qu'Armand n'était plus de ce monde ?

— Bien sûr, répliqua Féline. Et si ça ne te convient pas, pourquoi ne le fais-tu pas toi-même ?

Mais Richard était d'une nature craintive. Ce n'était pas son genre, de forcer les portes. Son pessimisme naturel avait repris le dessus.

— Elle ne nous ouvrira pas, cette fameuse demoiselle, à croire qu'elle n'aimait pas mon père autant que nous l'avons imaginé. Peut-être, tout compte fait, n'était-il qu'un amant parmi tant d'autres ?

Mais Féline ne voulait pas se laisser enfermer dans des craintes et des suspicions. Il lui suffisait de relire la fameuse lettre-puzzle de Valdemon père pour juger, envers et contre tous les a priori, que ces deux-là s'étaient aimés jusqu'au bout, avant que le destin ne les sépare.

Puis un soir, Féline reçut un bref message sur son téléphone : « Je veux bien vous recevoir, demain après-midi, vers 15 heures, à marée haute. Alice Ferblanca. »

Contre toute attente, Richard n'exulta pas à cette invitation. Et à la même seconde, Féline comprit que son compagnon était décidément un lâche, et qu'il n'en avait pas fini, présentement, dans son for intérieur – bien qu'il s'en défendît matin, midi et soir –, avec son père, dont la présence durant l'enfance lui avait sans doute fait défaut.

— C'est comme le feu, dit-elle, tu as envie de t'en approcher en sachant le danger qu'il représente et tu choisis en définitive de t'en tenir éloigné. Prends le risque de te brûler. Il y a comme cela, dans la vie, des moments de vérité qui nous subliment. Le renoncement, ce sera la fuite perpétuelle et le regret, ensuite. Tu en souffriras beaucoup plus en sourdine dans ta chair et en ton âme.

Richard se réfugia dans la chambre, volets clos, et versa quelques larmes sur lui-même. Mais Féline ne le rejoignit pas, découvrant à ce moment précis qu'elle ne l'aimait plus. À quoi te servira-t-il à l'avenir un tel homme, craintif et lâche ? se demandait-elle.

Plus tard, en émergeant de sa caverne, il parut plus résolu à satisfaire sa curiosité, voir la maîtresse de son père, celle qui avait dominé et embelli les huit dernières années de sa vie.

Féline insista pour sortir prendre l'air et se faire un bon restaurant. Il la suivit tel un zombie, marchant derrière elle comme un petit garçon. Soudain, il l'interpella :

— Pourquoi a-t-elle écrit dans son mail : « à marée haute ». Ça ne veut rien dire… Il n'empêche que j'ai hâte de rencontrer cette fameuse cousine de Bordeaux.

*

Trois coups de sonnette, puis deux autres encore, comme si Richard croyait que les premiers tintements n'avaient été entendus. Après le portail électrique, qui s'entrouvrit par à-coups, l'allée montait en pente douce jusqu'à un escalier blanc. Féline s'engagea la première, alors que son compagnon se montrait plus prudent, quatre marches en arrière. Il redoutait sans doute que l'entrevue tournât court. Soudain une silhouette apparut, une grande dame en sari rouge, la chevelure au vent. Immobile, elle se tenait appuyée à la rambarde de la terrasse qui courait tout autour de la villa blanche aux volets bleus. Elle fit un geste en levant le bras vers ses visiteurs. Et Féline hâta le pas pour la rejoindre, tandis que Richard s'était arrêté à hauteur des dix dernières marches, intrigué. Puis quand ils furent tous deux devant Mlle Ferblanca, un silence s'installa, gêné, embarrassé. Chacun s'observait immobile avec le vent qui venait de la mer et qui agitait le grand sari rouge d'Alice.

— Merci de nous ouvrir votre porte, dit Féline en ajoutant qu'elle était la compagne de Richard.

— Je sais qui vous êtes, dit-elle dans un sourire. Mlle Laporta, n'est-ce pas ?

Richard se décida enfin à venir vers l'hôtesse de la *Villa Aphrodite*. Alice le dévisagea avec un petit sourire vague.

— Je me doutais bien, surtout après la disparition d'Armand, que vous désireriez me rencontrer. Bien que…

Elle s'interrompit en regardant Féline, puis ajouta :

— Bien que dans cette histoire, se reprit-elle, j'ai le mauvais rôle. Mais qu'importe. Oui, vous dirais-je simplement, j'ai beaucoup aimé votre père. C'était un homme d'affaires redoutable, un précieux collaborateur de M. Jourde, et nous pleurons tous, j'imagine, sa disparition prématurée. Seulement cinquante-deux ans. Et cette maladie qui a réduit ses activités pendant trois ans au moins, il n'en parlait pour ainsi dire pas, alors que le diagnostic de l'institut Gustave-Roussy ne lui laissait guère de chances d'en réchapper. J'ai été près de lui le plus longtemps possible, sauf les six derniers mois, où il a préféré rester seul, à Croix-de-Fon. Après un douloureux adieu, nous sommes convenus de ne plus jamais entrer en contact. J'ai respecté sa parole. C'est dire, quelque part, monsieur Richard, que j'ai fait mon deuil avant même son dernier soupir.

Valdemon s'approcha d'elle et lui prit les mains pour la remercier de l'avoir accueilli lui et sa compagne. Et ajouta, un peu hésitant, qu'elle aurait pu agir tout autrement en l'ignorant complètement... Alice le toisa d'un regard froid.

— Je n'ai jamais vécu notre histoire d'amour dans la culpabilité, dit-elle. Ce n'est pas mon genre. Les passions gouvernent le monde et personne n'échappe à leurs commandements, qu'ils soient cruels ou douloureux, il nous faut les vivre jusqu'au bout.

Elle parut réfléchir un instant, virevolta sur elle-même, rassemblant sa chevelure que le vent de l'océan chahutait, puis se décida à faire entrer Féline et Richard dans son vaste salon. Celui-ci occupait tout un étage, avec ses étagères de livres, de disques, ses ordinateurs et ses écrans. Au milieu de la pièce, des sofas et des fauteuils blancs entouraient une grande table basse. La maîtresse des lieux les invita à s'asseoir, tandis qu'elle s'installait un peu à l'écart sur le dossier d'un des sièges, jambes croisées.

— Jusqu'au dernier moment, j'ai craint que vous ne nous receviez pas, avoua Richard.

— Tout de même, reprit Alice, je vous devais bien ça.

Elle sourit, pour elle-même.

— À la vérité, j'ai hésité. Je désirais peut-être inconsciemment que cette histoire n'ait aucun prolongement. Du reste, vous avouerais-je, c'était l'avis d'Armand. « Tu coupes les ponts, me disait-il, sinon mon fils va te rendre la vie impossible. » Je n'ai jamais désiré cela, Richard, comprenez-moi. Bien au contraire.

Valdemon baissait la tête, silencieux, son regard fixant le tapis.

— Je ne me serais pas imposé, dit-il. Si j'avais dû le faire, ce n'aurait été que pour la mémoire de ma mère. Et surtout, comprendre enfin pourquoi mon père a déserté le foyer familial en s'appuyant sur le mensonge.

Mlle Ferblanca hocha la tête, en se souvenant de tout ce qu'Armand lui avait raconté sur la petite famille de Croix-de-Fon : ce souverain mépris dont il était devenu l'objet, et encore, jusqu'au dernier moment, les accusations portées contre lui sur la disparition d'Andréa.

La dame de service s'approcha des visiteurs, le pas hésitant, pour prendre ses ordres. On se mit d'accord pour un champagne. Le service fut aussi rapide que stylé.

À l'instant de trinquer, Richard se montra réticent. Il n'avait pas encore digéré le destin caché de son père. Ou peut-être, inconsciemment, s'en voulait-il de n'avoir pas été assez proche de lui pour le protéger. C'était un singulier vague à l'âme qui le possédait. Certes, s'il ne pouvait rien reprocher à Alice Ferblanca et son amour passionné, le « vieux », comme il l'avait nommé si souvent, eût dû se tenir à la hauteur des Valdemon, proche de sa mère et de ses enfants.

Féline observait les tableaux suspendus aux murs, des copies, évidemment : Hartung, Kandinsky, Magritte, De Staël… Soudain, sur le bord d'un buffet, elle aperçut des dessins d'enfant, dont l'un qui capta toute son attention : un chemin serpentant sur une colline barbouillée de vert tendre, une maison aux formes bancales et une cheminée fumante, un chien, un chat et autres créatures apparentées à ces sortes de monstres qui peuplent les BD jeunesse.

La maîtresse des lieux observa les déambulations de ses invités, tout en fumant une cigarette, non loin de son bureau où elle disposait d'un cendrier. À vrai dire, c'étaient surtout les déambulations de Mlle Laporta qui l'intéressaient le plus. Son compagnon, elle savait tout de lui, à travers les descriptions successives brossées par Armand. Du reste, elle découvrait avec délice que son amant ne lui avait pas menti sur son fils : un jeune homme torturé, mal dans sa peau, indécis et sans doute, selon Armand, influencé par sa mère dans le mauvais sens, sans qu'il ne pût rien dire pour éviter ce naufrage.

Agnès, la dame de service, s'en revint remplir les coupes. Richard se fit prier un peu, sous l'œil amusé de la maîtresse de maison. *Voici un garçon que nous n'arriverons pas à apprivoiser facilement*, pensa Alice.

— Je ne voudrais pas abuser, se justifia-t-il.

Féline lui fit les gros yeux.

Plus tard, ils descendirent dans le jardin que Mlle Ferblanca fit visiter. Une petite forêt ombragée de chênes verts, de pins parasols, de cistes et d'arbousiers. Ils s'assirent sur des bancs, face à la mer qui s'en venait battre les rochers.

— Pourquoi un rendez-vous à marée haute ? demanda soudain Féline. Cette formule m'a intriguée.

Alice s'approcha, passa un bras autour de sa taille et inclina la tête vers Féline.

— Parce que c'est l'heure où il faut aller se baigner dans l'océan, malgré les grands rouleaux qui nous soulèvent et nous emportent… L'heure, précisa-t-elle encore d'une petite voix murmurée près de l'oreille de Féline, où l'on doit se jeter à l'eau, malgré ses craintes, ses appréhensions. Comprenez-vous ? J'aurais pu choisir de ne pas vous répondre, de mettre la tête sous le sable et de vous fuir tous deux. Mais non.

Elles allèrent jusqu'au muret qui tombait dans la mer, là où cette dernière s'en venait fouetter avec force la pierre grise enfarinée de sable et décorée de varech.

— J'ai vu un dessin d'enfant, là-haut, dans le grand bureau. Cela m'a intriguée, dit Féline. Vous n'êtes pas obligée de me répondre.

Alice fit un pas de côté comme si elle voulait fuir sa visiteuse, puis se rapprocha tout aussitôt. De nouveau, elle la prit dans ses bras pour murmurer à son oreille :

— Nous avons eu une petite princesse. Elle se nomme Salomé. Tout juste cinq ans. Salomé est née en septembre 2016. C'est pourquoi Armand a pris la poudre d'escampette, deux ans avant de mourir. Il ne voulait pas que sa fille le voie, ainsi, dépérir jour après jour, et ce, jusque sur son lit de mort. Comprenez-vous ?

Du revers de la main, Alice effaça les petites larmes sur sa joue. Puis Féline la prit dans ses bras et la serra fort.

— Voulez-vous que j'en parle à Richard ? Après tout, cette petite Salomé, c'est sa demi-sœur, n'est-ce pas ?

— Non, dit-elle. Plus tard, beaucoup plus tard. N'allons pas la tourmenter, cette douce enfant, avec ces histoires de famille. Il faut laisser reposer l'écume des tempêtes…

Du même auteur (suite)

Soleil d'octobre, Calmann-Lévy, 2011 ; Le Livre de Poche, 2012
Les Encriers de porcelaine, Presses de la Cité, 2011 ; Pocket, 2018
Les Noces de soie, Calmann-Lévy, 2012 ; Le Livre de Poche, 2013
La Villa des térébinthes, Calmann-Lévy, 2012 ; Le Livre de Poche, 2014
Rendez-vous à Fontbelair, Calmann-Lévy, 2013 ; Le Livre de Poche, 2014
L'Armoire allemande, Presses de la Cité, 2013 ; Pocket, 2015
Histoires de familles, Omnibus, 2013
La Folie des Bassompierre, Calmann-Lévy, 2014 ; Le Livre de Poche, 2015
La Retournade, Presses de la Cité, 2014 ; De Borée, Terre de Poche, 2024
Chronique des Strenquel, Calmann-Lévy, 2014
La Bastide aux chagrins, Calmann-Lévy, 2015 ; Le Livre de Poche, 2016
Les Sœurs Querelle, Calmann-Lévy, 2015 ; Le Livre de Poche, 2016
L'Honorable M. Gendre, Presses de la Cité, 2016 ; De Borée, Terre de Poche, 2023
Les Larmes de la pinède, Calmann-Lévy, 2016 ; Le Livre de Poche, 2018
La Belle Étrangère, Calmann-Lévy, 2017 ; Le Livre de Poche, 2019
Adélaïde, au bord de la falaise, Calmann-Lévy, 2017 ; Le Livre de Poche, 2019
Les Gens de Combeval, Calmann-Lévy, 2018 ; Le Livre de Poche, 2020
La Souveraine en son domaine, Calmann-Lévy, 2018 ; Le Livre de Poche, 2021
Un si joli mariage, Calmann-Lévy, 2019 ; Le Livre de Poche, 2023
Rue de la Fontaine-Bleue, Calmann-Lévy, 2019 ; Le Livre de Poche, 2024

Un cœur solitaire dans une maison trop grande, Calmann-Lévy, 2020 ; Le Livre de Poche, 2022
Un été sous les tilleuls, Calmann-Lévy, 2021
La Vallée des eaux amères, Calmann-Lévy, 2021
L'Héritière des sables fauves, Calmann-Lévy, 2022
Par un étrange été à Marteline, Calmann-Lévy, 2023
Sous une mauvaise étoile, Calmann-Lévy, 2024

Collection
TERRITOIRES

Jean ANGLADE
Une vie en rouge et bleu
Le Dernier de la paroisse
Le Choix d'Auguste
Le Sculpteur de nuages
Les Cousins Belloc
Le Grand Dérangement

Sylvie ANNE
Le Gantier de Jourgnac
La Maison du feuillardier

Sylvie BARON
Un été à Rochegonde
Les Ruchers de la colère
L'Auberge du pont de Tréboul
L'Héritière des Fajoux
Rendez-vous à Belinay
Terminus Garabit
Un coin de parapluie
Une Miss pas comme les autres
Des noces en or

Jean-François BAZIN
Les Raisins bleus
Le Clos des Monts-Luisants
Le Vin de Bonne-Espérance
Les Compagnons du grand flot
Le Maître de la lumière
Le Dernier Tonnelier

Sarah BELL
Le Chant des reines

Henriette BERNIER
Le Baron des champs

Jean-Baptiste BESTER
L'Homme de la Clarée
Plus près des anges
Les Amants de Sainte-Catherine
Meurtre au pont du Diable

Françoise BOURDON
Le Moulin des Sources
Le Mas des Tilleuls
La Grange de Rochebrune
Retour au pays bleu
Le Fils maudit
Les Sentiers de l'exil
Les roses sont éternelles
Le Maître du Castellar
Le Secret de Belle Épine
Pour oublier la nuit

Édouard BRASEY
Les Lavandières de Brocéliande
Les Pardons de Locronan
La Sirène d'Ouessant
L'Affaire Cabre d'or
Le Domaine des oliviers
Les Fils du patriarche

Patrick BREUZÉ
Les Remèdes de nos campagnes
La Valse des nuages
L'Étoile immobile
Mon fils va venir me chercher
La Montagne pour refuge
Versant secret
Les Buveurs de ciel

Nathalie de BROC
La Vallée des ambitions
La Robe pourpre

Michel CAFFIER
Corne de brume
La Paille et l'Osier
Les Étincelles de l'espoir

Anne COURTILLÉ
La Tentation d'Isabeau
Le Gaucher du diable
Les Damoiselles de Clermont

Annie DEGROOTE
Les Racines du temps
D'infinies promesses

Jérôme DELIRY
Une rivière trop tranquille
L'Héritage de Terrefondrée
La Maraude

Raphaël DELPARD
L'Enfant sans étoile
Pour l'amour de ma terre
L'Enfant qui parlait avec les nuages
Le Courage de Louise

Alain DUBOS
La Mémoire du vent
La Corne de Dieu
Le Dernier Combat du Dr Cassagne

Élise FISCHER
Les Noces de Marie-Victoire
Je jouerai encore pour nous
Villa Sourire
L'Étrange Destin de Marie
Le Jardin de Pétronille
Aux Deux Hirondelles
Les Femmes des terres salées
La Promesse du sel
Le Vin de Pâques
Marionnettes d'amour
Là où renaît l'espoir
Tous au théâtre
Les Silences de Jeannette

Emmanuelle FRIEDMANN
Le Rêveur des Halles
La Dynastie des Chevallier
L'Orphelinat
La Faute des autres

Alain GANDY
Les Cousins de Saintonge

Gérard GEORGES
Une terre pour demain
Le Destin des Renardias
Le Bal des conscrits
Mademoiselle Clarisse
Anatole, fils de personne
La Mésangère

Georges-Patrick GLEIZE
La Fille de la fabrique
Pas plus tard que l'aurore
Le Serment des oliviers
Le Vent de la jeunesse
Quelques pas dans la neige
Les Noisetiers du bout du monde
Le Crépuscule des Justes
Même les pierres ont une histoire
La Montagne des autres
Coupe rase
La Dernière Traque
Comme une odeur de gentiane
Quand fleurissent les magnolias

Yves HUGHES
Et meurent les marionnettes

Yves JACOB
Sous l'ombre des pommiers
Le Silence de Justine

Corinne JAVELAUD
L'Ombre de Rose-May
Les Petits-Papiers de Marie-Lou
L'Odyssée de Clarence
Les Fantômes de Marianne
Les Carnets de Laurel
Rosetta et Anaé

Guillemette de La BORIE
La Dernière Héritière
Le Portrait disparu

Hélène LEGRAIS
L'Ermitage du soleil
Les Héros perdus de Gabrielle
Les Ailes de la tramontane
La Guerre des cousins Buscail
Les montagnes chantaient la liberté
Ceux du Château, ceux du Moulin
Trois Gouttes de sang grenat
Les Anges de Beau-Rivage
Le Bal des poupées
Le Front dans l'azur
Nous étions trois
Le Cabanon à l'étoile
L'Alchimiste de Sant-Vicens
La Ballade d'Amélie
D'une rive à l'autre

Philippe LEMAIRE
Rue de la Côte-Chaude
L'Enfant des silences
L'Oiseau de passage
La Mélancolie du renard

Alfred LENGLET
Du poison dans les veines
Jeux mortels en hiver
Temps de haine
Cœurs de glace

Éric LE NABOUR
Retour à Tinténiac
La Louve de Lorient
À l'ombre de nos larmes
La Frondeuse
Cécile et les Beaujour
Comme une aube fragile
La Ferveur

Jean-Paul MALAVAL
L'Or des Borderies
Soleil d'octobre
Les Noces de soie
La Villa des térébinthes
Rendez-vous à Fontbelair
La Folie des Bassompierre
Chronique des Strenquel
La Bastide aux chagrins
Les Sœurs Querelle
Les Larmes de la pinède
La Belle Étrangère
Adélaïde au bord de la falaise
Les Gens de Combeval
La Souveraine en son domaine
Un si joli mariage
Rue de la Fontaine-Bleue
Un cœur solitaire dans une maison trop grande
Un été sous les tilleuls
La Vallée des eaux amères
L'Héritière des sables fauves
Par un étrange été à Marteline
Sous une mauvaise étoile

Antonin MALROUX
La Promesse des lilas
La Cascade des loups
La Pierre marquée
L'Homme aux ciseaux d'argent

Les prés refleuriront
Fenêtre sur village
Marie des Adrets
L'Espoir de belles aurores
Le Pain de paille
Le Cœur de mon père
Le Charpentier du paradis
Un soleil pour chaque jour
L'Académicien de juillet
Juste en dessous du ciel
Viens, le bonheur c'est par là

Charlotte MONÉGIER
Ne t'inquiète pas des tempêtes

Jean-Luc MOUSSET
L'Enfant des labours
Le Secret de Neige

Sophie MUFFAT-MÉRIDOL
L'Homme au bouquet
La Vérité qu'elle mérite

Sylvie PÉRENNE
Âge d'orage
Rouge tendresse

Michel PEYRAMAURE
La Terrasse

Brigite PIEDFERT
Deux Grains de sucre, un soupçon de secret
Tu seras princesse de Tarragone
La Dame d'Alvimare
Camille ou la vraie vie

Frédéric PONS
Les Pèlerins du diable

Agathe PORTAIL
L'Année du gel
Piqûres de rappel
De la même veine

Nicole PROVENCE
Le Secret d'Aiglantine

Joël RAGUÉNÈS
La Maîtresse de Ker-Huella
La Dame de Roz Avel
La Sirène du port
Les Trois Saisons de la vie
L'Or du lin
Les Vies de Jeanne
Pêcheurs du bout du monde
Les Derniers Seigneurs de la mer
La Salamandre de Trévarez
Yann, saint-bernard de la mer
Lady Mond

Florence ROCHE
La Terre des Falgères
L'École du lac
La Réfugiée du domaine

Élisabeth SEGARD
Une certaine idée du paradis
Un futur presque parfait
Chou fatal

Geneviève SENGER
La Maison Vogel
L'Enfant de la Cerisaie
La Dynastie des Weber
Les Jumeaux du val d'amour
La Promesse de Rose
Les Bellanger
La Dame des Genêts
L'Or de Salomé
La Terre originelle
Le bonheur est au fond des vallées
La terre était si bleue

Une maison à elles
Quand le merle chantera

Jean Siccardi
La Source de saint Germain
Le Maître du diamant noir
L'Ivresse des anges
L'Auberge du gué
Gaston des vignes
La Chapelle des Templiers
Le Dernier Faiseur d'or
Le Carnet Gris

Bernard Simonay
L'Or du Solognot
Le Marais des ombres
Meurtres d'outre-tombe

Valériane Taront
Fenêtre sur jardin
L'arbre aux chiffons

Jean-Michel Thibaux
L'Olivier du diable
Le Maître des bastides
Le Rappel du tambour

Katia Valère
Après la nuit vient l'aube

Brigitte Varel
Le Secret des pierres

Louis-Olivier Vitté
La Guérisseuse de Peyreforte
Là où coule une rivière
Le Secret de Tire-Lune
La Statue engloutie
La Dame des vignes hautes
La Femme qui voulait voir la mer
Petit Jean

Colette Vlérick
L'Enfant sur le pont
Un air de liberté
La Nacre des abers
Dans la lumière de Pont-Aven
Rêves d'indiennes

Composition et mise en pages Soft Office

Achevé d'imprimer en octobre 2025
par CPI BRODARD & TAUPIN (72200 La Flèche)
pour le compte des Éditions Calmann-Lévy
21, rue du Montparnasse, 75006 Paris
commercial@calmann-levy.fr

PAPIER CERTIFIÉ

CALMANN LÉVY s'engage
pour l'environnement en réduisant
l'empreinte carbone de ses livres.
Celle de cet exemplaire est de :
500 g éq. CO_2
Rendez-vous sur
www.calmann-levy-durable.fr

N° d'éditeur : 4179373/01
N° d'imprimeur : 3062804
Dépôt légal : octobre 2025
Imprimé en France.